敦煌變文字義通釋
上冊

蔣禮鴻 著

前言

蔣禮鴻教授（1916-1995），字雲從，室名懷任齋、雙瓻室。當代著名語言學家、敦煌學家，浙江嘉興人。早年就讀本縣秀州中學。畢業後考入之江文理學院（後改名之江大學）國文系，受業於夏承燾、鍾泰、徐昂諸先生，深得治學三昧。沈潛文史，兼長詩詞，尤精於文字訓詁與古書校釋。二十一歲時，撰成《説克》一文，已具卓見特識，從此開始了學術生涯。

一九三七年十二月之江畢業，留任助教半年。旋至湖南安化藍田國立師範學院國文系任助教三年，與錢鍾書、吳中匡同事。繼而入川，在重慶中央大學師範學院國文系、文學院中文系任講師四年，與吳組緗、魏建猷、王仲犖、管雄等同事。抗戰勝利後，隨中大復員南京。一年後，又回杭州任之江大學文理學院講師。一九五一年院系調整後，調浙江師範學院（後改名杭州大學），任中文系語言教研室主任。一九七八年九月晉升為教授，一九八六年評為博士生導師。兼職有中國語言學會、中國訓詁學會、中國音韻學會理事，中國敦煌吐魯番學會語言文學分會副會長（後任顧問），浙江省語言學會副會長（後任名譽會長），浙江省敦煌學會副會長，《漢語大詞典》副主編，《辭海》編委兼語詞分冊主編。一九九五年五月九日因病逝世，享年七十九歲。

蔣禮鴻教授精通訓詁、音韻、目錄、校勘，其俗語詞研究馳名中外，生平著述，凡有下列幾類：

一、訓詁之屬

《敦煌變文字義通釋》

敦煌石室發現的變文，保存了大量當時的口語材料。變文語詞，或字面普通，字義有別；或其字其詞，生僻難解。雖經不少名家校釋，但多趨易避難，尤其缺乏對俗語詞的特性了解，很少作規律性的探求。本書特取此類難以辨識而易於誤解的詞語，疏通詮釋，按義類分為釋稱謂、釋容體、釋名物、釋事為、釋情貌、釋虛字六篇，並多次修訂，益臻精審。第六版《敦煌變文字義通釋》收詞條達四百十四條，全書四十餘萬字。作者將變文材料歸納比勘，以唐五代人詩詞、筆記、小說等語言材料相互證發，並從漢魏六朝及宋元明清語言材料上下取證，論述通借，探索語源，使敦煌變文字義中的積久滯礙，一朝貫通，確詁精解，絡繹紛披，開闢了本世紀俗語詞研究的一個新階段。不僅解決了變文研究中長期誤讀和歷來困惑的難點，而且有力地啟動了上自漢魏下及明清而以唐宋為重點的方俗語詞研究的進程，對漢語詞彙史研究有著不可磨滅的貢獻。呂叔湘認為需有類似《敦煌變文字義通釋》這樣作品幾十部，方能編成漢語大辭典。徐復認為此書「鑿破混沌，為曠代之作」，「久為治漢語詞義學與語源學之枕中鴻寶」。日本學者波多野太郎稱之為「研究中國通俗小說的指路明燈」。美國漢學家 AuterWaley、蘇聯漢學家孟西科夫、法國漢學家戴密微等，皆深感從中受益，認為是步入敦煌寶庫的必讀之書。本書曾獲全國首屆古籍整理圖書二等獎，第二屆吳玉章獎金一等獎，一九九五年榮獲國家教委首屆人文科學優秀成果一等獎。

《義府續貂》、《義府續貂補》

作者繼清初黃生（扶孟）《義府》二卷之緒，以「聲近義通」為綱，從語言角度探索詞義詞源，考究淹通，窮極研幾。全書收詞條三百餘，其中考釋俗語語源，超越前賢，尤為精到。

《類篇考索》

宋司馬光等編撰的《類編》四十五卷，探討字原、古音、古訓，闡明古今字形演變，為《說文》和《玉篇》作了增補。作者以影刊汲古閣影宋鈔本和姚刊三韻影印本，「訂正錯誤，比較同異，溯厥根源，補所未及」。由於作者以聲音繫聯，以義訓貫穿，突破字形的障惑，為文字學、訓詁學增添了新篇章。

《讀〈同源字論〉後記》

作者認為同源詞比同源字的定名，在理論上更圓融合理；對王力「同源字研究是一門新訓詁學」之說，提出質疑。認為同源詞研究在訓詁學史上源遠流長，同源詞的兩大分域為變易（音變、緩急、贏縮）和孳乳（通別、遞轉、對待）。分析同源詞應以聲韻為經，詞義為緯。因為同源詞的存在、孳乳，是從音同、音變（其條例為旁轉和對轉）表現出來的。本文對漢語同源詞理論有較好的歸納和拓展。

這方面的重要著述，還有論述訓詁學任務、方法、拓展和要籍的《訓詁學基本知識》，「期於聲義會通之旨粗有推衍」的《〈廣雅疏證〉補義》，對《說文》進行匡補的《懷任齋讀〈說文〉記》，考訂嘉興方言的《嘉興方言徵故》，詮釋語言文字的《懷任齋隨筆》，以及未及彙集成書的一系列考釋敦煌或唐五代口語詞的文章，如《枙敦煌資料杋第一輯詞釋》，《唐語詞叢記》、《杜詩釋詞》、《枙吐魯番出土文書杋第一冊詞釋》等。

二、古書校釋之屬

《商君書錐指》

今本《商君書》多有訛脱。故錢子厚謂讀《商君書》如斷港絕航，難可通達。一九四四年作者撰成此稿，曾獲國民政府教育部學術審議會三等獎。專家評審結論謂：本著作參採訂正今昔諸家之説，並下己意整理古籍，頗稱該備；議論也每有獨到之處；而樸實允當，一洗穿鑿之病，尤為難能可貴，《商君書》殆當推此為善本矣。當時作者年僅28歲。一九八二年重加讎校，編人中華書局所輯《新編諸子集成》。本書博採前賢之説，甄別遴選，彙集眾長；又斠訂《藝文類聚》、《群書治要》、《意林》諸書所引，以微舊文之跡。作者旨在校重朏紕繆，釋晦澀難通，既有校勘上的刪衍補脱、改錯字、明句讀、定是非，又有註釋上的破通假、解字義、疏文義。凡所楬櫫，類皆精覈。

《校勘略説》

本文對校勘與校讎定名進行辨正：前者一般指文字的校正，後者則指以尋求、考辨、評介、分類為手段，以辨章學術、考鏡源流為目的的治書工作。校勘的作用在祛疑、顯真、明微、欣賞、知人，其方式為存真、校異、正訛，其內容則是所校書誤、脱、衍、倒或錯、羼等。作者歸納校勘之法為：比較版本，引用他書，求諸訓詁，審察文勢，求之義理。作者結合校勘理論，提供了諸多校例。

《誤校七例》

本文認為不通訓詁，不體文情，不察文脈，不諳文例，不審韻葉，輕信他書，強書就己，為誤校七源。鄭文焯不解宋人軟腳、暖壽、煖女常語，不知軟、暖、煖實為餪之借字，遂妄改周邦彥《漁家傲》「賴有蛾眉煖客，長歌屢勸金盃側」為「緩客」，就是不通訓詁、不察文脈、輕信他書之弊。

作者認為整理古籍重在還其本貌，不能僅僅滿足於文從字順。校訂、解釋，應立論有據，而忌隨意立說。要做到這一點，就必須博覽群書。數十年來，作者身體力行，樂此不疲，校釋之作甚夥，尤以子部集部為最。如《淮南子校記》、《讀栀論衡集解朳》、《讀栀論衡校釋》、《栀墨子閒詁朳述略》、《經微室栀商子朳校本跋》、《讀〈韓非子集解朳》、《〈淮南鴻烈・原道〉補疏》、《讀〈山海經校注朳偶記》、《讀栀劉知遠諸宮調朳》、《栀補全唐詩朳校記》、《栀敦煌變文集〉校記錄略》、《〈敦煌曲子詞集〉校議》、《大鶴山人校本〈清真集〉箋記》、《〈梨園按試樂府新聲〉校記》等。

一九九四年十二月，浙江古籍出版社將上述二類論文，編成《蔣禮鴻語言文字學論叢》。《論叢》中關於文字訓詁學的，還有《讀〈說文解字注〉》、《讀〈說文句讀〉》、《讀〈說文通訓定聲〉》、《中國俗文字學研究導言》、《詞義釋林》、《湘西讀字記》。關於古籍校理的，還有《讀〈呂氏春秋〉》、《讀〈漢書補註〉》、《讀〈文選〉筆記》、《柳集箋校》等。

三、辭書編纂之屬

《辭書三議》

本文是作者結合《辭海》修訂得失，為《漢語大詞典》發軔而作。「三議」為會通、逸義、辨證。會通，即綜合語詞與語詞間內容（意義）和形式（用字）上的本質特點，進而揭示語義之內部聯繫。逸義指辭書漏略的語詞義項。舊辭書漏義現象屢見不鮮。大型辭書必求詞義完備，尤應以搜求逸義為要事。辨證指為避免與糾正辭書編寫中訓義、引據、注音之誤，就必須對古書中的紕繆加以辨證。呂叔湘對此文極為贊同，認為「此文所提三點，實大詞典成敗所繫」。

《論辭書的書證及體現詞彙源流的問題》

本文認為書證的主要作用在於證明詞語的意義或用法，對不少辭書編寫者以為羅列不同時代文獻中同一詞語的書證便能體現詞彙源流的觀點提出質疑。詞彙源流錯綜複雜，或眾源匯為一流，或一源派生眾流，決非一成不變。辭書體現詞彙源流目前應做到：以本義、引申義、比喻借代義次序分列義項；說明外來語由來；舉出成語、典故的根源或其變體；說明語詞通借。作者還提出了辭書進一步反映詞彙源流的新構想：說明因時有古今而造成的詞語同實異名嬗變或同詞異字遞變；推溯語源，歸納詞族；方言證古和古義證方言。

在辭書編纂理論方面的重要論述，尚有《辭書涉議二題》、《說「通」》等。他的辭書編纂理論，在《漢語大詞典》、《辭海〈語詞分冊〉》、《敦煌文獻語言詞典》（杭州大學出版社 1994 年出版）的編纂中均有所體現。

上述三類論文結集為《懷任齋文集》。此外，作者還有《古漢語通論》(與任銘善合著)、《目錄學與工具書》兩種教材行世。前者內容充實而自具剪裁，後者則以概述和應用實例並舉見長。

在長期的治學生涯中，蔣禮鴻教授逐步形成了自己的學術思想和鮮明的學術風格及特色。

他秉承清代乾嘉學派謹嚴、踏實、實事求是、鍥而不捨的學風，以學術為天下之公器。但問耕耘，不問收獲。言必有據，無徵不信，既博且要，精益求精。他十分重視第一手材料，博覽群集，嫻熟於胸。為撰《敦煌變文字義通釋》，遍讀幾百種文獻，舉凡詩詞曲賦、小說筆記、語錄、民謠、佛經、道書、詔令、奏狀、碑文、音義、字書、韻書、史書、文集，都在他的取材範圍，左抽右取，駕輕就熟。平生篤於深求，恥於浮誇，以求臻於學術上完美之境界。他的著述必經反覆磨勘後，纔予發表。重要論著，都經多次修訂。如《敦煌變文字義通釋》一書，已增訂四次，還認為訂補工作遠未結束，假我餘年，必將續有增補。同時，蔣先生虛懷若谷，不恥下問，在他的著述中，稱引後學言論，必署其名，決不掠美，獎掖之情溢於言表。

在理論上，蔣禮鴻教授對乾嘉段、王之學，把握至深，深得「訓詁之旨本於聲音」之奧秘精義。根據語音推尋故言，每每能引申觸類，不限形體，一洗緣詞生訓之弊。同時借鑑現代語言理論，融古今理論為一體，指導學術實踐。而且，他從詞彙整體結構性著眼，將語詞放入共時與歷時框架中探索詞義詞源，這樣就跳出了傳統語義學的窠臼，把語詞考釋納入漢語史的研究軌道。

在方法上，蔣禮鴻教授嫻熟運用本證、旁證、參互校核、因聲求義、探求語源、方言佐證之法。具體而言，即從體會聲韻、辨認通假及字形、審視文例、玩繹章法文意入手，然後歸納比勘，在縱橫繫聯中使詞義交相發明、結論堅確不拔。在古籍箋訂或語詞考釋中，蔣先生還善於把校勘和訓詁結合起來，以校勘為訓詁第一步功夫，用訓詁解決校勘問題。如《秋胡變文》:「今蒙孃教，聽從遊學，未季娘子賜許已不？」「未季」不可通。蔣先生審視上下文例，以本校之法證明「未季」是「未委」之誤，並以翔實例證說明「委」有知義，「未委」就是「未知」。從而使變文錯字得到糾正，文義大明。

蔣禮鴻教授的研究特色，集中體現在語詞研究的五大要旨——解疑、通文、探源、證俗、博引之中。解疑是因語詞難以索解而提出，這是點的研究。通文是讓語詞的解釋施及其他文獻，而冀具互證互補、相得益彰之效。這是將點的突破引向面的研究。探源包括兩個層次，一是最早書證的探求；二是從語言角度探索詞義語源，並勾勒出詞的產生、發展、詞義消長、用字異同、詞形訛變的軌跡。證俗是將所釋語詞與現今方言俗語中的詞語相印證。以方言證古和古義證方言，將古今漢語的研究貫通起來。博引是專就材料而言，語詞研究的基礎正在於材料的可靠性和廣泛性。上述五者體現了蔣先生語詞研究的基本思路：即以翔實可靠的資料作基礎，由解疑入手，以點及面旁通其他文獻；然後上溯源頭以討語源，下及方言以證古語，勾勒出語詞之產生發展、詞義消長、詞形變幻和用字異同，在共時和歷時的框架中把語詞研究納入漢語詞彙史的軌道。

蔣禮鴻教授一生以讀書為樂，手不釋卷，著述不輟。同時，門下多士，誨人不倦，不知老之將至。作為當代著名語言學家、敦煌學家，他在訓詁、敦煌語言研究、古籍整理和辭書編纂方面，作出了突出的貢獻。作為一名教師，他為培植後進，殫心竭力。從教五十七年，桃李滿天下，很多學生已成為相關專業的著名專家和學術骨幹。晚年在身罹頑疾的情況下，還帶出十多名博士、碩士，傳承有序，後繼有人。他指導學生，最注重人品、學品，他曾對學生説：「治學要有好成績，首先有個態度問題，這個態度就是不欺——不騙人，首先不騙自己。」「不存私心，老老實實的態度，是搞學問最基本的東西。」這在今天特別有教育意義。

蔣禮鴻教授具有中國優秀知識分子的高貴品質：治學嚴謹，淡泊名利，嚴於律己，寬於待人，誨人不倦，忠厚謙和，篤於情義，畢生以宏揚中華民族優秀文化、以發展學術與獎掖後學為己任。他的高尚人品與精湛學術，至今為學界敬仰與傳誦。

《蔣禮鴻全集》編委會由原杭州大學蔣禮鴻先生的弟子組成，成員有顏洽茂、俞忠鑫、方一新、黃征、任平。

《蔣禮鴻全集》收錄蔣禮鴻先生所撰各種專著、論文及詩詞。編排次序：先專著，次論文，次詩詞及附錄。論文則以已發表，尚未發表，及未完成者為先後。已出專著凡誤排字句均已改正。

蔣禮鴻先生在原著原稿親筆增補的文字，插入原文相應位置。未刊手稿無句讀者，均加以標點。文稿中的古今字、異體字等，或因所引資料原文如此，或因作者的行文風格和書寫習慣使然，不強作規範；

殘稿一般不予整理，以示原貌。

各卷整理者列名如下：《敦煌變文字義通釋》，顏洽茂整理。《義府續貂》、《類篇考索》、《商君書錐指》，俞忠鑫整理。《語言文字學論叢》、《懷任齋文集》，方一新整理。《古漢語通論》，為蔣禮鴻與任銘善合著，任平整理。《語言文字學論叢續編》，收錄未及編集的論文及部分殘稿；《懷任齋詩詞　頻伽室語業》，收錄蔣禮鴻與其夫人盛靜霞所撰寫的詩詞，黃征整理。

由於浙江大學出版社和袁亞春總編、黃寶忠副社長對學術事業的長期關注與熱心倡導，在學術著作出版步履艱難的今天，

《蔣禮鴻全集》得以順利出版，誠為幸事，謹致以衷心的感謝。

《蔣禮鴻全集》編委會

2015 年 8 月十二日

序目

蔣禮鴻

古代口頭語言的真實面貌，反映在「正統」的文言文裡的非常之少，而在民間的創作以及文人吸取民間口語的作品中可以窺見其一部分。民謠、詩、詞、曲、小說、隨筆、語錄等，其中或多或少地保存著口語的材料。研究古代語言的人，對這些還沒有加以足夠的注意，以致古代語言真相隱而不顯。

近代學者，為了研究民間文學，稍稍注意到民間語言的研究，而以從事於金、元戲曲語言的為較多。可以見到的，如徐嘉瑞的《金元戲曲方言考》、朱居易的《元劇俗語方言例釋》，都是這方面的專著；還有王季思箋注的《西廂記》，也常常涉及語言問題。不過王書不是專著，徐氏書早出而比較簡略，朱氏書只有舉例而很少說明，這些都是有待於擴充和闡發的。張相先生的遺著《詩詞曲語辭彙釋》，考釋的範圍上及於唐詩，下至元、明戲曲，收羅材料特多，可以說是語義學和文學方面很有參考價值的著作。

研究古代語言，我以為應該從縱橫兩方面做起。所謂橫的方面是研究一代的語言，如元代。其中可以包括一種文學作品方面的，如元劇；也可以綜合這一時代的各種材料，如元劇之外，可以加上那時的小說、筆記、詔令等。當然後者的做法更能看出一個時代語言的全貌。所謂縱的方面，就是聯繫起各個時代的語言來看它們的繼承、發展和異同，《詩詞曲語辭彙釋》就是這樣做的。入手不妨而且也祇能從一小部分一小部分做起，但到後來總不能為這一小部分所限制；無論是縱的和橫的，都應該有較廣泛的綜合。就綜合來說，《詩詞曲語辭彙釋》在縱的方面算是有了展延，但在橫的方面範圍仍是狹窄的。例如唐代的材料，作者祇採用了詩詞和少量的變文，而於小說、筆記和大量的變文等都沒有採集。這一則是體例所限，一則是所見材料還不足，不能過於吹求，但不能不算是憾事。

敦煌所出的變文，現在已由人民文學出版社結集成為《敦煌變文集》，所收變文凡七十八篇，是自有變文專輯以來最豐富的一部。變文是唐五代間的民間文學，其中保存有不少當時口語的材料。有些材料，可以和同時代的敦煌其他文字如曲子詞以及詩、詞、筆記等相印證，有些可以和漢魏六朝及宋元的材料相聯繫。由於變文裡頭假借字和本字雜出，簡體俗體字和正字並列，聲音的轉變，以及和現代詞義的差異，單獨看一個詞就不容易知道它的意義，得花一些歸納整理的工夫，纔能把這些口語的詞義弄清楚。例如「忽然」、「忽爾」、「忽而」、「忽如」、「忽期」、「忽」作「倘或」解，「諸」、「之」作「其他」解，都是要從不止一個例子來看它們的聯繫會通之處纔能得出結論來的。在整理歸納中間，除了解決一些詞義問題，也揭露了一些有關語法的情況，如「將為」一詞的構成過程，及一些有詞無義的語助詞等。在這方面，變文提供了漢語史中較多的口語詞彙和語法的材料。

但單就變文來歸納整理是會發生困難的。如鷰子賦中的「亦不加諸」，要是沒有張文成的《遊仙窟》和段成式的《酉陽雜俎》等資料來作助證，就會疑心「諸」是錯字。難陀出家緣起的「道三兩聲家常」，沒有王梵志的詩，也很難肯定它是佈施的意思。「將為」當作「認為」講，因有韋應物、司空曙等人的詩而它的構詞情況更加明白。「繼絆」就是「繫絆」，也因有《國史補》的材料而更加明確。這些都說明，研治語言，材料不能侷限於狹窄的範圍以內。

《敦煌變文字義通釋》是我歸納整理變文材料，以期窺探唐五代口語詞義的一個嘗試。不叫「詞義通釋」，是因為有極少部分衹說明文字的假借，但絕大部分都是詞義的說明。除了變文本身以外，也參考了一些其他有關的敦煌文獻，及唐五代人的詩和筆記小說之類；此外也引用了一些漢魏六朝和宋元以後的材料，附列於本條之後，想把這些材料作極初步的、極不完整的縱的橫的串連：名為「通釋」，也是這一個意思。衹是這些材料少得太可憐了，縱的聯繫竟談不上。

我的工作的成績是很有限的，變文中還有好多詞兒解釋不出。如降魔變文裡的「併薝」、維摩詰經講經文裡的「隔事」都很難解釋；廬山遠公話裡的「亡空便額」，不知道和封演的《封氏聞見記》卷十所說的「『查談』名詆訶為『額』」是否有關係。這些還不能索解的詞語是很多的有待於語義學者繼續探索。就是已經解釋了的由於見聞疏陋識解庸愚主觀牽強之處在所難免。識力和工夫都不副所願不能通其所可通只能竊比於變文方面的「金元戲曲方言考」罷了。

這裡收了一些宋元常見的詞兒，這是想指明這些詞兒在宋元以前已經有了；也收了一些《詩詞曲語辭彙釋》裡已有的詞兒，是想給這部書添加一些例證和說明；而有些詞兒在《敦煌曲初探》和《敦煌曲校錄》裡已經有過解釋，則不再收入，以免重複。變文錯字很多《敦煌變文集》略已校出，將應改正的字記於本文之下，旁加括號以示區別，現依式迻錄；倘有未經校改或雖改過而我認為不恰當的就另記我所認為應改正的於本字之下其例與本集同。引文都註明在《敦煌變文集》中的頁數，以便尋檢。全稿略依所釋各詞的義類，分為六篇，列記條目於後。

最後，用敦煌變文題記中的一句話以請求於讀者：「或見不是處，有人讀者，即與政（正）著！」

目次

第二篇 釋容體

第三篇 釋名物

第四篇 釋事為

下冊

第五篇　釋情貌

第六篇　釋虛字

上冊

第一篇　釋稱謂

奴　孥　阿奴

第一人稱代詞，和「我」相同，男女尊卑都可通用。

王昭君變文：「異方歌樂，不解奴愁。」；（頁100）又：「遠指白雲呼且住，聽奴一曲別鄉關。」；（頁101）這是女子自稱為「奴」的例子。韓擒虎話本裡記陳後主的話道：「阿奴今擬興兵，收伏狂秦。」又記隋文帝楊堅的話道：「阿奴無得（德），檻（濫）處為軍（君）。」（都見頁199）這是男子而又是帝王自稱的例子。破魔變文：「鬼神雲裡皆勇猛，魔王時時又震威，圍繞佛身千萬匝，擬捉如來暢絮情。」；《變文集》校道：『絮』上文作『努』，乙卷作『怒』。疑應作『奴』，我也。」按上文有和這幾句類似的話，是「處分鬼神齊用命，捉將來，暢我身。」；（頁347）可見「絮」就是「我」。「絮」字應作「孥」，《太平廣記》卷二百八十一引《纂異記》張生條，記張生妻子的話道：「昨夜夢草莽之處，有六七人，遍令飲酒，各請歌。孥凡歌六七曲，有長鬚者頻抛觥。方飲次，外有發瓦來，第二中孥額。」可證。這個「孥」字，魔王用來為男子自稱，張生妻子用來為女子自稱，其實都是「奴」字的假借。

清人錢大昕《十駕齋養新錄》卷十九，婦人稱奴條：「婦人自稱奴，蓋始於宋時。嘗見《猗覺寮雜記》云：『男曰奴，女曰婢，故耕當問奴，織當問婢。今則奴為婦人之美稱，貴近之家，其女其婦則又自稱曰奴。』是宋時婦女以奴為美稱。宋季二王航海，楊太后垂簾，對群臣猶稱『奴』，此其證矣。予案：六朝人多自稱『儂』；蘇東坡詩：『它年一舸鴟夷去，應記儂家舊姓西。』『儂家』猶『奴家』也，『奴』即『儂』之聲轉。《唐詩紀事》載昭宗菩薩蠻詞：『何處是英雄，迎奴歸故宮！』則天子亦以此自稱矣（或云：「安得有英雄，迎歸大內中！」蓋後人嫌其俚，改之）。」據變文看來，「奴」字本來可作任何人的自稱，不過到後來男子一般不再稱「奴」罷了。說女子以「奴」為美稱從宋開始，是不得其實的。又，清人俞正燮《癸巳存稿》卷十二，唐昭宗詞條，以為「此在華州託宮人思歸之詞。……《中朝故事》、《唐詩紀事》載之，作『何處是英雄，迎儂歸故宮！』蓋疑昭宗不當自稱奴，斟酌之，使自稱儂。」俞氏也是認為昭宗不當自稱奴的，因而他別生新解，把「奴」推到宮人嘴上；假使他看到韓擒虎話本，不知又該怎樣說了。

浙江武義自稱也說「阿奴」〔ano〕，或說「阿儂」〔anoŋ〕，「奴」、「儂」是一音之變。平湖、嘉善也說「阿奴」，嘉善阿字音有變化，讀如〔haʔ〕。

乘

第一人稱代詞和「我」相同。

維摩詰經講經文：「我今時固下天來，為見師兄禪坐開；得禮高人忻百度，喜瞻荓（菩薩）喜千迴。蒙宣法味令齋解，又休（沐）談楊（揚）決乘懷。酬答並無法（諸）異物，惟將天女作賣排。與棄（垂）受，莫疑猜，上界從今承（不）願迴；誓與師兄為弟子，永充荓遶花臺。乘（垂，齖魺書：「只是擔眠夜腂。」見頁858。「眂」為「眠」誤，「腂」就是「睡」，可證「棄」、「乘」都是「垂」字形近之誤）道力，乞慈哀，赴乘情成察乘懷；有願施時須與受，无乖見處定无乖。」；這段文章裡的四個「乘」字，除「乘道力」的「乘」是「垂」字字形相近之誤以外，其餘三個按文義都應該和「我」的意義相同。「又沐談揚决乘懷」這一句，和長興四年中興殿應聖節講經文的「今朝敢請高僧說，一語分明醒我懷」（頁417）的意思是差不多的。「赴乘情成察乘懷」應作「副乘情誠察乘懷」，王重民輯《敦煌曲子詞集》，生查子詞：「金殿選忠良，合赴君王意。」「赴」也和「副」通用。本篇下文說：「千萬今朝察我懷。」（頁633）「察我懷」和「察乘懷」句例正同，這裡的「乘」應該解作「我」是無可懷疑的。何以「乘」能解作我？用古韻來說，「乘」、「朕」本是同部，「乘」可以說是「朕」的假借，文中的話是魔王波旬假冒天帝釋說的，以他的身分也可以稱「朕」。不但如此，李陵變文：「李陵言訖遂降蕃，走至單於大帳前。先守（首）昨來征戰事，然當盡朕本情元。」（頁91）李陵身非帝王，也可以自稱為「朕」。不過《廣韻》「乘」在穿鼻的證韻，「朕」已轉入閉口的寑韻，似乎這兩個字當時在韻部上已經分道揚鑣，而變文裡還有通借的情形，是古韻未盡轉變的殘跡。大抵變文用的是西北方音，是不一定完全符合《切韻》系統的。章炳麟《新方言》二：「朕本音在蒸部，《廣韻》入四十七寢韻，讀直諗切，則轉入侵部矣。」

義烏人朱國祥（已故）説：義烏第一人稱代詞有「朕」〔dʑia〕的。據義烏「橙」音為〔dza〕，「棚」音為〔ba〕，「耕」音為〔ka〕，則朱説可信。據此，自稱為「朕」無分於貴賤，在口頭上流傳未泯不過在書面上已幾乎不再是一般人的自稱而已。

或説「乘」是「我」字之誤。按我字草書與乘字形略相似，或説似可通，但無確據，姑錄其説於此。

某乙　厶乙

是一種「寓名」，可用於自稱，也可以用於他稱，而且貴賤男女通用。

太子成道變文：「九龍吐水欲（浴）太子，記（起）腳七步，一手至（指）天，一手至（指）地，口稱：『為（唯）我為尊，某乙向上更無人。』」；（頁 320）這是如來自稱。不知名變文：「某乙便是善惠。」；（頁 819）這是大雪山南面梵志婆羅門僧徒弟善惠自稱。又：「言（然）婢女言道：『某乙蓮花並總不買（賣）』。」（頁 820）這是婢女自稱。

長興四年中興殿應聖節講經文：「沙門厶乙言。」（頁 411）徐震堮校：「『厶』同『某』。《穀梁》桓二年傳注『鄧，厶地』，《釋文》云：『厶』本作『某』。上卷凡釋『乞』作『某』者，皆當作『某乙』。」「沙門某乙」是講經的和尚自稱。唐太宗入冥記裡記通事的話道：「唐天子太宗皇帝李乞生魂。」；（頁 209）「乞」是「厶乙」的合文，這卻用於他稱的貴人。唐人劉肅《大唐世説新語》卷十三郊禪篇，記玄宗封禪玉牒文道：「有唐嗣天子臣某乙，敢昭告於昊天上帝。」可見用「某乙」來代皇帝的名字，是當時實在有的事情，不能因唐太宗入冥記是通俗作品而懷疑它失實。

也有單用「乙」作寓名的。《太平廣記》卷一百，張無是條引牛肅《紀聞》：「忽有數十騎至橋駐馬，言：使乙至布政坊，將馬一乘往取十餘人。」

唐人劉長卿的《劉隨州文集》卷十一有祭崔相公文、祭閻使君文（二篇）、祭董兵馬使文、祭故吏行官文，凡五篇，自稱都是「某乙」，其祭故吏行官文則又說「致祭於故吏行官某乙之靈」，用於對稱。

唐人楊鉅《翰林學士院舊規》，書詔樣：「凡外藩奏事專使，若是都押衙、都虞候，即言『都押衙、都虞候某乙至』，其餘一例言『軍將某乙』；若是幕府官，即一例言『判官某乙至』；如是步奏官，即言『奏事官某乙至』。」高彥休《唐闕史》卷上，鄭侍郎判司勳檢條：「內侍省牒言：弓箭庫使正議大夫內謁者監某乙，乞少恩例，用階蔭子。」

唐人呂溫代鄭相公謝賜門戟狀：「右今日中使某乙，至私第奉宣聖旨，賜臣前件戟者。」（中華書局影印本《全唐文》第6325頁下欄）

《太平廣記》卷一百四十六，尉遲敬德條引唐人盧子《逸史》：「尉遲不得已，令書生執筆，曰：『錢付某乙五百貫。』具月日，署名於後。」「某乙」用來代替書生的姓名。又卷一百五十三，趙昌時條，引唐谷神子《博異志》：「聞將家點閱兵姓名聲，呼『某乙』，即聞唱『唯』應聲。」又卷一百五十八，許生條引《玉堂閒話》：「生恐懼謝過，告吏曰：『某乙平生受朱存忠恩，知其人性不食醬，是敢竊食簿驗之。』」

宋人陳元靚《歲時廣記》卷八引《修真入道秘言》：「三元君以是日（立春日）乘八輿之輪上詣天帝。子候見，當再拜自陳：『某乙乞得給侍輪轂三過。』」

魏晉時有用「某甲」為寓名的也可旁證。如《嵇中散集》卷十：「便言某甲昔知吾事。」又《雜寶藏經》卷二：「識某甲不識？」《三國志》魏志崔琰傳裴松之注引《魏略》：「某甲，卿不得我。」

下官

自稱的詞兒，不論地位和男女都可以用。

妙法蓮華經講經文：「要去任王歸國去，下官決定不相留。」（頁494）這是阿私仙對大王講的話，仙人而自稱「下官」，似乎很奇特，更奇特的是女子也自稱「下官」，齖書新婦的詩道：『本性齖齣處處知，阿婆何用事悲悲？若覓下官行婦禮，更須換却百重皮。』；就是新婦自稱「下官」的例子。齖書有三個寫本，原卷和乙卷作「官」，甲卷作「棺」，顯然甲卷是不可依據的。

「下官」本來是謙稱，但就齖齣來說，已經沒有謙稱的意味了。這和「阿奴」本是謙稱而後來泛作自稱之用一樣——現代平湖人自稱「阿奴」，是絕無謙稱的意味的。

《北齊書》高祖十一王任城王湝傳：「下官神武帝子，兄弟十五人，幸而獨存，逢宗廟顛覆，今日得死，無愧墳陵。」

《太平廣記》卷十八引唐人李復言《續玄怪錄》，說柳歸舜與鸚鵡武仙郎相問答，武說：「然下官禽鳥，不能致力生人，為足下轉達桂家三十娘子。」

《太平廣記》卷二百七，王獻之條引《法書要錄》：「獻之嘗與簡文帝書十許紙，題最後云：『下官此書甚合作，願聊存之。』」又卷五十七，太真夫人條，記王母小女太真夫人與安期先生問答，安期四次自稱下官，如云：「下官先日往九河，見司陰與西漢夫人共遊。見問以陽九百六之期，聖主受命之劫，下官答以幼稚，未識運厄之紀。」宋張君房所纂《雲笈七籤》卷九十八，太真夫人贈馬明生詩二首序，又卷一百六，馬明生真人傳，並云安期見太真稱下官，此則或因神仙也有官品的緣故。

唐張文成《遊仙窟》：「僕斂容而答曰：『下官望屬南陽，住居西鄂。……下官堂構不紹，家業淪湑。』」又「下官答曰：『比不相知，闕為參展，今日之後，不敢差違。』」

宋趙彥衛《雲麓漫鈔》卷四：「古人多自稱下官，見於傳記不一。蓋漢晉諸侯之國，並於其主稱臣；宋孝武孝建中始有制不得稱臣，止官云下官，《文選》江文通詣建平王書是也。今人猶有言者。」然則仙人，婦女、鸚鵡等自稱「下官」，乃是稱謂之濫。又按：「下官」一詞，大概最早見於賈誼陳政事疏：「古者大臣……坐罷軟不勝任者，不謂罷軟，曰『下官不職』。」謂屬下的官吏，不為自稱；但是宋制諸侯之臣自稱「下官」，却從此義轉來。

之者　此者

等於說「之人」、「之物」。「者」字在普通文言文裡都直接放在動詞、動賓結構和形容詞之後，用以指發出這些動作和具有這些性能的人或物，略似現代語中「的字結構」的「的」；「者」字前面安上連接詞「之」，是很奇特的用法。這樣用法，「之」字前面常常是兩個字。

祇園因由記：「非但此金，世間一切伏藏未出之者，我能盡見。」（頁 405）「未出之者」就是未出之物。佛說阿彌陀經講經文：「南邊之者，以況新來；北伴（畔）之徒，擬將似我。」（頁 456）「南邊之者」據上文是南邊的牛。以上兩例都是指物的。維摩詰經講經文：「福微之者遂蔬食，福盛之人皆上味。」（頁 572）又一篇道：「我聞修行之者，不逆人情；荓（菩薩）之人，巧隨根器。」（頁 628）降魔變文：「在此國內之人，更無剃頭之者。」（頁 380）「之者」和「之人」對舉，「之者」就是「之人」。又如降魔變文「尋問監園之者」（頁 368），目連緣起「將施貧乏之者」（頁 701），這些「之者」都是指人的。

《魏書》甄琛傳：「請少高里尉之品，選下品中應遷之者，進而為之。」

蘇聯東方研究所藏唐人卷子佛報恩經講經文：「降勅召羈孤之者，道路如流；齊鍾（鐘）集耕稼之民，村園競集。」

唐釋慧超《往五天竺傳》殘卷：「有罪之者，據輕重罰錢，亦無刑戮。」又云：「其牛總白，萬頭之內，希有一頭赤黑之者。」又云：「遍歷五天，不見有醉人相打之者。縱有飲者，得氣得力而已，不見有歌舞作劇飲宴之者。」唐釋道世《法苑珠林》卷六，日月篇第三之一引《大集經》：「一切天人之間，無有如是智慧之者。」

成玄英《莊子》寓言疏：「先坐之人避席而走，然火之者不敢當竈。」

元結時議中篇：「吾州里有忠義之者，仁信之者，方直之者。」

歐陽詹泉州二公亭記：「又釣人飄颻於左右，游禽出沒於前後，一眄一睞，千趣萬態，税息之者，若在蓬壺方丈之上。」

沈顏登華旨：「文公憤趣榮貪位之者，若陟懸崖，險不能止，俾至身危蹈蹶，然後嘆不知税駕之所，焉可及矣。」

宋釋道原《景德傳燈錄》卷五，司空山本淨禪師：「大德若作見聞覺知之解，與道懸殊；即是求見聞覺知之者，非是求道之人。」又卷二十五，金陵報慈道場行言導師：「此日英賢共會，海眾同臻，諒惟佛法之趣，無不備矣。若是英鑑之者，不須待言也。」

唐人范攄《雲溪友議》卷十：『紇干尚書臮苦求龍虎之丹十五餘稔。及鎮江右，乃大延方術之士。作劉弘傳，雕印數千本，以寄中朝及四海精心燒煉之者。」李復言《續玄怪錄》卷一，辛平公上仙條：「二君固明智之者。」《太平廣記》卷四百五十七引唐人焦潞《窮神祕苑》：『《搜神記》：『蛇千年則斷復續。』……隋煬帝遣人於嶺南，邊海窮山，求此蛇數四，而至洛下。所得之者，長可三尺，……」《太平廣記》卷一百二杜之亮條引唐人盧永《金剛經報應記》：「及主者並引就戮，亮身在其中。唱者皆死，唯無亮姓名。主典之者皆坐罰。」據上面所引，可知「之者」確係當時習語，並非變文作者為了湊字數而加上去的。

唐釋慧琳《一切經音義》卷六，大般若波羅蜜多經第五百九卷音義：「僕隸，《說文》云：『給事之者。』」按：《說文》「僕」字的說解是「給事者」，也給解經的和尚改成「之者」，可見這個「之者」早已在當時人口頭上生根了。

宋人王溥《五代會要》卷二十五，後唐天成二年十二月三日敕：「深慮所在之方，或有無知之者，不自增修產業，輒便攪擾鄉鄰。」宋人張齊賢《洛陽搢紳舊聞記》卷五，焦生見亡妻條：「以言告相隨之者。」歐陽修軍事推官龔待問可桂州觀察推官制：「以勸不能之者。」又論王礪中傷善人乞行黜責劄子：「以戒在位傾邪之輩。」輩字下註：「一作者」，證以龔待問制，作「者」為是。

董永變文：「此者便是董仲母。」（頁 112）八相變「令遣車匿問之，此者是何人也？」（頁 335）「此者」就是「此人」，附記於此。

貴

尊稱，是尊貴的人的意思。

孟姜女變文：「□貴珍重送寒衣，未□（委）將何可報得（德）。熱（執）別之時言不久，擬如朝暮再還鄉。誰為（謂）忽遭槌杵禍，魂銷命盡塞垣亡。當別已後到長城，當作之官相苦尅。命盡便被築城中，遊魂散漫隨荊榛（棘）。勞貴遠道故相看，冒涉風霜捐氣力。千萬珍重早皈還，貧兵地下長相億（憶）。」（頁 32）這段文章上半殘缺，按文意是范杞梁鬼魂對孟姜女說的；「勞貴遠道故相看」就是「勞您……」，「口貴珍重送寒衣」的缺文也應是「煩勞」「承蒙」等意思，而「貴」也是尊稱。用「貴」來作尊稱，這和宋人稱後輩為「賢」是一樣的。

使頭　使長　侍長

主人，上司。

父母恩重經講經文：「有一類門徒弟子，為人去就乖疏。……阿娘幾度與君婚，說着人皆不欲聞；纔始安排交（教）仕宦，等閒早被使頭真（嗔）。」（頁 686）這是指上司。五代王定保《唐摭言》卷十五，賢僕夫篇：「李敬者，本夏侯譙公之傭也。公久厄塞名場，敬寒苦備歷。或為其類所引曰：『……你……孜孜事一箇窮措大，有何長進！……』敬驟然曰：我使頭及第後，還擬作西川留後官。』」這又是主人。宋人程大昌《演繁露》卷十二，知後典條引《摭言》作「吾主人登第，尚擬作西川留後官」可證。五代孫光憲《北夢瑣言》卷二十，孫卯齋條：「嘉州夾江縣人孫雄，人號孫卯齋，其言事亦何奎之流。偽蜀主歸命時，內官宋愈昭將軍數員，舊與孫相善，亦神其術，將赴洛都，咸問其將來昇沈。孫俛首曰：『諸官記之：此去無災無福。但行及野狐泉已來稅駕處，曰孫雄非聖人耶？——此際新舊使頭皆不見矣。』諸官皆疑之。爾後量其行邁，合在咸京左右，後主罹偽詔之禍，莊宗遇鄴都之變，所謂新舊使頭皆不得見之驗也。」這裡又稱國主為使頭，君臣也是主僕關係。

明人徐渭《南詞　錄》，曲中常用方言字義條：「使長：金元謂主曰使長。」「使長」這個名稱應該就是從「使頭」來的。《西廂記》第三本楔子紅娘白：「侍長請起，我去則便了。」這話是對鶯鶯說的，王季思以為「侍長，即使長也。」明人馮夢龍編纂的《警世通言》卷十三：「那廝吃得醉，走來家把迎兒罵道：『打脊賤人！見我恁般苦，不去問你使頭借三五百錢來做盤纏？』」使頭指迎兒的舊主母。嚴敦易註：「使頭，就是使長，宋元時奴婢稱呼家主做使長。」按：以「使長」稱主人，唐五代已經有了，此外又有「使主」一稱，見於唐宋文籍。如：《資治通鑑》卷二百六十九，後樑紀四，均王貞明三年：『晉王使〔李存矩〕……益南討之軍，以壽州刺史盧文進為裨將。小校宮彥璋與士卒謀曰：『……吾儕捐父母妻子，為人客戰送死，而使長復不矜恤，奈何？』眾曰：『殺使長，擁盧將軍，……』」《舊唐書》韋處厚傳：『魏博史憲誠中懷向背，……嘗遣親吏請事，至中書。處厚謂曰：『晉公以百口於上前保爾使主；處厚則不然，但仰俟所謂，自有朝典耳。』」宋人洪邁《夷堅丁志》卷四，王立熝鴨條：『中散大夫史忞……值賣熝者，甚類舊庖卒王立。……恍惚間已拜於前，曰：『倉卒逢使主，不暇書謁。』」

明李實《蜀語》：「主父曰使長公，主母曰使長婆。使去聲。」

唐人高駢對花贈幕中詩：「海棠初發去春枝，首唱曾題七字詩。今日能來花下飲，不辭頻把使頭旗。」「把使頭旗」或是作主盟的意思，待考。

袁家驊《漢語方言概要》第九章第五節，粵方言語法特點：「『婆』〔p‘ɔ˩〕：與『佬』相對，表示成年女子。例如：事頭婆〔si˧ t‘au˩p‘ɔ˩〕——女店主，女主人。」袁氏所記的「事頭婆」當即「使頭婆」。據此，「使頭」作主人講，還存在於現代方言之中。

阿郎　郎

主人。

董永變文：『不棄人微同千載，便與相逐事阿郎。」（頁111）；「阿郎把數都計算，計算錢物千疋強。」（頁111）「但織綺羅數已畢，却放二人歸本鄉。『二人辭了須好去，不用將心怨阿郎。』」（頁111）這些「阿郎」都指董永所賣身的主人。𢈔山遠公話：「捨身與阿郎為奴，須盡阿郎一世。」（頁175）佛說阿彌陀經講經文：「或為奴婢償他力，衣飯何曾得具全！夜頭早去阿郎嗔，日午齋時娘娘打。」（頁467）「阿郎」和「奴」「奴婢」對稱，明顯地是主人。

劉義慶《世說新語》豪爽篇：「桓石虔，司空豁之長庶也。小字鎮惡，年十七八，未被舉，而童隸已呼為鎮惡郎。」又傷逝篇：「郗嘉賓喪，左右白郗公：『郎喪。』」

唐人趙璘《因話錄》卷四：「及楊〔憑〕自京尹謫臨賀尉，使使候先生……使還，先生曰：『報汝阿郎（「阿」下原有「本」字，依《太平廣記》卷七十六所引刪），不久即歸，勿憂也。』」「阿郎」是對使者稱其主人的稱呼。

《大唐世說新語》卷二，剛正篇：「時朝列呼易之、昌宗為五郎、六郎，璟獨以官呼之。天官侍郎鄭杲曰：『中丞奈何呼五郎為卿？』璟曰：『鄭杲何庸之甚！若以官秩，正當卿號；若以親故，當為張五郎、六郎矣。足下非張氏家僮，號五郎、六郎，何也？』」（事亦見兩《唐書》宋璟傳）可見「郎」是家僮對主人的稱呼，而且比稱官號還尊重些。《資治通鑑》卷二百七，唐紀二十三，則天后長安三年，記同一事，胡三省注：「門生、家奴呼其主為郎，今俗猶謂之郎主。」又白行簡《李娃傳》：「有老豎，即生乳母壻也，見生之舉措辭氣，將認之而未敢，乃泫然流涕。生父驚而詰之。因告曰：『歌者之貌，酷似郎之亡子。』」《資治通鑑考異》卷十九引柳珵《上清傳》：「貞元壬申歲春三月，相國竇公居光福里第，月下閑步於中庭。有常所寵青衣上清者，乃曰：『今欲啟事，郎須到堂前，方敢言之。』竇公亟上堂，上清曰：『庭樹上有人，恐驚郎，請謹避之。』」「郎」也是稱主人的。

《景德傳燈錄》卷十五，筠州洞山良價禪師語：「若不顛倒，因什麼認奴作郎？」宋人徐度《却掃編》卷下：「囚曰：『適見訟者，乃殺我主者也。』問：『何以知之？』曰：『見其身猶衣郎之衣。』」宋人張師正《括異志》卷六，張白條：「監兵罷歸，其僕遇白於揚州開明橋，問：『方鑑在否？為我語汝郎，斯鑑亦不久留。』」

張永言說：南北朝「郎」已有對奴僕而言的主人一義。《水經》溫水注：「〔范〕文為奴時，山澗牧羊，於澗水中得兩鯉魚，隱藏挾歸，規欲私食。郎知，檢求。」禮鴻案：此事又見任昉《述異記》，曰：「范文，本日南奴也。為奴時牧羊，於澗中得兩鯉魚，欲私食之。郎知，詰文。」參後「孃孃」條引《資治通鑑》晉孝武帝太元九年文。

又《北史》節汲固傳：『憲即為固長育，至十餘歲，恒呼固夫婦為郎婆。」唐無名氏《玉泉子》：「裴勛質貌幺麼，而性尤率易。嘗與父坦會飲，坦令飛盞，每屬其人，輒目諸狀。坦付勛曰：『矮人饒舌，破車饒楔，裴勛十分。』勛飲訖而復盞曰：『蝙蝠不自見，笑他梁上燕，十一郎十分。』——坦第十一也。」稱父親也叫「郎」。唐玄宗稱為「三郎」，皇帝也可以叫「郎」。大約「郎」相當於後世的「爺」，所以也可以施之於皇帝，就好像小說上稱「萬歲爺」一樣。宋岳珂《寶真齋法書贊》卷八，唐摹雜帖，李邕光八郎帖跋：「明皇之子琚封於光，太宗之曾孫嶠襲於濮。唐世重郎稱，在至尊猶或名之，故雖帝子之貴，弗為瀆也。」按：帖中稱「濮王八郎」、「光八郎」，都是宗室諸王。

章炳麟《新方言》三，證明古時夫稱婦或婦稱夫都可稱良或良人；

婦為良人，故字變作娘；夫為良人，故相承用郎。「然良又為尊稱。《少儀》：『負良綏。』註：『良綏，君綏也。』《左傳》戎帥稱大良、少良，此皆郎字（《廣雅》：『郎，君也。』即《少儀》之良）。秦、漢天子侍從稱郎，亦本良人，《呂氏春秋》序意『良人請問十二紀』是也。良人即良家子，所居曰郎門、郎屋。故晉、宋至唐郎為尊稱。……郎為男子尊稱，故娘亦為女子尊稱，今人稱母為娘，是也。」據章說，則以阿郎、郎為主人，以娘娘、娘子為主母，其語源為古之良和良人。

主人也稱為郎君。《太平廣記》卷四百三十六，韋有柔條引《廣異記》：「建安縣令韋有柔，家奴執轡，年二十餘，病死。有柔門客善持呪者，忽夢其奴云：『我不幸而死，尚欠郎君四十五千，地下所由令更作畜生以償債。』」卷四百三十七，姚甲條引《廣異記》：「附子忽謂主云：『郎君家本北人，今竄南荒，流離萬里。』」

歌歌　哥哥

父親。

搜神記田崑崙條：「其田章年始五歲，乃於家啼哭，喚歌歌孃孃。」（頁 884）按王力《漢語史稿》第五十四節說：「『哥』又可以用來稱父。《舊唐書》王琚傳：『玄宗泣曰：四哥仁孝』，四哥指睿宗。《淳化閣帖》有唐太宗與高宗書，稱『哥哥勅』。這可能是用低一級的稱呼來表示親熱；如果『哥』有『父』義，則『四哥』不可解。清高祥麟《說文字通》云：『北齊太子稱生母為姐姐，宋時呼生母為大姐姐』，這種情形與『哥』字同。」《舊唐書》玄宗諸子傳，棣王琰的話：「惟三哥辯其罪人。」也稱父親為「哥」。清人顧炎武《日知錄》卷二十四，論唐時人稱父為「哥」，也引「四哥仁孝」和「惟三哥辨其罪」的話。變文的「歌歌」就是唐太宗對高宗自稱的「哥哥」。舜子變：『打殺前家歌子」（頁 131），「歌子」就是哥子，可證變文裡這兩個字通用。田章五歲時，父母親都不在家裡，所以要哭喚「歌歌孃孃」即阿耶阿娘。現在浙江武義和安徽歙縣還有管父親叫哥哥的。

任二北說：斯一四九七、斯六九二三等卷內，有「少小黃宮養」者，乃一印度戲文，演須大拏太子將親生兒女施捨給人的故事。兒唱：「我今隨順哥哥意，只恨娘娘猶未知。」「哥哥」指太子，其父；「娘娘」指太子妃，其母。禮鴻按：斯兩卷我未見，據《敦煌遺書總目索引》，此兩題作「小小黃宮養讚」，「黃宮」即「皇宮」，猶如孟姜女變文「黃天」即「皇天」（頁 32）。

孃孃　娘娘　娘子　娘主

有兩義，一是母親，一是主母。

作母親解的：漢將王陵變：「莫忘孃孃乳哺恩！」（頁 46）孔子項託相問書：「項託入山遊學去，叉手堂前啟孃孃：『百尺樹下兒學問，不須受記有何方（妨）？』」（頁 233、234）目連緣起：「目連見母哭烏呼，良久之間氣不蘇。『自離左右經年歲，未審娘娘萬福無？』」；父母恩重經講經文：「致使娘娘形貌，日日汪（尫）羸；慈母顏容，朝朝瘦悴。」（頁 682）現在江蘇申港俗呼母親也叫「娘娘」。

作主母解的，見上「阿郎」條所引佛說阿彌陀經講經文，那裡「娘娘」與「阿郎」相對，又是打奴婢的人，當然是主母。

主母又叫「娘子」。唐人薛調《無雙傳》：「仙客遣老嫗，以求親之事聞於舅母。舅母曰：『是我所願也，即當議其事。』又數夕，有青衣告仙客曰：『娘子適以親情事言於阿郎，阿郎云：向前亦未許之。模樣云云，恐是參差也。』」這裡青衣的話，「娘子」稱主母，「阿郎」稱主人，極為分明。

主人、主母又叫「郎主」、「娘主」。商務印書館編《敦煌遺書總目索引》，斯坦因劫經錄，一九四六卷，淳化二年韓願定賣家姬〔子〕�勝契，有「賣身女人�勝、出賣女人娘主七娘子、出賣女人郎主韓願定」等名押。《資治通鑑》唐紀二十三注見前，又卷一百五，晉紀二十七，孝武帝太元九年：「生死唯郎是從。」胡注：「今世俗多呼其主為郎主，又呼其主之子為郎君。」可見以「郎」、「郎主」為主人，自晉至元相承未替。

司馬光《司馬氏書儀》卷上：「古人謂父為阿郎，謂母為孃子，故劉岳《書儀》上父母書稱阿郎孃子。其後奴婢尊其主如父母，故亦謂之阿郎孃子；以其主之宗族多，故更以行第加之。」

內親

母親。

搜神記樊寮條：「昔有樊寮至孝，內親早亡，繼事後母。」（頁865）《漢魏叢書》本干寶《搜神記》卷五：「昔楚僚至孝，內親早亡，敬事後母，終身不失。」《祕冊彙函》本卷十一作「楚僚早失母，事後母至孝」。疑《祕冊》本已經竄改。這裡的「內親」，蓋晉時語。

郎君

主人的兒子，猶後世所說的「少爺」。

捉季布傳文：「商量乞與朱家姓，脱鉗除褐換衣新。今既收他為骨肉，令交內外報諸親。莫喚典倉稱下賤，總交喚作大郎君。」（頁63）主人之子稱「郎君」，見上「孃孃」條所引《通鑑》胡注。這裡是說朱解收季布為子，而叫家奴稱他為大郎君。破魔變文：『奉用莊嚴合宅小娘子郎君貴位。」（頁345）這是指官僚的子女而言，就是後世所稱的「小姐、少爺」了。

《因話錄》卷六：「李涼公逢吉未掌綸誥前，家有老婢好言夢。……一日，婢晨至，慘然。公問其故，曰：『昨夜與郎君作夢，不是好意，不欲說。』」

《太平廣記》卷一百九十四，崑崙奴條引唐人裴鉶《傳奇》：「時家中有崑崙摩勒，顧瞻郎君曰：『心中有何事，如此抱恨不已，何不報老奴？』……『但言，當為郎君解釋，遠近必能成之。』」這都是老僕對少主的稱呼。又卷一百八十三，鄭昌圖條引五代王仁裕《玉堂閑話》：「僕曰：『我郎主官已高，諸郎君見修學次。』」「郎主」稱主人，「郎君」即小主人。又卷一百五十七，馬舉條引無名氏《聞奇錄》：「淮南節度使馬舉討龐勛，為諸道行營都虞候。遇大陣，有將在阜旗下，望之不入賊，使二騎斬之。騎迴云：『大郎君也。』舉曰：『但斬其慢將，豈顧吾子！』」《舊五代史》裴約傳：「裴約，潞州之舊將也。初事李嗣昭為親信，及繼韜之叛，約方戍潞州，因召民泣而諭之曰：『余事故使已餘二紀，每見分財享士，志在平讎，不幸薨歿。今郎君父喪未葬，即背君親；余可傳刃自殺，不能送死與人！』」嗣昭為昭義節度使，所以稱「故使」，繼韜為其子，據文自明。

《陔餘叢考》卷三十七，郎君大相公條，略謂：「漢以後則凡身事其父者，皆呼其子為郎君。」可參看。但《叢考》說：「至如李義山見棄於令狐楚，而有詩曰：『郎君官貴施行馬，東閣無因得再窺』（楚乃令狐綯相國之子也）……此又皆貴人子弟之通稱也。」這却是錯的。李商隱在令狐楚鎮天平汴州時從為巡官，而令狐綯是令狐楚的兒子，商隱所稱的「郎君」是令狐綯，其所以稱郎君，正因身事其父，不能說是貴人子弟的通稱。《文選》應璩與滿公琰書：「外嘉郎君謙下之德。」張銑注：「滿炳父寵為太尉，璩嘗事之，故呼其子為郎君。」《南史》齊武帝諸子晉安王子懋傳，記子懋遇害後事：「子懋子昭基九歲，以方二寸絹為書，參其消息，並遺錢五百，以金假人，崎嶇得至。〔董〕僧慧覩書對錢曰：『此郎君書也。』悲慟而卒。」案：僧惠事子懋為防閤，所以稱他的兒子為郎君。宋邵博《河南邵氏聞見後錄》卷十九：「晏叔原，監潁昌許田鎮，手寫自作長短句，上府帥韓少師。少師報書：『得新詞盈卷，蓋才有餘而德不足者。願郎君捐有餘之才，補不足之德，不勝門下老吏之望云。』」這裡的韓少師，丁傳靖以為是韓維，確否未詳，但其人必曾為晏殊屬官，所以稱其子為郎君，則可斷言。又，唐無名氏《大唐傳載》：「開元東封，有太原人於伯隴者，年一百二十八歲，精爽不昧，……自北乘詣闕引見。……曰：臣，神堯皇帝之臣也。荏苒歲月，得至今日，復事郎君，臣之幸矣。……』」則又管主人的曾孫輩叫郎君，不僅對主人之子而言了。

《水滸傳》第四十八回：「小郎君祝彪騎一匹劣馬，使一條長鎗，自引五百餘人從莊後殺將出來。」祝彪是祝家莊莊主的兒子，故稱小郎君。

又按：「郎君」一詞，基本意義應為主人之子，但或亦為一般對青壯年人的敬稱，如《酉陽雜俎》前集卷九，盜俠篇：「士人韋生移家汝州，中路逢一僧，因與連鑣，言論頗洽。日將銜山，僧指路謂曰：『此數裡是貧道蘭若，郎君豈不能左顧乎？』」或為對後輩的稱呼，稱之者帶有倚老賣老的意味，如《傳奇》崑崙奴條記崔生見勳臣一品，一品說：「郎君閑暇，必須一相訪，無間老夫也。」又宋人劉斧《青瑣高議》

後集卷五，隋煬帝海山記上：「〔楊〕素歸，謂家人輩曰：『小兒子吾已提起，交作大家，即不知了當得否？』素恃有功，見帝多呼為郎君。」這是楊素以元老重臣自居，故以「郎君」呼煬帝，表現得很傲慢。至於女子稱丈夫或所愛為「郎君」，更為習見，這裡就不引了。

又按：「郎君」也有用來稱主人的，但不多見。清吳增祺編《舊小說》乙集二，唐，錄任蕃《夢遊錄》櫻桃青衣條（《太平廣記》卷二百八十一亦載其文，未注出處）：「徬徨迷惑，徐徐出門，乃見小豎捉驢執帽，在門外立，謂盧曰：『人驢并饑，郎君何久不出？』」唐張鷟《朝野僉載》：「隋開皇中，京兆韋袞有奴曰桃符，每征討將行，有膽力。袞至左衛中郎，以桃符久從驅使，乃放從良。桃符家有黃牸牛，宰而獻之，因問袞乞姓。袞曰：『止從我姓為韋氏。』符叩頭曰：『不敢與郎君同姓。』」《太平廣記》卷四百三十六，韋有柔條引《廣異記》：「建安縣令韋有柔，家奴執轡，年二十餘，病死。有柔門客善持呪者，忽夢其奴云：『我不幸而死，尚欠郎君四十五千，地下所由令更作畜生以償債。』」卷四百三十七，姚甲條引《廣異記》：「附子忽謂主云：『郎君家本北人，今竄南荒，流離萬里。』」

阿家　家　大家

「翁姑」的姑。

孝子傳：「新婦聞之方割股，阿家喫了得疾平。」（頁 910）徐震堮校：「『家』同『姑』。」搜神記李信條說：李信夢中被鬼換了一個胡人的頭，他的妻子發覺後，「驚懼走告姑曰：『阿家兒昨夜有何變怪，今有一婆羅門胡在新婦床上而臥』」（頁 879）「阿家兒」就是阿姑的兒，即指李信。齖䶗書裡有「阿家詩曰」、「新婦詩曰」的話（頁 858、頁

859），可見「阿家」就是阿姑，唐人「姑」、「家」兩個字的讀音應該是相同的。

也有單用「家」字的，父母恩重經講經文：「若是家翁在上，伯叔性難。晝夜不憚劬勞，旦夕常懷憂懼。」（頁 681）「家翁」就是姑和翁，所以跟「伯叔」相對，「伯叔」指丈夫的兄弟。

《因話錄》卷一：「郭曖嘗與昇平公主琴瑟不調，……尚父（子儀）拘曖，自詣朝堂待罪。上召而慰之，曰：『諺云：不癡不聾，不作阿家阿翁。』」「阿家阿翁」就是阿姑阿翁。清人黃生《義府》卷下：「『家』即曹大家之『家』，『家』『翁』謂公姥二人。溫公《通鑑》，去一『阿』字，作『阿家翁』，失古人口語矣。」按：《通鑑》作「不癡不聾，不為家翁」，並無「阿家翁」之說。據下面所引《南唐書》，姑可以稱為「家」，「翁」字前不加「阿」更無問題。《通鑑》不誤，黃氏誤駁。唐人康駢《劇談錄》卷下，張季弘逢惡新婦條：「新婦不敢不承事阿家，自是大人憎嫌新婦。」據上下文，「阿家」就是姑，「大人」和古詩為焦仲卿妻作「大人故嫌遲」同義，也是姑。前蜀陳裕詠渾家樂二首之一：「阿家解舞清平樂，新婦能拋白木毬。」阿家與新婦相對，其為姑義甚明。

「阿家」也稱「大家」。《晉書》列女孟昶妻周氏傳：「周氏曰：『君父母在堂，欲建非常之謀，豈婦入所諫？事之不成，當於奚官中奉養大家，義無歸志也。』」《宋書》孝義孫棘傳：「棘妻許又寄語屬棘：『君當門戶，豈可委罪小郎？且大家臨亡，以小郎屬君。』」《因話錄》卷三：「崔吏部樞夫人，太尉西平王女也。西平生日，中堂大宴。方食，有小婢附崔氏婦耳語久之，崔氏婦頷之而去，有頃復至。王問曰：『何事？』女對曰：『大家昨夜小不安適，使人往候。』王擲筯怒曰：……汝為人婦，豈有阿家體候不安，不檢校湯藥，而與父作生日！』」《太平廣記》卷一百二十二引溫庭筠《乾𦠆子》:「〔郭氏〕啟姑曰:『新婦七八年溫凊晨昏。今將隨夫之官,遠違左右,不勝咽戀。然手自成此衫子,上有剪刀誤傷血痕,不能澣去。大家見之,即不忘息婦。』」又卷三百三十三引戴君孚《廣異記》,說李陶和女鬼往來,「女郎貌幾絕代,陶深悅之,留連十餘日。陶母躬自窺覘,累使左右呼陶。陶恐阻己志,亦終不出。婦云:『大家召君,何以不往?得無坐罪於我?』」這裡女鬼自認是李陶的妻子,所以也稱他的母親為「大家」,就是阿家、阿姑。

宋人馬令《南唐書》卷二十五,談諧傳:「〔李〕家明俳戲,為翁媼列坐,諸婦進飲食,拜禮頗繁。翁媼怒曰:『自家官,自家家,何用多拜耶!』」注:「江浙謂舅為官,謂姑為家。」

陝北洛川和關中銅川兩縣婦女稱翁姑為「達、媽」,對人稱翁姑為「阿公、阿家」,見黎錦熙《陝北關中兩縣方言分類詞彙》(載《中國語法與詞類》,1951 年九月北京師範大學出版部三版本)。案:「達、媽」本是稱父母的,稱翁姑為「達、媽」是順著丈夫的稱法。

又案:《南史》范曄傳,載范曄謀反被殺,臨刑時和家人相見,「曄妻……罵曄曰:『君不為百歲阿家,不感天子恩遇。……』曄所生母對泣曰:主上念汝無極,汝曾不能感恩,又不念我老,今日奈何?』……曄妻云:『罪人,阿家莫憶莫念。』」《北齊書》崔暹傳,記北齊顯祖文宣帝高洋把侄女樂安公主嫁給崔暹的兒子崔達拏,「顯祖嘗問樂安公主:『達拏於汝何似?』答曰:『甚相敬重,唯阿家憎兒。』顯召達拏母入內,殺之。」據此,稱姑為阿家、大家是六朝就有的事。參看清人趙翼《陔餘叢考》卷三十八,娘子條。又媳婦稱翁也叫大家,唐釋道世《法苑珠林》卷六十八引《增一阿含經》:「須摩提女報曰:『止,止,大家!我不堪向裸形人禮。』」須摩提是滿財長者新娶的媳婦,這話是向滿財長者說的。

「大家」又有作主人解的，亦或用以稱皇帝。《佛說九色鹿經》:「溺人下地遶鹿三帀，向鹿叩頭，乞與大家作奴，給其使令，採取水草。」《太子須大拏經》:「我父好道，無復財物可用布施，以我丐之，則是我大家。」《百喻經》卷上「奴守門喻」:「大家行還，問其奴言，財寶所在。」前文「其主行後」，可證「大家」即為主人。又《賢愚經》卷四：「時彼使人奔隨大家到舍衛國。」此亦可證。宋人王讜《唐語林》卷五:「玄宗嘗三殿打毬，榮王墮馬悶絕。黃幡綽奏曰:『大家年幾不為小，聖體又重。儻馬力既極，以至顛躓，天下何望？』」劉知幾《史通》，雜說中篇論隋人王劭的《齊志》道:「主上有大家之號，師人致兒郎之說必尋其本源，莫詳所出；閱諸《齊志》，則了然可知。」按：「主上」應包括主人與皇帝二義。《齊志》已佚，《北齊書》神武紀，高歡稱爾朱兆為大家，並非皇帝；恩倖高阿那肱傳，高阿那肱和穆提婆稱後主高緯為大家，則是皇帝。又蔡邕《獨斷》:「天子……親近侍從官稱曰大家。」則漢代已稱皇帝為大家。因為不是變文的意義，史文就不詳引了。《太平廣記》卷一百三十五，北齊神武條引《三國典略》:「屋中二大人出，持神武衣甚急。其母目盲，曳杖呵二子:『何故觸大家！』」大家亦謂皇帝。《舊唐書》肅宗張皇後傳，記肅宗在靈武為太子，皇後時為良娣，稱肅宗為大家，則太子也稱大家。宋代又有稱長公主為大家的，見《苕溪漁隱叢話》前集卷四十一引《王直方詩話》，似不多見。

現代武義人也稱姑為「大家」〔dia kua〕，翁則稱「子公」。

男女　女男

兒女。

維摩詰經講經文：「父母繫心最切，是腹生之子。……迴乾就濕，恐男女之片時不安。」（頁 538）又：「處處垂慈不偶然，還如男女一般看。」（頁 541）後一條就是上文所說「𦬊（菩薩）憂念三界眾生，愛如若（弱）子」（頁 537）。父母恩重經講經文：「女男得病阿娘憂」，「直待女男安健了」，「纔見女男身病患」（並見頁 691），都作兒女解。

許國霖《敦煌雜錄》，利涉法師勸善文：「先亡父母口男女，我今受罪知不知？」

唐釋道世《法苑珠林》卷九十二，十惡篇第八十四之三，偷盜部之餘，道世自記的一則感應緣謂，隋皇甫遷因偷母錢變成豬，「比鄰相嫌者並以豬譏罵，兒女私報豬云：『爺今作業不善，受此豬身，男女出頭不得。……』」「兒女」、「男女」並用。又卷一百二，唐司元大夫妻蕭氏感應緣（不著出處）：「然汝男女，憶吾乳餔之恩，將吾生平受用資具，速捨修福，望拔冥苦。」杜甫歲晏行：「況聞處處鬻男女，割慈忍愛還租庸。」韓愈洞庭湖阻風贈張十一署詩：「男女喧左右，饑啼但啾啾。」《舊唐書》武延秀傳：「主（安樂公主），韋后所生男女中最小。」又玄宗諸子傳，延王玢：「玄宗幸蜀，玢男女三十六人，不忍棄於道路，數日不及行在所。」唐人《義山雜纂》有「不達時宜」二十二條，其中有涉於「男女」者三條：「將男女赴席；誇男女伎倆；獎男女嬌騃。」柳宗元《童區寄傳》：「越人少恩，生男女，必貨視之。」

《太平廣記》卷四十一引薛漁思《河東記》：「州有寺名寶林，中有魔女神堂，越中士女求男女者，必報驗焉。」

元人辛文房《唐才子傳》卷七，李羣玉傳，引段成式哭羣玉詩：「老無男女累，誰哭到泉臺！」日本天瀑山人刻本是這樣的，古典文學出版社排印本却據《唐詩紀事》卷五十四改作「兒女」，這實在是《唐詩紀事》的作者計有功忽略了唐人口語的緣故，應以天瀑本為正。《雲溪友議》卷六，也載這首詩，正作「男女」。

《景德傳燈錄》卷二十八，香嚴襲燈大師智閑破法身見頌：「向上無父孃，向下無男女。」

《洛陽搢紳舊聞記》卷二，李少師賢妻條：「夫默然泣下曰『某已老，男女小。』」按：所記的李少師名肅，歷後唐、晉、漢、周至宋，說這話時在後晉朝。

宋人王明清《揮麈後錄》卷七：「錢忱伯誠妻瀛國夫人唐氏……隨其姑長公主人謝欽聖向后於禁中，時紹聖初也。先有戚裡婦數人在焉，俱從后步過受釐殿。同行者皆仰視，讀『釐』為『離』。夫人笑於旁曰：『受禧也，蓋取宣室受釐之義耳。』后喜，回顧主曰：『好人家男女，終是別。』」也以「男女」作兒女講。

洪邁《夷堅丁志》卷十，劉左武條：「妻及男女數人繼死，但餘子婦並幼子存。」卷十一，從事妻條，記西安宰誤買同官王從事妻為妾，「宰曰：『以同官妻為妾，不能審詳，其過大矣。幸無男女於此，尚敢言錢乎！』卒歸之。」俞忠鑫說：今浙江紹興、上虞猶謂兒女為「男女」；如：自家男女，無男無女。禮鴻按：今通語猶有「一男半女」之說。

晉人常璩《華陽國志》卷十中，廣漢士女：「正流，廣漢李元女，楊文妻也。適文，有一男一女而文歿。」卷十下，漢中士女：「杜泰姬，南鄭人，趙宣女也。生七男七女。」《三國志》吳志孫奮傳裴松之注引晉人虞溥《江表傳》：「徙還吳城禁錮，使男女不得通婚，或年三十四十不得嫁娶。奮上表，乞自比禽獸，使男女自相配偶。」又魏志華歆傳：「特賜御衣，及為其妻子男女皆作衣服。」又王脩傳注引晉人王隱《晉書》:「〔王裒〕同縣管彥，少有才力，未知名。裒獨以為當自達，常友愛之。男女各始生，共許為婚。」《後漢書》逸民向長傳：「男女娶嫁既畢，勅斷：『家事勿相關，當如我死也。』」（此本晉皇甫謐《高士傳》卷中，向長傳）又列女孝女叔先雄傳：「所生男女二人，並數歲。」《雜寶藏經》卷十一：「不生男女，不得生天。」後魏羊衒之《洛陽伽藍記》卷五，凝圓寺條：「去塔一里，東北下山五十步，有〔須大拏〕太子男女遶樹不去，婆羅門以杖鞭之，流血灑地處。」又：「〔白象宮〕寺內圖太子夫妻以男女乞婆羅門像。」《魏書》蕭寶夤傳：「公主攜男女就寶夤訣別，慟哭極哀。」《北史》李遷哲傳：「妾媵至有數百，男女六十九人。」又隋宗室諸王文帝男房陵王勇傳：「廢勇及其男女為王公主者並為庶人。」又鐵勒傳：「唯丈夫婚畢，便就妻家待產，乳男女，然後歸舍。」據此，晉、宋、後魏時已有以「男女」為兒女這個詞語。又《陳書》儒林王元規傳：「梁時山陰縣有暴水漂流居宅。元規唯有一小船，倉卒引其母妹並孤姪入船，元規自執檝棹而去，留其男女三人閣於樹杪，及水退獲全。」《北齊書》酷吏宋遊道傳：「歷官嚴整，而時大納賄，分及親故之艱匱者，其男女孤弱，為嫁娶之。」《魏書》高祖紀上：「數州災水，饑饉荐臻，致有賣鬻男女者。」又道武士王傳：「和罷沙門歸俗，棄其妻子納一寡婦曹氏為妻。曹氏年齡已長，攜男女五人隨鑒至歷城，干亂政事。」《北史》白建傳：「男女婚嫁，皆得勝流。」

「男女」還有兒童、奴僕、將弁對主帥自稱和詈辭等義，見呂叔湘《新版〈敦煌變文字義通釋〉讀後》（《中國語文》1982 年第 3 期）。此不具詳。

兒壻

丈夫。

舜子變：「立（妾）有姑（孤）男姑（孤）女，流（留）在兒壻手頂（頭），願夫莫令邊恥（鞭笞？）。」（頁 129）上句說「兒壻」，下句說「夫」，意義相同。醜女緣起：「妻見兒壻怨煩，不免再三盤問。」

（頁 795）佛說阿彌陀經講經文：『妻若邪淫拋兒聟，來生還感沒丈夫。」（頁 467）「聟」是「壻」的俗體。「兒壻」對「妻」而言，也是丈夫。「兒壻」的「兒」，本來是女子自稱，唐代婦女自稱為「兒」，例子很多如張鷟《遊仙窟》：「僕因問曰：『主人姓望何處？夫主何在？』

十娘答曰：兒是清河崔公之末孫，適弘農楊府君之長子。……』」

《雲溪友議》卷四：「〔韋〕皐妻垂泣而言曰：『韋郎七尺之軀，學兼文武，豈有沉滯兒家，為尊卑見誚？』」變文則如孟姜女變文：「君若有神，兒當接引。」（頁 34）「兒壻」猶言「我夫」，推廣開去，連別人的丈夫也叫「兒壻」了，醜女緣起和佛說阿彌陀經講經文就是如此。京劇中旦角常有稱「兒夫」的，「兒夫」就是「兒壻」。

入舍女壻　入舍

贅壻。

齖䶗書：「沒處安身，乃為入舍女壻。」（頁 861）因為沒處安身，所以贅在丈人家裡。

宋人朱翌《猗覺寮雜記》捲上：「世號贅壻為布袋，多不曉其義。……人問其徒云：『如何入舍壻謂之布袋？』」（呂叔湘說：元張國賓《薛仁貴》雜劇第二折，梧葉兒曲「劉太公家菩薩女，招那莊王工做了補代。」一般只有女無兒的人家纔招人入贅，因而稱為補代。亦見《新版〈敦煌變文字義通釋〉讀後》）清人俞樾《小繁露》入舍女壻條：「今人稱贅壻曰入舍女壻，亦有所本。《夷堅志》隗伯山條云『饒州市隗十三名伯山者，淳熙初年蹟州門裡王小三家作入舍女壻。』」現在浙江平湖仍有「入舍女壻」的說法，「人」音〔ni？〕。

宋人范鎮《東齋記事》卷一，宣祖初自河朔南來條：「家人商議，欲以為四娘子舍居之壻。」「舍居之壻」就是入舍女壻。

《義山雜纂》有「不可過」九條，其一為「入舍妻惡」，「入舍」即入贅。《劉知遠諸宮調》第一，白：「召取少年，交（教）為入舍。」又第二，般涉調麻婆子曲：「入舍為女壻。」都是講李三傳招贅劉知遠做贅壻。據此，贅壻也可以單稱「入舍」。明馮夢龍《警世通言》第十三卷，三現身包龍圖斷寃：「不嫁出去，則要他入舍。」嚴敦易注：「入舍，坐產招夫，做贅壻。」清人張南莊《何典》第四回，說雌鬼要坐產招夫，託六事鬼找人，六事鬼提出劉打鬼，說：「若再肯做入舍布袋，豈不是有緣千重（里）來相會？」

今舟山方言稱贅婿為「進舍女婿」，亦可印證。

伯母

妯娌，兩弟兄的妻子互相稱呼的名稱。

父母恩重經講經文：「不遂（逐）少（小）姑花不（下）去，懶陪伯母趁嬌兒。」（頁698）這裡的「伯母」對小姑而言，應指妯娌。因為婦女稱丈夫的哥哥為伯伯，丈夫的弟弟為叔叔，所以就稱丈夫的弟兄的妻子為伯母或叔母。現在浙江嘉興妯娌合稱為兩伯母，杭州稱為叔伯母；從變文看來，起源是很早的。

今浙江舟山妯娌合稱為兩叔伯母。「伯母」似是對兄長之妻的稱呼。

當家

本家：自己家裡的；同姓。

變文裡見到兩處，都作前一個意義講。唐太宗入冥記：「又復見任輔楊（陽）縣尉，當家伍佰餘口，躍馬肉食，□是皇帝所司。」（頁210）搜神記田崑崙條：「當家地內，有一水池，極深清妙。」（頁882）下文天女稱崑崙為池主，可見水池是崑崙家裡所有的。

《北史》房豹傳：「〔房熊〕長子彥詢……特為叔豹所愛重；病卒，豹取急親送柩還鄉，悲痛傷惜，以為喪當家之寶。」「當家」即本家。又趙隱傳：「善草隸，雖與弟書，書字楷正，云：『草不可不解，若施之於人，即似相輕易；若當家卑幼，又恐其疑所在宜爾；是以必須隸筆。』」唐人張鷟《朝野僉載》卷五，記婁師德的一個同鄉姓婁的人犯法，師德說：「犯國法，師德當家兒子亦不能捨，何況渠？」「當家兒子」就是自己的兒子，這是前一義。陳師道叔父惠鉢詩三首之一：「當家父子親分付，不比黃梅萬里來。」義同。而唐人書中又常常把「當家」作同姓講，例如：陸贄論齊映齊抗官狀：「希顏奉宣進止：『卿等所進齊映替李衡。緣江南與湖南接近，齊映、齊抗，既是當家，同任方面，事非穩便，宜別商量者。』齊映、齊抗，同姓別房，既非五服之親，則與眾人無異。」《太平廣記》四十八，李吉甫條引《逸史》，載王鍊師告李吉甫從事王起語：「本師為在白鹿，與判官亦當家，能與某同往一候謁否？」這裡鍊師自謂與王起同姓，而其本師「亦」與起同姓。又卷二百八十一，櫻桃青衣條：「又應宏詞，姑曰：『吏部侍郎與兒子弟當家連官，情分偏洽，令渠為兒必取高第。』」這裡「與兒子弟」的「兒」是小說中主角范陽盧子的姑母自稱，「為兒」的「兒」指盧子；「與兒子弟當家連官」是說吏部侍郎和她的子弟是連官而又同姓同宗。《酉陽雜俎》前集卷十二，記周皓打傷高力士的兒子，都亭驛所由魏貞讓他逃到汴州去，說：「汴州周簡老，義士也，復與郎君當家，今可依之。」（今本《雜俎》有脫文，參看《太平廣記》卷二百七十三）《雲溪友議》卷十，記王建作宮詞一百首，獻同宗內官王樞密詩，裡面說明宮詞所寫的事情是從樞密那裡聽來的，道：「不是當家頻向說，九重爭遣外人知？」（參看明胡震亨《唐音癸籤》卷二十九，談叢五，第五條）這兩個「當家」也指同姓。裴鉶《傳奇》甯茵條，記茵「因夜風清月朗，吟咏庭際」，有牛怪桃林斑特處士和虎怪南山斑寅將軍來訪，斑寅稱：「聞君吟咏，故來追謁。況遇當家，尤增慰悅。」「當家」指斑特，是同姓。

宋人王讜《唐語林》卷六：「盧尚書宏宣與弟衢州簡辭同在京師。一日，衢州早出，尚書問有何除改。答曰：『無大除改，唯皮遐叔蜀中刺史。』尚書不知皮是遐叔姓，謂是宗人，曰：『我彌當家，沒處得盧皮遐來。』」

白居易贈楚州郭使君詩：「當家美事堆身上，何啻林宗與細侯。」林宗即郭泰，細侯即郭伋，都是後漢名人，這首詩是贈給郭使君的，所以稱當家。又黃庭堅送少章從翰林蘇公餘杭詩：「文學縱橫乃如此，故應當家有季子。」任淵注引居易此詩，並云：「當，音去聲。」《北夢瑣言》卷六，劉蛻奏令狐相條：「先是令狐相自以單族，每欲繁其宗黨，與崔、盧抗衡；凡是當家（今本誤作「富」，據《太平廣記》卷二百六十一改正），率皆引進。」

楊萬裡書黃廬陵伯庸詩卷詩：「句法何曾問外人，單傳山谷當家春。」也指同姓而言。又千葉水仙花詩：「向來山谷相看日，知是他家是當家？」「當家」與「他家」相對，就是本家。

洪邁《容齋三筆》卷八，四六名對條：「范文正公未遇時，嘗冒姓朱。後歸本宗，作啟曰：『志在逃秦，入境遂稱於張祿；名非霸越，乘舟偶效於陶朱。』用范睢、范蠡，皆當家故事。」

《紅樓夢》第六十五回：「俗語說的：『便宜不過當家。』你們是哥哥兄弟，我們是姐姐妹妹，又不是外人，只管上來！」這是說便宜不過自家人，哥哥兄弟和姐姐妹妹都是自家人，也都是「當家」。

現代北京話也有「當家子」的說法，也是說同姓的人，「當」讀去聲，和任淵注相合。見《中國語文研究資料選輯》（中華書局 1957 年 3 月版），張洵如：國語用字之變音。

王梵志詩：「官人所須物，當家皆具備。」此謂自己家裡的。

《晉書》劉毅傳，毅上疏論九品中正：「當身困於敵讎，子孫離其殃咎。」「當身」即本身，「當身」、「當家」的「當」，義同。

家

妻。

孔子項託相問書：「車破更造，必得其新；婦死更娶，必得賢家。」（頁 233）「賢家」就是賢妻。古代因有夫妻而後有家室，所以妻或稱室，或稱家，而夫有時也稱家。《詩》周南桃夭「宜其家人」孔穎達疏：「桓十八年《左傳》曰：『女有家，男有室。』室家，謂夫婦也。」《國語》齊語：「罷士無伍，罷女無家。」韋昭注：「夫稱家也。」這是稱夫為家的例子。稱妻為家的例子有：《左傳》僖公十五年：「逃歸其國，而棄其家。」杜預注：「『家』謂子圉婦懷嬴。」孔穎達疏：「夫稱妻曰家。」《楚辭》離騷：「羿淫游以佚畋兮，又好射夫封狐。固亂流其鮮終兮，浞又貪夫厥家。」王逸注：「妻謂之家。」這事又見《左傳》襄公四年，《左傳》稱：「浞因羿室，生澆及豷。」杜預注「因羿室」說：「就其妃妾。」「室」、「家」都指妻。變文的「家」，以及後來如《紅樓夢》的賴大家的、周瑞家的、林之孝家的，都是這種說法的繼承。現在俗間稱自己的妻子也叫「家裡」。

《太平廣記》卷三百十八，甄沖條引劉宋劉義慶《幽明錄》：「忽有一人來通，……云：『大人見使，貪慕高援，欲以妹與君婚，故來宣此意。』甄愕然，曰：『僕長大，且已有家，何緣此里（理）？』」下文甄又說：「僕老翁，現有婦，豈容違越？」

李紳江南暮春寄家詩：「想得心知寒食近，潛聽喜鵲望歸來。」竇鞏從軍別家詩：「自笑儒生著戰袍，書齋壁上掛弓刀。如今便是征人婦好織迴文寄竇滔。」這正是寄妻別妻的詩。

《呂氏春秋》不屈篇：「人有新取婦者。婦至，宜安矜，煙視媚行。豎子操蕉火而鉅，新婦曰：『蕉火大鉅。』入於門，門中有歛陷，新婦曰：『塞之。將傷人之足。』此非不便之家氏也，然而有大甚者。」高誘注：「家氏，婦氏。」按：「非不便之」的「之」和《禮記》大學「人之其所親愛而辟焉」的「之」同義，朱熹《大學章句》：「之猶於也。」「非不便之家氏」就是非不便於家氏，「家氏」應指夫家，高注誤，附辨於此。

親羅　瓜羅　枝羅

親屬或親戚關係。

醜女緣起：「夫主入來無喜色，親羅未看（省）見慇懃。」（頁797）鷰子賦：「雲野鵲是我表丈人，鵓鳩是我家伯，州縣長官，瓜蘿親戚。」（頁249）「瓜」是瓜蔓，「蘿」是女蘿，都有牽連有關係的意思，所以和「親戚」同義並列。「親羅」的「羅」應與「蘿」通用，意義也相同。

《敦煌遺書總目索引》，斯坦因劫經錄，2687 卷，天福十三年潯陽郡夫人翟氏布施疏：『合宅姻眷，俱沐禎祥；內口枝羅，俱霑福祐。』又 3691 卷，佛說佛名經卷第十五題記：「合宅枝羅，常然慶吉。」「枝羅」也應與「瓜蘿」同義，「枝」、「瓜」都有枝蔓延引的意思。

《資治通鑑》卷二百四十五，唐紀六十一，文宗太和九年：「時宦官深怨李訓等，凡與之有瓜葛親或蹔蒙獎引者，誅貶不已。」胡三省注：「瓜葛，有所附麗，言非至親，或羣從中表相附麗以　親好，若瓜葛然。」「瓜葛」和「瓜蘿」同義。按《通鑑》的「瓜葛」指薄親，但魏明帝種瓜篇：「與君為新婚，瓜葛相結連。」《晉書》王導傳：「導嘗共悅弈棋爭道，導笑曰：『相與有瓜葛，那得為爾邪？』」王悅是王導的兒子，可知瓜葛也指夫妻父子等至親，不僅指薄親。

朝庭　朝廷

朋友。

唐太宗人冥記：「皇帝緣心□□，便問催子玉：『卿與李乹風為知己朝庭否？』催子玉□□（答曰）：『臣與李乹風為朝庭。』帝曰：『卿既與李乹風為□□（知已）朝庭，情分如何？』子玉曰：『臣與李乹風為朝廷已來，□□管鮑。』」（頁 210）「知己朝庭」就是知己朋友，所以催子玉用「管鮑」來比喻他和李乹風的交情。鷰子賦：「併糧坐守死，萬代得稱傳。百姚憶朝廷，哽咽淚交連。」（頁 265）「姚」字應作「桃」，「百桃」即左伯桃。這四句用羊角哀和左伯桃的事。據《太平御覽》卷四百零九引《列士傳》，是左伯桃死而羊角哀生，《變文集》裡有時和《列士傳》相同，如搜神記末一條；有時恰巧相反，如齖䶗書說，「每憶賢人羊角哀，求學山中併糧死。」（頁 860）則是說羊角哀死。唐人吳筠經羊角哀墓作：「伯桃葬角哀，墓近荊將軍。」也是羊角哀死。鷰子賦的四句，上兩句說羊角哀併糧坐死，下兩句說左伯桃思憶朋友而流淚。《資治通鑑》卷二百七十五，後唐紀四，明宗天成元年：「契丹主聞莊宗為亂兵所害，慟哭曰：『我朝定兒也。吾方欲救之，以渤海未下不果往，致吾兒及此！』哭不已。虜言朝定，猶華言朋友也。」朝庭、朝廷就是朝定，來源於契丹語。

隣並　鄰比　並隣　竝畔

鄰居，猶如說「比鄰」，「比」和「並」是一聲之轉。

鷰子賦：「鷰雀既和，行至東隣並，乃有一多事鴻鶴，借問二子，比來爭競。」（頁253）原卷沒有「東」字，《變文集》校者據甲卷補，把「並」字連在下句讀。徐震堮校道：「『東』字不必補，當在『並』字逗，『並』『競』為韻。」徐說是對的。劉復《敦煌掇瑣》，王梵志詩：「隣並須來往，借取共交通。急緩相憑仗，人生莫不從。」賈島題李凝幽居詩：「閑居少隣並，草徑入荒村。」釋齊己湖西逸人詩：「君能許鄰並，分藥嚶春畦。」李咸用寄題從兄坤載村居詩：「鄰並無非樵釣者。」秦觀次韻公闢即席見寄詩：「與君鄰並共煙霞，乘興時時過我家。」可以用來糾正甲卷衍文及《變文集》句讀之誤。

中國科學院歷史研究所資料室編《敦煌資料》第一輯，有下列四件買賣房地契，丙子年沈都和賣宅舍契：「自賣已後，一任丑撻男女收餘居，世代為主。若右（有）因（姻）親論治此舍來者，一仰丑撻竝隣覓上好舍充替一院。」丙辰年張骨子買宅舍契：「其舍一買後，任張骨子永世便為主記居住（《資料》斷「居住」屬下句，誤）。中間或有兄弟房從及至姻親干悋，稱為主記者，一仰舍主宋欺忠及妻男隣近穩便買舍充替。」陰國政賣地契殘卷：『……稱為主者，一仰叔祗當（按：賣主叔姪兩人，叔陰國政，姪陰再□），竝畔覓上好地充替。」宋太平興國七年呂住盈等賣宅舍契：「自賣已後，若中間有兄弟及別人諍論此舍來者，一仰口承二人（按：□承人指賣主。同書後唐天復二年安力子賣地契「洪潤鄉百姓安力子及男等……將本戶□分地出賣與同鄉百姓令狐進通。……中間若親姻兄弟及別人爭論上件地者，一仰口承人男兄弟祗當」等語可證。二人，即賣主呂住盈及弟阿鸞，見上文）面上□並隣舍充替。」以上後三契語意都相同，意謂買賣以後，如有人出來自稱業主，爭奪主記權（即產權）的，應由原賣主覓買房地給買主充替，為照顧買主利益，充替的房地產應在原業地的隣近。準此，第一契的第二個「丑撻」應是「都和」之誤，也是賣主覓舍充替之意，這裡四張契實在是語意全同的。「並隣」、「隣近」、「竝畔」也都是同義詞，「並隣」就是「隣並」的倒說，而「並隣」又與「比隣」為聲轉，就更加不用說了。蘇軾逸堂詩：「新第誰來作竝鄰？」

《北夢瑣言》卷四，溫李齊名條：「〔溫〕庭雲又每歲舉場多借舉人，為其假手。沈詢侍郎知舉，別施鋪席授庭雲，不與諸公鄰比。」《太平廣記》卷二百八十六引唐人薛漁思《河東記》，板橋三娘子條：「〔趙〕季和後至，最得深處一榻，榻鄰比主人房壁。」「鄰比」就是隣並。《警世通言》第四卷，拗相公飲恨半山堂：「只有茅屋三間，并無鄰比。」又按：《三國志》魏志管寧傳：「寧有族人管貢為州吏，與寧鄰比。」又管輅傳裴松之注引輅別傳：「與隣比兒共戲土壤中。」《雜寶藏經》卷五：「須臾之間，金頭金手，滿其屋裡，積為大積。鄰比告官，此貧窮人，屋裡自然有此金積。王聞遣使往覆撿之。」《賢愚經》卷四：「時優波斯那即起洗手，告語家屬及諸鄰比。」唐釋道世《法苑珠林》卷三十二引南齊王琰《冥祥記》：「其後鄰比失火，〔竺〕長舒家悉艸屋，又正下風。」則「隣比」一詞遠在六朝已經出現。《十駕齋養新錄》卷四，據管輅別傳謂：「比鄰亦云鄰比。」是很對的。

所由

吏人的名稱，所做的事情不止一種，

名稱也有分別。也用來稱某些官員。

伍子胥變文：「唯有子胥逃逝，目下未獲。如能捉獲送身，賞金千斤，戶封千邑戶（當作「封邑千戶」）；隱藏之者，法有常刑：先斬一身，然誅九族（《變文集》校，「然」下補「後」字，誤。「然」就是後）。所由寬縱，解任科徽。」（頁 4）葉淨能詩：「捕賊官及捉事所由等齊到淨能院內，問：煞人道士何在？』」（頁 219）以上兩個「所由」，都是捕捉罪人或盜賊的。伍子胥變文的「所由寬縱，解任科徽」，下句「科徽」字似費解，全句的意思是，如果所由寬縱了子胥，就要把他解除任務，並且責罰他；「科」是按科條判罪，「徽」字《變文集》校作「徵」，可從，「徵」是罰錢的意思。唐人張鷟《龍筋鳳髓判》常常見官員犯罪，「徵銅四斤」、「徵銅五斤」的話；卷一（《湖海樓叢書》劉允鵬注本）考功判：「貢人不充分數，舉主自合徵科。法有常刑，理難逃責。」「徵科」應與「科徵」同義。大目乾連冥間救母變文：「目連向前尋問阿娘不見，……被所由得見於王，門官引人見大王。」（頁 720）「得見」當作「將見」，「將」是帶領的意思。王慶菽校「被」字作「披」，好像是把「披」當作「披訴」講，「披所由」是說目連陳訴尋娘的來由，這其實是不對的。

《資治通鑑》卷二百四十二，唐紀五十八，穆宗長慶二年：「戶部侍郎判度支張平叔……請令所由將鹽就村糶易。」胡三省註：「所由，縮掌官物之吏也。事必經由其手，故謂之所由。」又卷二百五十二，唐紀六十八，僖宗乾符元年，翰林學士盧攜上言：「其蠲免餘稅，實無可徵。而州縣以有上供及三司錢，督趣甚急，動加捶撻。雖撤屋伐木，雇妻鬻子，止可供所由酒食之費。」胡注：「所由，謂催督租稅之吏卒。」可見「所由」的身分。但唐時也有稱京兆尹和太子官屬為「所由」的。《通鑑》卷二百四十三，唐紀五十九，敬宗寶曆二年：「京兆尹劉栖楚附〔裴〕度耳語，侍御史崔咸舉觴罰度曰：『丞相不應許所由官呫囁耳語。』」胡注：「京尹任煩劇，故唐人謂府縣官所由官。」（五代尉遲偓《中朝故事》：「京兆尹有生殺之柄，然而清要之官多輕薄之，目為『所由之司』。」即所謂「所由官」。）《龍筋鳳髓判》卷四，左右衛率府判二條，一條是「御史彈東宮每乘牛車微行……所由率丁讓等並請付法」，一條是「東宮無事輒發四府（即衛率府、親府、勳府、翊府）兵獵，未經奏許，所由不言，有虧國法。」其他官員可能還有稱「所由」的，但總是親事之官，而又以指吏人的為多。《舊唐書》張嘉貞傳：「有洛陽主簿王鈞為嘉貞修宅，將以求御史。因受贓事發，上特令朝堂集眾決殺之。嘉貞促所由速其刑以滅口。」這裡的所由也指官員。指吏人的「所由」在唐五代人小說中很多，現列於後：

康駢《劇談錄》捲上，王鮪活崔相公歌妓條：「鮪密言：『有一事或可活之。然須得白牛頭及酒一斛。』因召左右，試令求覓。有度支所由甚幹事，徑詣東市肉行，以善價取之，將牛頭而至。」又潘將軍失珠條：「主藏者嘗識京兆府停解所由王超，年且八十，因密話其事。超曰：『異哉！此非攘竊之盜也。某試為尋之。』」（據古典文學出版社校印本）《太平廣記》卷一百二十一，崔日知條引《朝野僉載》：「唐京兆尹崔日知處分長安萬年及諸縣左降流移人，不許暫停。有違晷刻，所由決杖。」又卷一百二十二，樂生條引《逸史》：「舉頭見執捉者一人，乃虞候所由。樂曾攝都虞候，語曰：『汝是我故吏，……』」《雲溪友議》卷十，裴諴新添聲楊柳枝詞：「獨房蓮子沒人看，偷折蓮時命也拚。若有所由來借問，但道偷蓮是下官。」《唐摭言》卷三，慈恩寺遊賞賦詠雜記篇：「薛監晚年厄於宦途，嘗策羸赴朝，值新進士榜下綴行而出。進士團所由輩數十人，見逢行李蕭條，前導曰：『迴避新郎君！』」孫棨《北里志》天水僊哥條，記「劉覃登第……極嗜欲於長安中。……所由輩潛與天水計議，每令辭以他事，重難其來。覃則連增所購，終無難色。」五代杜光庭《錄異記》卷六：「繁陽山麻姑洞，……光化二年己未五月四日丙申，土山摧落，洞門自開。縣吏時康、鄉所由楊靖、道士張守真等以事申府。」這數條裡有捉事所由和停解所由，都是緝捕罪人的；有度支所由，是度支使屬下的所由；有虞候所由，是都虞候屬下的所由；有進士團所由，是伴從新進士的。《北里志》的所由大概是進士團所由一類，《雲溪友議》中的所由則是捉事所由一類，《因話錄》又有「幹事所由」，見釋虛字篇「是、應是、應有、所是」條，似乎也是捉事所由一類。《錄異記》的鄉所由則是鄉吏，大約跟後來的地保相似；祇有冥間救母變文的所由不知是何執掌和名色罷了。此外，《舊唐書》武宗紀，會昌二年勅有州縣所由。又元稹傳：「京兆尹劉遵古遣坊所由潛邏稹居第。」當是巡察坊巷的吏人。又李漢傳：「朝堂所由引僕射就位，傳呼贊導如大夫就列之儀。」武宗紀上：「御史奏文武常參官……班列不肅，所由指撝，猶或飾非。」這個所由當即朝堂所由。又於休烈傳：「休烈奏曰：『國史一百六卷、《開元實錄》四十七卷、起居注並餘書三千六百八十二卷，並在興慶宮史館；京城陷賊後皆被焚燒。……伏望下御史臺推勘史館所由，令府縣招訪。』」《舊五代史》漢隱帝紀上：「殿中少監胡崧上言，請禁砍伐桑棗為薪，城門所由專加捉搦。」可見「所由」名色之多。又，宋王溥《五代會要》卷二十七，鹽鐵雜條下：「周廣順二年九月十八日敕：……逐處凡有鹻鹵之地，所在官吏、節級、所由，常須巡檢；村坊、鄰保，遞相覺察。」又：「顯德二年八月二十四日宣頭節文，……刮鹻人并知情人，所犯不計多少斤兩，並決重杖一頓處死。其刮鹼處地分並刮鹻人住處巡檢、節級、所由、村保等，各徒二年半，令眾一月。」這裡的所由大概是州縣所由或鄉所由。

「所由」一名，較早的見於梁陳，而下至宋代仍然流行。《梁書》高祖丁貴嬪傳：「婦女無閫外之事，賀及問訊牋什，所由官報聞而已。」又太祖五王安咸康王秀傳：「出為使持節教督江州諸軍事平南將軍江州刺史，將發，主者求堅船以為齋舫，秀曰：『我豈愛財而不愛士！』乃教所由以牢者載參佐下者載齋物。」《陳書》宣帝紀，太建十一年：「并勑內外文武車馬宅舍皆循儉約，勿尚奢華，違我嚴規，抑有刑憲。所由具為條格標榜宣示，令喻朕心焉。」《南史》沈炯傳：『陳武帝受禪……表求歸養，詔不許。文帝嗣位，又表求去。詔答曰：『當敕所由，相迎尊累，使卿公私無廢也。』」宋僧文瑩《湘山野錄》卷上：「治平中，有御史抨呂狀元溱杭州日事者。……執政笑謂言者曰：『軍巡所由不收犯夜，亦宜一抨。』」蘇軾奏淮南閉糴狀二首之一：「據汝陰縣百姓朱憲狀：『伏為今年旱傷，稻苗全無，往淮南糴得晚稻一十六石，於九月二十八日到固始縣朱皋鎮，有望河欄頭所由等欄住憲稻種，不肯放過河來。』」《通鑑》卷二百四十三，唐紀五十九，敬宗寶曆二年胡注引項安世《家說》：「今坊市公人謂之所由。」項是南宋人。

《魏書》于栗磾傳：「咸陽王禧為宰輔，權重當時，曾遣家僮傳言於烈曰：『須舊羽林虎賁執仗出人領軍，可為差遣。』……烈厲色而答曰：『若是詔，應遣官人所由；遣私奴索官家羽林，烈頭可得，羽林不可得。』」

《敦煌遺書總目索引》，斯坦因劫經錄，0542 卷，堅意申請處分尼光顯狀：「右前件光顯，近日出家捨俗，得人釋門。在寺律儀，長幼□麤率，觸突所由。堅意雖無所識，攬（濫）處紀綱，在寺事宜，須存公道。昨因尼光顯修舍，於寺院內開小道修治，因茲餘尼取水，光顯便即相諍。堅意恭為所由，不可不斷。遂即語光顯：『一種水渠，餘人亦合得用。』因茲便即羅職（織）所由，種種輕毀，三言所損。既於所由不依條式，徒眾數廣難已。伏請從以條式科斷。」這裡的所由，似是寺院裡的管理人員，或與《水滸傳》裡的監寺相似。附記備考。

呂叔湘《「所由」本義》：用「所由」稱某些親事官和各種官吏，唐宋時代極其常見，蔣禮鴻同志的《敦煌變文字義通釋》舉了很多例證（見 30—33 頁）。最近讀湯用彤先生《隋唐佛教史稿》，58 頁引《佛祖統記》卷四十：「玄宗開元二十九年，河南采訪使齊澣言：至道可尊，當從宗仰；未免鞭撻，有辱形儀。其僧道有過者，望一準僧道格律處分，所由州縣不得擅行決罪。奏可。」（《佛祖統記》當有所本，待考。）從這個例子看，「所由」作名詞修飾語用，是「所屬、該管」的意思。新版《辭源》說「所由」是「所由官」之省，不太確切。但先有名詞修飾語的用法，後有名詞用法，大概可以肯定。蔣書所引最早的例子是《陳書・沈炯傳》：「表求歸養……詔答曰：『當敕所由，相迎尊累，使卿公私無廢也。』」這裡的「所由」可以指朝廷官吏，但更可能是指地方官吏，即「所由州縣」之省。（《中國語文》1984 年第 1 期）

博士

有技藝的人。

父母恩重經講經文：「學音聲，屈博士，弄鉢調絃渾舍喜。」（頁686）這是說女兒學音樂，請博士來教。「鉢」就是琵琶撥，《敦煌曲子詞集》，婆羅門詞：「錫杖鉢天門。」「鉢」就是「撥」，可證。「博士」和「善才」不同，善才專用於會音樂的，博士却不限於會音樂。

唐人封演《封氏聞見記》卷六，飲茶條：「御史大夫李季卿……既到江外，又言〔陸〕鴻漸能茶者，李公復請為之。鴻漸身衣野服，隨茶具而入，既坐，教攤如（常）伯熊故事。李公心鄙之。茶畢，命奴子：『取錢三十文酬煎茶博士。』鴻漸遊江介，通狎勝流，及此羞愧，復著毀茶論。」會煎茶的人也叫博士。從這裡也可以看出，被稱為「博士」者的社會地位是很低的。變文裡這個博士，只是普通的樂師，更不必牽引到太常博士上去。

《舊唐書》輿服志有卜博士，與醫助教並列；職官志所列博士名色頗多，如漏刻博士、宮教博士（掌教宮人書算眾藝）、獸醫博士、諸藥醫博士、針博士、按摩博士、咒禁博士、律學博士、書學博士、算學博士，其官品最高為從八品上，多數在從九品下。蘇軾乞醫療病囚狀：「若醫博士助教有闕，則比較累歲等第最優者補充。」與《舊唐書》輿服、職官兩志略同。《朝野僉載》卷四：『魏光乘……目拾遺蔡孚小州醫博士。……目補闕袁輝為王門下彈琴博士。」又卷六：「駱賓王文好以數對，如『秦以重關一百二，漢家離宮三十六』，時人號為算博士。」這些「博士」並是官名，但限於有技藝者，官職卑微，故得施於雜技藝人。

《敦煌雜錄》載僧慈燈與汜英振造佛堂契，稱：「寅年八月七日，僧慈燈於東河莊造佛堂一所。□無博士，遂共悉東薩部落百姓汜英振

□意，造前佛堂。斷作麥捌□碩（這裡沒有缺文，「捌碩」就是八石）。其佛堂外面壹丈肆尺，一仰氾英振壘並細泥一遍。」後面有「博士氾英振年卅二（三十二）」的署名。這個「博士」分明是泥工。清人葉昌熾《語石》卷六：「少林寺唐同光禪師塔銘有造塔博士宋五；後唐行鈞塔銘有造塔博士郝溫。此博士非官名，亦當時稱匠石之詞。」也是泥工。況周頤《蕙風簃隨筆》卷一，謂造佛像的工匠謂之博士，見《摩利支天經》。宋無名氏《靖康要錄》卷十：「今有南劍州通判蔡倬者，昔居鄉為木匠，今南劍人以『通判博士』呼之，蓋其取侮多矣。」則又以博士為木匠。秦炯靈《〈廣濟方言詞彙〉的凡例和樣稿》（《中國語文》1965年第6期）：「博師〔poЧ sʅ-|〕木匠。現在『木匠』比『博師』更通行。」按：「博師」當即博士。

宋人吳自牧《夢粱錄》卷十六，分茶酒店條：「凡分茶酒肆，賣酒食品廚子，謂之量酒博士。

元無名氏《來生債》劇裡有「磨博士」是磨麥的工人。《京本通俗小說》志誠張主管篇有「酒博士」。

《陔餘叢考》卷三十七，博士郎中待詔大夫條：「黃省曾《吳風錄》，謂張士誠走卒廝養，皆授官爵，至今呼椎油作麵傭夫皆為博士，剃工為待詔云。按明祖《實錄》，洪武中，已命禮部申禁軍民人等，不得用太孫、太師、太保、待詔、大官、郎中等字為名稱。其時去淮張未遠，而民俗濫稱已遍，至煩明禁，則由來已久，未必起於士誠也。又陸容《菽園雜記》：『醫人稱郎中，鑷工稱待詔，磨工稱博士，師巫稱太保，茶酒稱院使，此草率名分，國初有禁』云。然亦不言起於淮張，則知非一日也。今江南俗，椎油賣茶者尚稱博士，鑷工尚稱待詔，醫生尚稱郎中，而北俗則稱醫生為大夫。」磨工叫做博士，已見於元曲，黃氏的說法當然是錯的，而據《叢考》所說，這個名稱到清代還存留，並沒有因明初禁止而斷絕。《叢考》推溯「博士」一稱，也是到唐的煎茶博士和醫博士而止。這個名稱，據現在所知，上起於唐，到現代方言中仍然存在，（俞忠鑫說：今紹興、上虞方言謂小兒之著污衣者為油博士。）歷時可謂久遠了。

張清常《漫談漢語中的蒙語借詞》（《中國語文》1978年第3期）：「博士』是漢語的詞，蒙語借用，叫做〔pakɛi〕，意思是老師。又被漢語搬回來，這就是『把式』，意思是擅長某種手藝的人（如：車把式、花兒把式、武把式、老把式……）和貶義的『把戲』（如：小把戲、鬼把戲、耍把戲……）。由此猜想，在近代漢語裡，有『茶博士』、『酒博士』等，雖然漢字寫的是『博士』而詞義上却與『太學博士』相去頗遠。如果看了蒙、漢語借詞這種關係，博士——〔pakɛi〕（師父）——把式（擅長某種手藝的人），那麼，賣茶賣酒的人能夠稱為『博士』，就比較自然了。」

品官　高品

宦官。

張淮深變文：「乃命左散騎常侍李衆甫、供奉官李全偉、品官楊繼瑀等，上下九使，重賫國信，遠赴流沙。」（頁123）《舊唐書》李朝隱傳：「三遷長安令，有宦官閭興貴詣縣請託，朝隱命拽出之。睿宗聞而嘉嘆，……乃下制曰：『……近者品官入縣，有乖儀式；遂能責之以禮，繩之以愆。』」品官就是宦官，這裡很明顯。其他可以參證的資料如下：

《舊唐書》方伎僧一行傳：「幸溫湯，過其塔前，又駐騎徘徊，令品官就塔以告其出豫之意。」又憲宗紀上：「元和六年五月甲午朔，取受王承宗錢物人品官王伯恭杖死。」又代宗紀：「永泰元年，內出宮女千人，品官六百人，守洛陽宮。」又李渤傳：「寶曆元年，改元大赦。先是，鄠縣令崔發聞門外喧鬪，縣吏言：五坊使下毆擊百姓。發怒，命吏捕之。……良久與語，乃知是一內官。天子聞之，怒，收發繫御史臺。御樓之日，放繫囚，發亦在雞竿下。時有品官五十餘人持仗毆發。……渤疏論之曰：『縣令不合曳中人，中人不合毆御囚，其罪一也。』」這裡說明，品官就是中人。

《舊唐書》宦者魚朝恩傳：「天寶末，以宦者入內侍省。初為品官，給事黃門。」似「品官」為宦官的一個色目，待質。

《舊唐書》李德裕傳：「山人杜景先進狀，請於江南訪求異人。至浙西，言有隱士周息元，壽數百歲。帝即令高品薛季稜往潤州迎之；仍詔德裕給公乘遣之。德裕因中使還，獻疏。」這裡的中使就是高品薛季稜。高品，應是品官之高等者。李德裕《會昌一品集》中的表狀，說「高品」處很多，如謝所進瑞橘賦宣付史館狀：「高品劉傳奉宣聖旨，賜臣批示。」謝賜讓官批答狀：「高品馮至珣至，奉宣聖旨，並賜臣批答。」其他唐人章表中也多見「高品」、「高品官」，都指中使。宋人也有說「高品」的，宋王溥《五代會要》卷二，雜錄：「自開元以後，冊拜諸王，皆正衙命使，詣延英門進冊，皇帝御內殿，高品宣制讀冊，王受冊訖，歸院。」又歐陽修再辭轉官第三劄子：「臣今日伏蒙聖慈，差入內高品陳日新至中書傳宣聖旨。」

作家　作者

內行，高手。

韓擒虎話本：『官健……探得軍機，即便迴來，到將軍帳前唱喏便報。衾虎問言：『官健，軍機若何？』官健祗對：『馬軍是海眼皂旗，步人是紅旗，勝字田（填）心。大開寨門，一任百姓來往買賣。』衾虎聞語，便知簫磨呵（蕭摩訶）不是作家戰將。」（頁 200）佛說阿彌陀經講經文：「摩陁心中驚怕，今日又逢作者，腳　步步懒（懶）行，恍惚不知高下。」（頁 457）這是王舍城論師摩陁羅將與南天竺國論師憂波提辯論而怕輸失於對方的話。

宋僧道原《景德傳燈錄》卷十二，興化和尚示眾云：「若是作家戰將，便請單刀直入，更莫如何如何。」李廌《師友談記》記蘇軾語：「范景仁平生不好佛，晚年清慎，減節嗜欲，一物不芥蔕於心，真却是學佛作家。」李之儀《姑溪題跋》，跋魯直頤庵記後：「予昔與李道甫相遇於洪覺範之坐。或問道甫曰：『覺範將升清涼高坐，道甫不可不出問話，可以遞相布施，開人天眼目。』道甫曰：『何問之有！我當推倒禪床，抝折拄杖，喝散大眾而退。』覺範曰：『真作家手段！但恐徒有其語耳。』」葉夢得《避暑錄話》卷下：「秦觀少游亦善為樂府，語工而入律，知樂者謂之作家歌。」填詞的人或語工而不入律，或入律而語不工，兼有兩者，纔稱得上作家，作家就是高手。

《太平廣記》卷二百五十五引唐人盧言《盧氏雜說》：「宰相王璵好與人作碑誌。有送潤毫者，誤扣右丞王維門。維曰：『大作家在那邊。』」這個「作家」幾乎像與現在講的作家相同，其實仍是高手的意思。

《封神演義》第八十四回：「二將大戰，正是棋逢對手，將遇作家。」義與韓擒虎話本正同。

長者

印度人稱具備十德的人為長者，
但多數指有財有勢的闊老。

宋釋法雲《翻譯名義集》卷二長者篇第十八引《天台文句》和《淨名疏》說：「具十德，方稱長者。」十德為：一、姓貴；二、位高；三、大富；四、威猛；五、智深；六、年耆；七、行淨；八、禮備；九、上嘆（君主欽敬）；十、下歸（四海歸向）。在變文中，如太子成道變文：「父王便取妻與太子，於大街中嘐玖從（繫九重）綵色樓子上坐（《變文集》子字斷句，今改），十六大國應有大畐（富，徐震諤校）長者之女，隊隊如（而）過。」（頁 327）降魔變文：『長者忽於一夜，大小怱忙，掃灑堂房，修治院宇，香泥塗　，異種精華，院院牆匝懸幡，房房盡鋪氈褥。長者見其早起，寢寐不安；復見鋪設精華，驚怪問其所以。」（頁 363）前一長者指護彌長者，後一長者指須達長者。祇園因由記：「便往王舍城而到一大富長者之家。」（頁 405）維摩詰經講經文：「所以經云：『尒時毗耶離大城中，有長者子名曰寶積，與五百長者子，俱持七寶蓋來詣仏所。』問：『尒五百長者皆是國王之子，即合戀蓦（慕）王宮，嬌奢快樂，因甚厭棄奢花（華），也來聞法？』」（頁 553）目連變文：「昔佛在日，摩竭國中有大長者，名拘離陁。其家巨富，財寶無論。」（頁 756）不知名變文：「言道王舍大城，有一大笛（富）長者，常年四月八日，設個無遮大會，供養八萬個僧。」（頁 819）上面所引變文拘離陁和不知名變文裡的大富長者，都是富人；太子成道變文的大富長者，有和國王作親家的資格；護彌、須達長者都是國相；維摩詰經講經文裡的長者則是王子；這些人都是有錢有勢而未必十德具備，按說應該是打折扣的「長者」，但社會上却視為當然的長者了。所以唐釋玄應《一切經音義》卷八，維摩詰所說經上卷音義說：

「案：天竺國俗多以商賈為業，遊方履險，不憚艱辛。彌積年歲，必獲珍異。上者奉主，餘皆入己。財盈一億，德行又高，便稱長者，為王輔佐。彼土數法，萬萬為一億也。」而《翻譯名義集》長者篇也說：「西土之豪族也。富商大賈，積財鉅萬，咸稱長者。」正是反映了這個情況。清人俞正燮以為「長者」有父兄、富貴人、德行高三義，注書者不可相牽涉。《韓非子》云：「重厚自尊，謂之長者。」《漢書》劉澤傳注，如淳所謂：「呂公知高祖貴，以女妻之，推轂使為長者。」皆言富利。《藝文類聚》六十七引魏文帝詔云：「三世長者知被服，五世長者知飲食。」謂世富貴。上引變文的「長者」，正是承用漢人舊語。詳見《癸巳類稿》卷十一，長者義條。

在變文裡，「長者」絕大多數指這類富貴之人。只有維摩詰經講經文說：「緣毗耶城內有一居士，名號維摩。他緣是東方無垢世界金粟如來，意欲助仏化人，暫住娑婆穢境。緣國無二王，世無二仏，所以權為長者之身，示現有妻子男女，在毗耶城內，頭頭接物，處處利生，處城中無不歸依，在皇闕尋常教化。毗耶國王，禮為國老。」（頁553）是具有「智深」以下諸德者之稱，並非以財勢得名的了。

唐釋玄奘辯機《大唐西域記》卷十，伊爛拏鉢伐多國：「三佛經行西不遠，有嘿堵波，是室縷多頻設底拘胝（唐言聞二百億，舊譯曰億耳，謬也）苾芻生處。昔此城有長者，豪貴巨富，晚有繼嗣，時有報者，輒賜金錢二百億，因名其子聞二百億。」唐釋道世《法苑珠林》卷十三引《菩薩本行經》：「彼天臂城，有一釋種豪貴長者，名為善覺，大富多財，積諸珍寶。」卷九十四引《增一阿含經》：「昔佛在世時，舍衛城中有一長者，名曰婆提，居家巨富，財產無量，金銀不可稱計。」又引《出曜經》：「昔佛在世時，舍衛國中有一長者，名曰難陀，巨富多財，金銀珍寶，象馬車乘，奴婢僕使，服飾田業，不可限量。」

又引《盧至長者經》:「昔佛在世時，舍衛城中有一長者，名曰盧至，其家巨富，財產無量。」

《雜寶藏經》卷六:「昔舍衛城中有大長者，其家巨富，財寶無量。」

《賢愚經》卷五:「一時佛在舍衛國祇樹給孤獨園，時此國中，有一長者，其家大富，財寶無數。」

佛經中稱長者為富有財產者多不勝計，姑錄此數條。

手力

奴僕，又為人民為官家服役的名色。

兩者都取義於用勞力為人服役。

廬山遠公話:『白莊曰:『我要你作一手力，得之已否？』遠公進步向前:『願捨此身與將軍為奴，情願馬前駈使。』」(頁 172)又:「白莊曰:……我今身數不少，手力極多，却放你歸山，任意修行。』遠公曰:『捨身與阿郎為奴，須盡阿郎一世……』」(頁 175)據這兩個例，「手力」為奴僕之義極為明白。不過推其由來，則本來和現在所稱的「勞動力」的意思一樣。後魏賈思勰《齊民要術》卷七，造神麴并酒等篇:「作麴浸麴炊釀，一切悉用河水，無手力之家乃用甘井水耳。」這個「手力」就指人手勞力。用勞力為人服役而關係一經固定，就成為奴僕。郭湜高力士傳:「九月三十日至巫州，隨身手力，不越十人。」《南史》隱逸陶潛傳:「送一力給其子，書曰:『汝旦夕之費，自給為難，今遣此力，助汝薪水之勞。此亦人子也，可善遇之。』」「力」指僕人，和「手力」同義。

「手力」又為人民給官家服役的名色。《大唐六典》卷三，戶部:

「內外百官家口應合遞送者，皆給人力牛車。」注：「一品，手力三十人，車七乘，馬十匹，驢十五頭；二品，手力二十四人，車五乘，馬六匹，驢十頭……」陸贄貞元改元大赦制：『內外官祿，及俸錢、手力、雜給等，委中書門下度支，即參詳定額聞奏。」敦煌寫本常何碑：「葬日借手力，州縣官人為檢校，旌勳德也。」借，給。《宋史》食貨志上五，役法上：「役出於民，州縣皆有常數。宋因前代之制，以衙前主官物，以里正、戶長、鄉書手課督賦稅，以耆長、弓手、壯丁逐捕盜賊，以承符、人力、手力、散從官給使令。」《六典》的「手力」，應即《宋史》所稱的前代之制。《變文集》搜神記梁元皓、段子京條：「於是王即給皓行從並手力精騎，往秦州喚子京。」（頁 875）這就是《六典》所說的「手力」。《唐會要》卷五十三：「太和九年五月勅：『江西、湖南共以傔資一百二十分送上都，充宰臣召顧手力。』宰臣李石堅讓，乞祇以金吾司手力充引從。」卷七十一，大曆十四年七月勅：「左右金吾引駕仗三衛等，承前以來，抽充三番將軍手力。」卷八十二，大中四年正月制：「……諸州府及縣官，到任已後，多請遠假。……手力俸錢，盡為己有；勤勞責罰，則在他人。」《太平廣記》卷四十四，蕭洞玄條引《河東記》：「既而有黃衫人領二手力至，謂無為曰：『大王追。不願行，但言其故即免。』無為不言。黃衫人即叱二手力：『可拽去！』」卷一百二十七引《逸史》：「至明年七月末，鄭君與縣宰計議，至其日五更，潛布弓矢手力於西郭門外。」五代徐鉉《稽神錄》卷三，潘襲條：「潘襲為建安令，遣一手力齎牒下鄉，有所追攝。」同卷劉隲條：「隲時為縣手力。」歐陽修尚書比部員外郎陳君墓誌銘：「知登封縣。縣有惡盜十人，已謀未發，而尉方以事出。君募少年選手力，夜往捕獲之。」《夷堅乙志》卷三，劉若虛條：「踰年官期至，縣遣手力一人來迎。」又《丁志》卷七，大庾疑訟條有縣手力李三，也是這一類人。又《舊唐書》忠義顏杲卿傳：「令袁履謙與參軍馮虔、縣尉李棲默、手力翟萬德等殺〔蔣〕欽湊。」「手力」敘次於縣尉之下，疑即上面引到的縣手力。

《太平廣記》卷一百三十一僧曇歡條引竇維鋈《廣古今五行記》：『後周武帝時，敷州義陽寺僧曇歡有羊數百口，恆遣沙彌及奴放於山谷。後沙彌云：『頻有人來驅逐此羊。』歡乃多將手力，自往伺之。」

《舊唐書》職官志三：「神威軍：大將軍二員（正三品），將軍二員（從三品），職田、俸錢、手力、糧科等同六軍諸衛。」又李石傳：「江西、河南兩道觀察使以新經〔李〕訓、〔鄭〕注之亂，吏卒多死，進官健衣糧一百二十分，充宰相召募從人。石奏曰：『……其兩道所進衣糧並望停寢，依從前制置，祗以金吾手力引從。』」據此，唐時六軍諸衛及神威軍、宰相都有手力給役，但不知是否以民給役，又宰相的衛士和隨從中金吾是否與手力為二，抑或手力屬於金吾，附記待考。

張永言說：「手力」一詞六朝已有，如《宋書》卷五十六孔琳之傳：「有兩威儀走來擊臣收捕；尚書令省事倪忠，又牽威儀手力擊臣下人。」唐代用例有較早者，慧立《大慈恩三藏法師傳》中即不止一見，如卷一：「給馬三十匹，手力二十五人。」《太平廣記》引中晚唐短書中所見尤夥，無煩覼縷，如卷四百五十引《廣異記》：「與他手力百餘人。」

保見

保人和證人。

嶋山遠公話：「遠公是具足凡夫，敢（感）得阿閦如來受記，喚遠公近前：『汝心中莫生悵忘（惘）。汝有宿債未常（償），緣汝前世曾為保兒，今世令來計會。債主不遠，當朝宰相常隣相公身是。

已（以）後却賣此身，得錢五百貫文還他白庄，却來爐山，與汝相見。』」（頁 174）又：「遠公曰：『緣貧道宿世曾為保見，有其債負未還，欲得今世無寃，合來此處計會。……』」（頁 190）下文又說：「相公遂於白庄邊借錢五百貫文。是時貧道作保。」「貧道為作保人，上（尚）自六載為奴不了。」（並見頁 191）可見「保兒」、「保見」就是保人。《變文集》根據「保兒」來改「保見」，却是錯的。「見」就是「見證」的「見」，後世房屋田地賣契上有居間作證的人在契上押字，叫做「見賣」，也就是「保見」的「見」。唐釋拾得詩：「世上一種人，出性常多事。終日傍街衢，不離諸酒肆。為他作保見，替他說道理。一朝有乖張，過咎全歸你。」可證「保兒」是「保見」的錯誤。《敦煌資料》第一輯所錄的契券，常有「保人」、「見人」的名稱，例多不錄。俞樾《茶香室續鈔》卷六，地契條引清人韓崇寶《鐵齋金石文跋尾》載宋紹定六年陳孺人地契：「見人東王公，西王母，保人張陸、李庭。」《語石》卷五：「又得喬進臣買地牒，其文云：元和九年九月廿七日，喬進臣買德（得俗字）地一段，……保人張堅故、保人管公明、保人東方朔，見人李定度。」又：「南漢劉氏有馬二十四娘墓券，……略云：『……於地主武夷王邊買得坤向地一面，……知見神仙李定度，證見領錢神仙東方朔、領錢神仙赤松子、量地神仙白鶴仙。』」「保見」就是保人和見人。分別起來，「保」是擔保訂約人如約履行義務的人，「見」是證人。但有時也不加分別，如變文的「保見」就同於保人，這就是訓詁學中所謂「散文則通」。又張義潮變文附錄一：「阿耶驅來作證見，阿孃也交作保知。」（頁 118）所謂保見，其意義也就是證見和保知的總合而已。現在安徽青陽也有保見的說法，如云：給他做個保見。

姧人　姦人

奸細，間諜，探子。

張義潮變文：「（前缺）諸川吐蕃兵馬還來劫掠沙州，姧人探得事宜，星夜來報僕射。」（頁114）

《資治通鑑》卷二百三十九，唐紀五十五，憲宗元和十年：「〔李〕師道素養刺客姧人數十人，厚資給之。」

《唐律疏議》卷八，衛禁下，律文：「諸緣邊城戍，有外姦內入，內姦外出，而候望者不覺，徒一年半，主司徒一年。其有姦人入出，力所不敵者，傳告比近城戍，……」「主司徒一年」句下注道：「謂內外姦人出入之路關於候望者。」疏議：「其有外姦內人，謂蕃人為姦或行間諜之類。……有內姦外出者，謂國內人為姦，出向化外，或荒海之畔，幽險之中。」元人王元亮釋文：「姦如字，謂密探之人為姧人。外姦即是番人密探中國事情，故名外姦。內姦此又是中國人密探番中事者，故名內姦也。即今俗此細作人。」禮鴻按：內姦應為中國人給番人密探中國事情者，所以律文規定內姦外出，候望者不察，要和失察外姦內人一樣治罪，王氏釋文有誤。但姧人之為間諜、探子，則據《唐律》及疏議、釋文而可得確說了。

骨崙　骨論

崑崙奴。

維摩詰經講經文：『獅子骨崙前後引。』（頁644）陳寅恪《敦煌本維摩詰經問疾品演義書後》：「檢義淨《南海寄歸內法傳》卷四，西方學自注云，『然而骨崙速利，尚能總讀梵經。』及義淨《大唐西域求法高僧傳》卷下貞固傳附載其弟子孟懷業事云：『至佛逝國，解骨崙語。』

據此，則『骨崙』即『崑崙』之異譯，自無待言。考《太平廣記》卷三百四十引《幽通錄》云：『〔盧瑣〕夜夢一老人騎大獅子，如文殊所乘，毛彩奮迅，不可視，旁有二崑崙奴操轡。』然則文殊之騎獅子固有崑崙奴二人以為侍從，與所謂『獅子骨崙前後引』之情事略同，而『骨崙』二字之確詁，於此可推得也。」（從王重民《敦煌古籍敘錄》轉錄。陳氏以夢者為盧瑣，誤。夢者是盧瑣家婢小金）按：敦煌有文殊赴法會畫像，崑崙奴一人，執轡立於獅子之左，見姜亮夫《敦煌——偉大的文化寶藏》圖錄第十五；又文殊菩薩綉像絹幡，見姜書圖錄第十八；其獅子與崑崙奴與畫像同；與陳說大致脗合，足證陳說可信。惟姜氏稱後圖崑崙奴為黑小廝，當是未見陳文之故。

慧琳《一切經音義》卷八十一，大唐西域求法高僧傳下卷音義：『崑崙語，上音昆，下音論，時俗語便，亦曰骨論，……甚黑，裸形，能馴伏猛獸犀象等。種類數般，即有僧祇、突彌、骨堂、閤蔑等，……善人水，竟日不死。」描述崑崙較詳，語便亦稱「骨論」，就是「骨崙」，更可證成陳說。又《晉書》后妃孝武文李太后傳：「時后為宮人，在織坊中，形長而色黑，宮人皆謂之崐。」《舊唐書》林邑傳：「自林邑已南，皆卷髮黑身，通號為崑崙。」《舊五代史》慕容彥超傳：「嘗冒姓閻氏，體黑痲面，故謂之閻崑崙。」

共事

不正當的男女關係，猶如現代俗間語說「姘頭」。

佛說阿彌陀經講經文：「夫若邪婬抛女子，來生妻子不忠良，見夫出後便私行，只是街頭覓共事。」（頁 467）

張永言說：「共事」本是動詞，意思是一塊兒生活或工作。在一定的上下文裡，意思稍稍專化，就指一塊兒過夫婦生活。例如《孔雀東南飛》:「共事三二年，始爾未為久。」《太平廣記》卷三百九十二引《述異記》:「義乃上床，謂婦曰:『與卿共事雖淺，然情相重。』」變文所見的詞義似乎就是由這類用法名詞化而來，本身並不含貶義，解釋為「男女關係，猶如現代漢語說『對象』」，也許還妥當些，至少是更概括些。禮鴻按:「共事」本無貶義，誠如張說，但在變文裡，似乎是由夫婦關係更專化了一層，不能說沒有貶義了。現在兩存其說，以俟抉擇。又按:劉宋劉敬叔《異苑》卷八:「吳興沈霸，太元中，夢女子來就寢。同伴密察，唯見牝狗每見霸眠，輒來依牀；疑為魅，因殺而食之。霸復夢青衣人責之曰:『我本以女與君共事，若不合懷，自可見語，……』」這裡的「共事」，義與變文相近。

老搖

罵人的話，猶如說「呆大」。

搜神記田崑崙條:「其天女得脫到家，被兩箇阿姊皆罵『老搖』。」(頁884)按:《集韻》上平聲二十一侵韻有「臨」、「瀶」、「涁」和「㑦」字，都音犁針切；「瀶」、「涁」下面說:『《說文》:谷也。一曰:寒也。』一曰:『瀶瀶，雨也。』或省。」據此可知「搖」讀臨音，是從「臨」得聲的。從臨聲和林聲的字可以通用，如玄應《一切經音義》卷十二，起世經第七卷音義:「淋甚，古文瀶同。」妙法蓮華經講經文:「有心永住臨泉。」(頁489)「臨泉」就是林泉，可證。《方言》卷三:「儓，農夫之醜稱也。南楚凡罵庸賤，謂之田儓。」郭璞註:「㑣儓，駑鈍貌。」元曲有「啉嚕」一詞，有時兩個字連在一起，有時拆開用，「啉」也有寫作「㑣」的。《西廂記》第三本第四折鬼三臺曲:「足下其實啉，休妝唔。』王伯良註：「啉，愚也。」喬夢符山坡羊曲：「妝呆妝啉，妝聾妝唔。』《雍熙樂府》卷十，粉蝶兒，祿山泣楊妃套：「肥圓啉唔的。」（詳見王季思《西廂記》第三本第四折注一二、一八。王引山坡羊誤作天香引），『啉唔」應是郭注「啉儓」一聲之轉，「搕」字的意義也應和「啉」、「啉」相同。「老搕」猶如說「呆大」，大概是罵她不中用、沒志氣之意。現代嘉興形容人呆笨之狀曰〔ɣæibələntən〕，上海人罵人曰阿木啉，這是「啉儓」、「啉唔」、「老搕」之義存於方言的。

第二篇釋容體

質

形體。

佛說阿彌陀經講經文：「忽湧身於霄漢，頭上火焰而炵炵；或隱質於地中，足下清波而浩浩。」（見455）「質」與「身」對文，即是身形的意思，謂隱身於地中。維摩詰經講經文：「一塠德質為根本，三尺荒墳是去呈（程）。」（頁555）「德」為「隱」的誤字』，隱質與阿彌陀經講經文同。「塠」是「堆」的異體，「一塠隱質」謂死后一個土堆埋藏形體。《太平廣記》卷一百十五引唐人牛肅《紀聞》：「普賢笑曰：『吾以汝志心，故生此中。汝見真普賢不能加敬，而求此土像，何益！』於是忽變其質為普賢菩薩身。」也以「質」為身形，可證。《法苑珠林》卷一百十三，穢濁篇第九十四：「夫五陰虛假，四大浮危；受斯僞質，事等畫瓶；感此穢形，又同坯器。」佛家以人的形體為虛幻穢濁，所以稱為僞質，《珠林》所說，以「質」與「形」相對，跟變文以「身」、

「質」對文相同。

牟　聞樣　聞　㴿樣

模樣。

醜女緣起：『每看恰似獸頭牟。」（頁 793）下文說：『娘子比來是獸頭。」（頁 798）據此知道「獸頭」是牟」的附加語，而「獸頭牟」就是獸頭的模樣。《敦煌曲子詞集》別仙子詞：「此時㴿樣，算來是秋天月。」孫貫文校，「㴿」作「模」，可證「牟」就是「㴿」，就是模樣。唐時「牟」音應與「模」相同，所以「牟」也有「模」的意義。唐人李肇《國史補》卷下（《學津討原》本），記李牟吹笛事兩則，李牟就是李謩，《太平廣記》卷二百四，宋人吳淑《事類賦》注引《國史補》正作李謩，可以證明「牟」和「模」聲同義通。

變文又有「聞樣」，无常經講經文：「或經營，或工巧，聞樣尖新呈妙好。」（頁 657）中古音微紐明紐不分，現代浙江方音嗅氣的「聞」仍讀明紐，「聞樣」也是模樣，地獄變文：「恨汝生迷智，不曾聞好人。」（頁（762）「聞好人」就是學好人，意思就是拿好人當模範。

人貌　人相

面貌。

太子成道變文：「聖子有三十二相，相相并加諸（莊）嚴；八十隨形，形形總超人貌。」（頁 322）醜女緣起：「毀謗阿羅嘆（漢）果業，致令人貌不周旋。」（頁 800）

維摩詰經講經文：「好個聰明人相全，忍教鬼使牛頭領。」（頁

541）又：『巍巍人相比金蓮，儡儡形身如玉柱。』（頁550）又：「昔日威神咸啟仰，此時人相倍尋常。」（頁552）551頁又有「巍巍相貌白蓮花，蕩蕩身形紫金柱」的話，可見「人相」就是面貌。

白居易答夢得聞蟬見寄詩：「人貌非前日，蟬聲似去年。」

按「人貌」一詞起始很早，《史記》遊俠列傳：「人貌榮名，豈有既乎？」

唐三藏法師義淨譯《根本說一切有部毗奈耶雜事》卷十一：「端正超倫，辭辯分明，音聲和雅，人相皆具。」

宅舍　舍宅　屋宅　屋舍　屋子

神魂所依止的軀體。

大目乾連冥間救母變文：「早被妻兒送墳墓，獨自剋（拋）我在荒祁（郊）。四邊更無親伴侶，孤（狐）狼鵶鵲競分張。宅舍破壞無投處，王邊披訴語聲哀。」（頁719）

《朝野僉載》卷二：「餘杭人陸彥，夏月死十餘日，見王，云：『命未盡，放歸。』左右曰：『宅舍亡壞不堪。』時滄州人李談新來，其人合死。王曰：『取談宅舍與之。』彥遂入談柩中而蘇。」

《太平廣記》卷四十四引五代杜光庭《仙傳拾遺》田先生條：「勘云：『李氏妻算命尚有三十二年，合生二男三女。』先生曰：『屋舍已壞，如何？』有一老吏曰：『昔東晉鄴下有一人誤死，屋宅已壞，又合還生。』與此事同。其時葛仙君斷令具魂為身，與本無异，但壽盡之日無形爾。」又《廣記》引唐人戴君孚《廣異記》三則，錄之如次：卷三百一引：『博陵崔敏殼……年十歲時嘗暴死，死十八年而後活。自說被枉追，敏殼苦自申理，歲餘獲放。王謂敏殼曰：『汝合却還，然屋舍已壞，如何？』」卷三百八十一引，記霍有鄰被追，見亡舅狄仁傑，〔仁傑〕「回謂有鄰：『汝來多時，屋舍已壞。』令左右取兩丸藥與之，『持歸，可研成粉，隨壞摩之。』」同卷引：「身是揚州譚家女，頃被召至，以無罪蒙放迴。門吏以色美，曲相留連，離家已久，恐舍宅頹壞。……」又宋洪邁《夷堅丁志》卷二十，烏山媪條：『爾有善心，脱此劫會，吾為爾喜。今速歸救爾屋宅。」

宋人周密《齊東野語》卷一，真西山條：「先是有道人於山間結庵煉丹，將成。忽一日入定，語童子曰：『我去後，或十日五日即還，謹勿輕動我屋子。』後數日，忽有叩門者，童子語以師出未還。其人曰：『我知汝師久矣。今已為冥司所錄，不可歸。留之無益，徒臭腐耳。』童子村樸，不悟為魔，遂舉而焚之。」這裡所說的「屋子」，與上舉「屋宅」、「屋舍」等詞同義。

屍骸

形狀，樣子，含有貶義。

鷰子賦：「鷰子被打，可咲（笑）屍骸：頭不能舉，眼不能開。」；降魔變文：「六師自道無般比，化出兩個黃頭鬼。頭腦異種醜屍骸，驚恐四邊令怖畏。」（頁387）這都不指死人的屍體，解釋做現在人罵人用的「死樣子」，語氣最為切合。破魔變文：「於是世尊垂金色臂，指魔女身，三箇一時化作老母。……渾身笑具，甚是屍骸？」（頁352、353）「甚是屍骸」猶如説「像甚麼樣子？」

伍子胥變文：「父𠈁子替，何用屍骸」（頁21）「屍骸」作屍體解，變文裡衹有這一處。

《太平廣記》卷二百五十七，皮日休條，記日休嘲誚歸仁紹的詠龜詩（云：出《皮日休文集》）道：「硬骨殘形知幾秋，屍骸終是不風流。」和變文意義相同。

屍靈　喪靈　屍靈　屍喪

死屍，靈柩。

搜神記侯光、侯周條：「我乃埋你死屍靈在此，每日祭祀，經三個月，不知汝姓何字誰？」（頁871）又劉寄條：「遂殺劉寄，抛屍靈在東園枯井裡埋之。」（頁877）這兩個「屍靈」應作屍體解。又王景伯條：「時會稽太守劉惠明，當官孝（考）滿，遂將死女屍靈歸來。」（頁872）又韓陵太守趙子元條：「迎喪靈還家墳葬。」（頁873）這裡的「屍靈」和「喪靈」應作靈柩解。死人遺體，變文裡也有單稱「屍」或稱「死屍」的，這裡不再舉例。

《晉書》禮志中：「若亡遇賊難，喪靈無處，求索理絕，固應三年而除，不得故從未葬之例也。」「喪靈」就是屍體。

清人錢德蒼輯《綴白裘》第十一集卷四，《淤泥河》屈辱折：「猛拚馬革裹尸靈。」也以「屍靈」作屍體解。《綴白裘》所輯為明清之間的作品，《淤泥河》不知何人之作，但由此可見「屍靈」一詞流傳之遠。《西遊記》第五十七回：「你看著師父屍靈，等我把馬騎到那個州縣鄉村店集賣幾兩銀子，買口棺木，把師父埋了，我兩個各尋道路散伙。」

清初女士陶貞懷《天雨花》彈詞第二十九回：「一班宮女忙迎接，龍床來看父屍靈。身子蓋在香羅被，人頭滾在枕邊存。」清末吳趼人《痛史》第二十四回：「中座孝幔內，停著尸靈。」清人張南莊《何典》第三回：「雌鬼祇得揩乾眼泪，與形容鬼把尸靈扛來，躺在板門上，腳板頭上煨起帛紙。」又：「等個好時辰，把尸靈撳在破棺材裡，……吻了材蓋。」第八回：「忙使人把死尸靈移去丟在田野堵裡。」第九回：「如今你女兒的尸靈橫骨，現躺在怪田裡。」張為上海人。現在浙江德清縣洛舍一帶管死屍叫「死屍靈」、「屍靈」。

後漢、三國之間管死屍叫尸喪，此與變文稱死屍為喪靈相似。《後漢書》列女傳，孝女叔先雄傳：「父泥和，永建初為縣功曹，縣長遣泥和拜檄謁巴郡太守，乘　墯湍水物故，尸喪不歸。」叔先雄當作符先雒，符是犍為郡的縣名。《三國志》魏志鄧艾傳：「臣以為艾身首分離，捐棄草土，宜收尸喪，還其田宅。」

脷

大小腿之間。

舜子變：「從項決到腳脷，鮮血遍流灑地。」（頁 131）《集韻》下平聲十八尤韻：「脷，雌由切，脛股間。或從酋。」

四代

即「四大」。佛家謂地水火風四大和合成身體，四大即指身體。

王昭君變文：「五神俱惣（總）散，四代的危危。」（頁 102）「代」和「大」同音通用。李陵變文：「陵家曆大為軍將，世世從軍為國征。」（頁 95）「曆大」，《變文集》校記校作「歷代」，極確。唐人崔令欽《教坊記》：「大面，出北齊蘭陵王長恭，性膽勇而貌若婦人，自嫌不足以威敵，乃刻木為假面，臨陣著之。」刻木為假面，就是代面。《舊唐書》

音樂志二記此事，正作「代面」。可見唐時「大」、「代」二字通用。太子成道經：「地水火風，四大成身，一大不調，則百脈病起。」（頁292）八相變：「食一麥而為齋，養四大之幻體。」（頁341）維摩詰經講經文：『四大違和常日事，不勞君等驀然驚。」（頁555）「四大」就是這裡的「四代」。

《晉書》苻堅載記，苻朗臨刑為詩：「四大起何因？聚散無窮已。既過一生中，又入一死理。」梁釋慧皎《高僧傳》卷二，鳩摩羅什傳：「什未終日，少覺四大不愈，乃口出三番神咒，令外國弟子誦之以自救，未及致力，轉覺危殆。」隋蕭吉《五行大義》卷三，第十四論雜配篇，四論配藏府：「節之則四大獲安，縱之則五藏成患。」玄應《一切經音義》卷二十一，大菩薩藏經第十二卷音義：「瞿夷是懷羅怙羅後，太子出家，六年苦行，方得成道。於六年中，瞿夷憂惱，四大羸弱，不能得生。至太子成道，瞿夷歡喜，四大有力，方乃得生。」王梵志詩一百十一首之十七：「四大乖和起，諸方請療醫。」「四大」指身體，這四處極為明顯。又宋人何薳《春渚紀聞》卷七，蘇黃秦書各有僻條，記秦觀屢次給人寫鬼詩，有云：「溘爾一氣散，去託萬鬼隣。四大不自保，況復滿堂親！」

有相

迷信說法，謂有貴相，就是某人的
容貌按相法講應當榮貴的意思。

歡喜國王緣：「王之夫人，名有相者。」（頁772）全篇寫有相夫人生天的緣由。按「有相」一詞，唐人都作上述的解釋，例證如下：

白居易自詠詩：「形容瘦薄詩情苦，豈是人間有相人？祇合一身眠白屋，何因三度擁朱輪？」又吟前篇因寄微之詩：「君顏貴茂不清羸。」《太平廣記》卷二百五十四引《御史臺記》（《通志》藝文略載，韓琬和韋述各有《御史臺記》，韓、韋兩《唐書》都有傳），記狄仁傑嘲笑左右相王及善、豆盧欽望：「『不審喚為左右相，合呼為有相？』王、豆盧問故，狄曰：『公不聞聰明兒不如有相子？公二人可謂有相子也。』」《廣記》卷三百十九引王隱《晉書》：『夏侯愷……又說：『大女有相，勿輒嫁之。』」又卷三百二十八引《廣異記》，記閻庚遇鬼，鬼說閻庚「命貧無位祿……或絆得佳女配之，有相，當能得耳。今河北去白鹿山百餘里，有一村中王老女相極貴，頃已絆與人訖。當相為解彼絆此，以成閻侯也。」又卷三百二十九引同書，記開元初有婦人詣兵部尚書李嵩，李把她送給太常卿姜皎，「皎大會公卿，婦人自云善相，見張說，曰：『宰臣之相。』遂相諸公卿，言無不中。謂皎曰：『君雖有相，然不得壽。』」

有貴相的人一般總是容貌好看些，白居易的詩意思就是這樣，照變文說，有相夫人是很漂亮的，但據上面的例子看，漂亮並不是「有相」的主要意義，主要還是貴為國王的夫人。又有相夫人早死，這也和姜皎「雖有相，然不得壽」的情況是相同的。

《論衡》命義篇：「猶高祖初起，相工入豐沛之邦，多封侯之人矣。未必男女老少多貴而有相也。」

王貞珉說：《北史》齊本紀中：「及產，命之曰侯尼于，鮮卑言有相子也。」就是說富貴有根的意思。

傅國通說：浙江武義也說「有相」，意思完全一樣。

醜差　差惡　差

醜陋，難看。

變文裡有「醜差」、「差惡」、「差」等字樣，綜合起來看，都是面貌醜陋的意思。如醜女緣起：「爭那就中容貌差，交奴恥見國朝臣。心知是朕親生女，醜差都來不似人。」（頁790）這裡「容貌差」的「差」和「醜差」意義當然是相同的。其餘「醜差」、「差惡」作為複詞的例：父母恩重經講經文：「消瘦容顏為醜差，改張花貌作汪（尪）羸。」（頁679）目連緣起：「差惡身體乾枯，豈有平生之貌？」（頁704）「差」字獨用的例：醜女緣起：「世間醜陋，生於貧下。前生修甚因緣，今世形容轉差（「轉差」甲、丙卷作「醜乍」，乙、丁卷作「轉乍」；〈變文集》校云：「乍」即「差」，是對的）。」（頁788）又：「珠淚連連怨復嗟，一種為人面貌差。」（頁796）又「前生為謗辟支迦，所以形容面貌差。」（頁800）「差惡」的「惡」也是醜陋的意思，就是《孟子》離婁下篇「西子蒙不潔，則人皆掩鼻而過之；雖有惡人，齋戒沐浴，則可以祀上帝」的「惡」，「差惡」和「醜差」的意義也是一樣的。頁788的四句中，「差」和「醜陋」也顯然是同義詞。有人以為「差」就是差一等的差，不必作醜陋講。實則醜女緣起中醜女之醜已經是奇醜，不是差一等或差幾等所能說明問題的。宋人魏慶之《詩人玉屑》卷六，有渾然意思條引晦庵（朱熹）語：「江西之詩，自山谷一變，至楊廷秀又再變，遂至今日越要巧越醜差。」這個差字再不能作差一等講，可見變文的「差」也不能這樣講。「醜差」、「容貌差」、「轉差」的「差」都應讀仄聲，衹有兩個「面貌差」的「差」仍讀平聲，這是為了協韻的臨時讀法。這些「差」字，應由奇形怪狀的意思引申而來，就意義和音讀來說，都是和釋情貌篇解作奇異的「差」相同或相近的。

目連緣起：「遍體悉皆瘡癬甚，形體苦老改容儀。」（頁706）《變文集》校「苦」作「枯」，是對的。「老」是「差」字之誤。「差」俗體作「差」；維摩詰經講經文：「根智茌殊。」（頁 567）形體都和「老」相近，所以錯寫作「老」。「形容枯差」就是頁 704 的「差惡身體乾枯」。

《太平廣記》卷三百六十引南朝宋劉義慶《幽明錄》：「河東賈弼之，晉義熙中，為瑯琊府參軍。夜夢一人，面查醜甚，多鬚大鼻。」「查醜」就是「差醜」、「醜差」。《廣韻》下平聲九麻韻，楂、查、槎三字同音，鉏加切，可知查、差在此是同音互用。

宋郭若虛《圖畫見聞誌》卷一，敘製作楷模：「帝釋須明威福嚴重之儀，鬼神乃作醜䰩馳趡之狀。」《廣韻》上聲三十五馬韻：「䰩，醜䰩。」《集韻》上聲三十五馬韻：「䰩䰩，醜䰩，惡也。或省。」則知「醜差」就是「醜䰩」，䰩是「醜差」義的專字，其字讀上聲。

周旋

漂亮、好看的意思。

醜女緣起：「醜女既是得世尊加被，換舊時之醜質，作今日之面旋。」（頁 798）據後文「毀謗阿羅嘆（漢）果業，致令人貌不周旋」（頁 800），「面旋」應當作「周旋」，「周旋」既和「醜質」相對，那就是漂亮、好看的意思。敦煌《雲謠集雜曲子》魚歌子詞：「淡匂妝，固施妙。」《彊村叢書》本校「固施」作「周旋」這和變文的意義正好相應。據《雜曲子》看來，「周旋」是修飾的意思，變文的「周旋」，則就修飾的結果而言，所以又有漂亮義。

慢慢　漫漫　塄塄

容光煥發的意思。

无常經講經文：「或是僧，伽藍住，古貌慢慢如龍虎。」（頁658）歡喜國王緣：「夫人容儀窈窕，玉貌輕盈，如春日之夭桃，類秋池之泂（荷）葉，盈盈素質，灼灼嬌姿，實可漫漫，偏稱王心。」（頁772）「慢慢」、「漫漫」都是形容容貌的詞兒。案維摩詰經講經文有「寶蓋手持光塄塄，金冠頂戴色融融」的話（頁559），「塄塄」指寶蓋上珍寶所發的光彩，那末「慢慢」、「漫漫」就指容光。無常經講經文裡的「慢慢」，是說和尚修持到家，精神完聚，神彩充溢；歡喜國王緣裡的「漫漫」，則是讚美有相夫人容色美麗。「實可」就是實在，「可」是語助詞。《西廂記》第一本第二折：「少可有一萬聲長吁短嘆。」王季思注：「少可即少意。可，助辭。元劇此例極多，如輕可、猛可、閑可、省可，皆是。」

梁人劉孝綽同武陵王看妓詩：「迴羞出曼臉，送態表嚬娥。」《太平廣記》卷四百八十八元稹鶯鶯傳，續會真詩：「慢臉含愁態。」白居易憶舊遊詩：「脩蛾慢臉燈下醉。」李煜菩薩蠻詞：「臉慢笑盈盈，相看無限情。」都是稱讚美女的話。「曼」、「慢」也應該是指容光，「漫漫」、「慢慢」應是「曼」、「慢」的重言。古人早有以「曼」為光澤解的，如《楚辭》天問「平脅曼膚」王逸註：「形體曼澤。」又招魂「蛾眉曼睩」、「長發曼鬋」王註：「曼，澤也。」《漢書》司馬相如傳「鄭女曼姬」文穎註：「鄭國出好女，曼者，言其色理曼澤也。」又「靡曼美色於後」張揖註：「靡，細也。曼，澤也。」又佞幸傳贊「柔曼之傾意」顏師古注：「曼，澤也，言其質柔而色理光澤也。」「漫漫」、「慢慢」、「慢臉」就是承繼古語的「曼」而來的。至於「曼」、「慢」、「漫」為光澤，是「脕」字的假借。《楚辭》遠遊：『玉色頩以脕顏兮。」「脕」

一作「曼」。《廣韻》去聲二十五願韻，娩、曼二字同音無販切，娩字解為肥澤，可證。韓愈晚春詩：「慢綠妖紅半不存。」「慢」也應解為有光澤。《廣韻》去聲二十三問韻又有脕字，為莬的重文，云：「莬，新生草也。脕，上同。《詩》曰：『微亦柔止。』鄭玄云：『柔為脃脕之時。』」二字皆亡運切，音問。《集韻》去聲二十三問韻文運切下亦有「莬、脕」云：「艸新生。或作脕，通作免。」又按：《禮記》內則：「堇荁枌榆免薧滫瀡以滑之。」鄭玄註：「免，新生者；薧，乾也。」陸德明《釋文》：「免音問，注同，新生曰免。薧，又作槀，苦老反，乾也。《禮記》的「免」與「莬、脕」同源，凡新生之物都是色澤鮮美的。

妖桃

美色。

維摩詰經講經文：「妖桃強逞（這字應在句首）魔井（菩薩），羨美質徒（圖）惱聖懷。」（頁622）又：「況此天女，一個個形如白玉，一個個貌似鮮花，妖桃而乃越姮娥，豔質而休誇妲妃（己）。」（頁628）「妖桃」是說面如妖豔的桃花。

張祜愛妾換馬詩：「一面妖桃千裡蹄，嬌姿駿骨價應齊。」「妖桃」與「一面」相連，可知即指面色而言，是唐人一種比喻用法，不應拿疊韻聯緜字來解釋它。

花色

容色美麗。

搜神記王道憑條：「小少之時，共同村人唐叔諧女文榆花色相知，共為夫婦。」（頁876）按干寶《搜神記》卷十五：「少時與同村人唐叔偕女，小名父喻，容色俱美，誓為夫婦。」為勾記所本，可知「花色」就是容色美麗。干書「父」字，則應依勾記改作「文」。

瞢趨　䫉顯　沒忽

身體胖，行動遲緩。

佛說觀彌勒菩薩上生兜率天經講經文：「把戟夜叉肥瞢趐，持鏘（鎗）羅剎瘦筋吒。」（頁650）「趐」是「趨」字的錯誤。《玉篇》：「瞢趨，疲行貌。」上一字莫仲切，下一字香仲切，《廣韻》解說相同，可證變文字形的錯誤。據《玉篇》、《廣韻》，疲行應是本義，和「肥」連在一起，祇是一種可能的結合。

《敦煌掇瑣》，《字寶碎金》入聲：『肥䫉顯。』又五言白話詩：「獨養肥沒忽。」又：「聞道賊出來，母愁空有骨。兒迴見母面，顏色肥沒忽。」王梵志詩：「到大肥沒忽，直似飽糠豚。」（「糠豚」舊誤作「糖乇」，從項楚校改。按「乇」為「屯」之誤，是「豘」的省形存聲字。《廣韻》上平聲魂韻，「豘」、「豚」同「豚」。）「瞢趨」「䫉顯」「沒忽」都和肥相連：「䫉」「沒」都屬明紐，「趨」「忽」都屬曉紐：「顯」《廣韻》有兩個切音，胡葛切屬匣紐，許葛切屬曉紐；匣、曉也是隔紐雙聲，似乎「瞢趨」「䫉顯」「沒忽」是一個詞的三種寫法。但如上述，「瞢趨」應以疲行為本義；而「顏色肥沒忽」則顯然是顏色的肥澤。王梵志詩的「沒忽」則顯然是肥胖義，與行走無關，《廣韻》說「䫉顯，健也」，也與行走無關。這可以解釋為，本來是瞢趨，作行疲解，因為經常和肥連用，肥的意義掩蓋了疲行，寫成「䫉顯」、「沒忽」後更加把疲行的意義忘掉了；也可以解說為，本來就是肥，因肥人常常走不動，因而變為疲行，字體也轉而變為從足從走的了；也可以解釋為「䠟䟃」是疲行，「頹顐」、「沒忽」是肥，不一定有什麼關係。究竟哪一說對，還難於論定，但兩者有一定關係的可能更多一些，附記待考。

《方言》卷二：「渾，盛也。」郭璞注：「們渾，肥滿也。」《集韻》去聲恨韻：『們，們渾，肥滿皃。」「們渾」和「頹顐」、「沒忽」是一個詞的音變，就《方言》注來看，晉代已經有這個詞了。又《集韻》平聲東韻：「仜，胡公切，《說文》：『大腹也。』一曰：艨仜，肥大皃。」「艨仜」也就是「們渾」。

攢蚖　專顒　巑岏　攢玩

縮手縮腳，沒精打采，倒霉的樣子。

王昭君變文：「侍從寂寞，如同喪孝之家；遣妾攢蚖，仗（狀）似敗兵之將。」（頁 99）𢊍山遠公話：「於是道安心擬答，口不能答；口擬答，心不能答；手腳專顒，唯稱大罪。」（頁 190）案《集韻》上平聲二十六桓韻「躦」字的解釋道：「躦，聚足。」「攢蚖」就是「躦踠」，「遣妾攢蚖」，「妾」字當指昭君，昭君自己形容欲行不進的樣子，是從裹足不前的意思引申而來的。又按《玉篇》說：「儹，昨丸切」失途貌。伭，五丸切，儹伭。』這也就是王昭君變文的攢蚖。「專顒」是「攢蚖」一聲之轉，道安被遠公難倒後，手腳無措，施展不得，這也是「攢蚖」的意思。

《法苑珠林》卷七十，貧賤篇第六十四之一，述意部：「頭戴十年之冠，身披百結之縷；鄉裡既無田宅，洛陽又闕主人；浪宕隨時，巑岏度日。」唐李頎題盧五舊居詩：「巑岏枯柳宿寒鴟。」李羣玉將遊荊州投魏中丞詩：「貧埋病壓老巑岏，拂拭菱花不喜看。」李遠過舊遊見雙鶴愴然有懷詩：「朱頂𡾊屼荒草上，雪毛零落小池頭。」《太平廣記》卷二百六十二引五代王仁裕《玉堂閒話》：「新牧𡾊屼踧踖，斂容低視，不敢正面對禮生。」「𡾊屼」就是「攢蚖」，《珠林》和三李的詩即沒精打采，倒霉的意思，《玉堂閒話》所形容的，又和道安的「專顒」形神俱肖。《景德傳燈錄》卷二十，鳳翔府紫陵匡一定覺大師，盤龍語：「沈沙不見底，浮浪足𡾊屼。」這又是裹足不前的意思。

《敦煌雜錄》五更轉：「四更闌，法身躰住不勞看。看作（則）住山（心）便作意，作意還同妄想摶（搏）。妄想摶（搏），莫攢玩；忍（任）本性，自觀看。善惡無思亦無念，無思無念是涅槃。」又有南宗定邪正五更轉，文字和上面所引大同，「則」、「心」、「任」三個字，就是根據那裡校正的，這裡不再引。五更轉裡的「攢玩」，與「任本性」相對，意思是不要被妄想所束縛，這也和「聚足」的訓釋是相承的。

庠序　祥序　詳序　徐詳　翔序

舉動安詳肅穆的意思。

有兩種用法：一作形容詞用，如太子成道經：「或（同「忽」）見一人，削髮染衣，威儀庠序，真似象王。」（頁294）維摩詰經講經文：「纖手舉而淡佇風光，玉步移而威儀庠序。」（頁601）又：「威儀庠序，服錦新鮮。」（頁607）這些「庠序」，就是安詳的意思。一作名詞用，維摩詰經講經文：「芇（菩薩）神通眾，都三萬二千，威光多種種，祥序百□□。」（頁534）「祥序」在這裡就和「威儀」一樣了。玄應《一切經音義》卷九，《大智度論》第七十七卷音義：「庠序，謂儀容有法度也。」

晉釋法顯《佛國記》：「亦有小乘寺，都合六七百僧眾，威儀庠序可觀。」《後漢書》左雄傳：「九卿位亞三事，行有佩玉之節，動有庠序之儀。」《法苑珠林》卷四十六引《佛本行經》：「其人遙見彼辟支佛，威儀庠序，行步齊亭，舉動得所，不緩不急。」《雜寶藏經》卷三：「威儀庠序。」《世説新語》排調篇劉峻注，張敏頭責子羽文：「而猶文采（《三國志》魏志孫資傳裴松之注引「采」作「辭」）可觀，意思詳序。」《賢愚經》卷十二波婆離品第五十：「爾時彌勒著金色氎衣，身既端正，色紫金容，表裡相稱，威儀詳序。」「詳序」義同「庠序」。

蘇聯科學院亞洲人民研究所珍藏敦煌變文鉤沈，維摩詰經變文：「帝釋透迤（逶迤）贊聖主，梵王翔序遶慈尊。」「翔序」同「祥序」。

《賢愚因緣經》卷九，須達起精舍緣品四十三：「時舍利弗從禪定起，更整衣服，以尼師壇著左肩上，徐詳而步，如師子王，往詣大眾。」又：「其象徐詳，往詣池邊，并含其水，池即時滅。」「徐祥」就是「庠序」、「祥序」的本字。搜神記田崑崙條：「安庠人來。」（頁883）《法苑珠林》卷十四引《因果經》：「無苦無惱，安庠而起。」又卷五十五引《付法藏經》：「有捕魚師，捕得此魚，……薄拘羅父，見即隨買，持來歸家，以刀破腹。兒在魚腹出聲唱言：『願父安庠，勿令傷兒！』」「安庠」就是「安詳」；序言的「序」字古人多作「敘」，「敘」和「徐」同從「余」得聲，《禮記》射義「序點」鄭玄注：「序點或為徐點。」可證。

胉子

腫起的一堆。

鷰子賦：「脊上縫箇服子，髣髴亦高尺五。」（頁251）《變文集》校記：甲、乙兩卷「縫」作「躭」，戊卷作「擔」。按文義，這是雀兒被打後背上腫起的意思。「服子」沒有意義，應是「胎」字形體相近之誤。《玉篇》:「胎，都罪切，胎䐶，大腫皃。䐶，火罪切，胎䐶。」《集韻》上平聲十五灰韻:「胎，都回切，腫也。䐶，胡回切，腫大皃。」上聲十四賄韻:『䐶，都猥切，大腫。䐶，虎猥切，胎（胎䐶）大腫。沽罪切，腫大也。」可見六朝和唐人叫腫作「胎」。照訓詁學上「依聲得義」的講法，「胎」就是堆，「䐶」就是塊。《廣韻》「胎」字呼罪切，「䐶」字都罪切，方成珪《集韻考正》疑《廣韻》的音切互誤，是對的。遼釋行均《龍龕手鑑》:「䐶，都罪反。䐶胎，大腫皃。胎，呼罪反。䐶胎『胎』應作『胎』。」《手鑑》的音切正是承用《廣韻》的。變文甲、乙、戊卷作「躭」作「擔」，「躭」和「擔」通用，形容腫起的情形，好像背上揹個東西似的，意義比較貼切。作「縫」的寫本則應是「膖」字的錯誤，「膖」是腫脹的意思（太子成道經:「腱脹爛壞。」頁 293），就發生的變化而言是「膖」，就變化的結果而言就是「胎子」。

胮　膖

腫脹，鼓起。

維摩詰經講經文:「修羅展臂楨（睜）雙眼，龍神降顋努兩眉。」（頁 543）「降顋」應作胮顋。慧琳《一切經音義》卷五十一，止觀門論頌音義:「胮脹，上樸尨反，《埤蒼》:「胮肛，腸（腹）脹也。』《考聲》:「肛，滿大皃也。』肛音呼江反。《古今正字》從月，　聲；論作膖，俗字也。」《廣韻》上平聲四江韻:「肛，胮肛，脹大。古雙切，又許江切。胮，胮張。匹江切，又音龐。」《集韻》上平聲四江韻:「肛，古雙切，《埤倉》:『胮肛，腹脹也。』肛，虛江切，《博雅》:『胮肛，腫也。』胮，披江切，胮肛，腫也。或作膖、瘔、胖。」據此，胮有腫脹和脹大兩義，胮顋應是鼓起兩顋的意思。太子成道經作膖，鷰子賦又誤作縫，都是腫脹的意思，參見上條。

《指海》本張華《博物誌》卷九：「俚子張數尺，箭長尺餘，以燋銅為鏑，涂毒藥於鏑鋒，中人即死。不時斂藏，即胮脹沸爛，須臾燋煎都盡，唯骨在耳。」

痳病　水病

腫病。

鷰子賦：「養蝦蟇得痳病，報你定無疑！」（頁 262、263）茶酒論：『茶吃只是買（？）疼，多吃令人患肚，一日打却十盃，腸（腹）脹又同衙鼓。若也服之三年，養蝦得水病報。」（頁 268）玄應《一切經音義》卷十一，正法唸經第五十八卷音義：「水腫，上式許反，腫病也。經文作『痳』、『脉』二形，非體也。」據此可知，水病就是腫病；因其為腫，所以加肉旁作「脉」；因其為病，所以加疒旁作「痳」。浙江方言如嘉興、武義，管浮腫的病狀泛稱「水腫」或「水腫病」。茶酒論說「腹脹又同衙鼓」也和腫病相應。變文兩處語意不很明白大概是當時俗語，意思是說養蝦蟆必得腫病之報；至於何以養蝦蟆會得腫，則已無從索解。《變文集》校記說「報」是「鼓」字形訛恐不確。徐復說：隋巢元方《諸病源候論》卷二十一有水腫候，引《養生方導引法》云：「蝦蟇行氣，正坐，動搖兩臂不息，十二通，以治五勞、水腫之病。」則是氣功治水腫病，存參。

第三篇 釋名物

威儀

容貌動止的儀範法則與服飾儀衛的總稱。

一般以威儀為容貌動止的儀則，如維摩詰經講經文：「光嚴被喚，便整容儀，纖手舉而淡泞風光，玉步移而威儀庠序。」（頁 601）這一義無需多所稱引解釋。可是變文中又有指服飾儀衛的，如妙法蓮華經講經文：「當日仙人，離於山野，詣王城兮只躡綵雲，往龍樓兮豈憑鶴駕。不作威儀，不要侍者，獨自騰空，來於闕下。」（頁 489）維摩詰經講經文：『帝釋靈深誇隊仗，梵王行里（李）逞威儀。」（頁 532）又一篇：「領大眾而速別菴園，逞威儀而早過方丈。龍神儘教引路，一伴（畔）同行；天人總去相隨，兩邊圍繞。」（頁 635）「威儀一隊相隨逐，銜勑毗耶問淨名。」（頁 636）「於是人天浩浩，龍眾喧喧，空中散百種之花，地上排七珍之寶。帝釋梵王之眾，捧玉幢於師子座前；龍王夜叉之徒，執寶幢於井（菩薩）四面。雖即未離於仏（佛）會，威儀已出於菴園。」（頁641）「遂設威儀，排比行李。……龍神引路，並（菩薩湔迎，瑞氣盈空，天花映日。幢幡乃雙雙排路龍節而隊隊前行。毫光與晃日爭輝，雅樂與梵音合雜。」（頁643）其中的「威儀」或與「侍者」相對或與「一隊」相連，或說「已出於菴園」都不僅指一個人的動作儀容而言，而與「隊仗」、「行李」意義相近似。大抵就其實體而言，則曰隊仗；就其為出行所需而言，則曰行李；就其繫人觀瞻，有排場氣派而言，則曰威儀。《後漢書》光武帝紀上：「更始將北都洛陽，以光武行司隸校尉，使前整修宮府。於是致僚屬，作文移，從事司察，一如舊章。時三輔吏士東迎更始，見諸將過，皆冠幘而服婦人衣，諸於繡𧝓，莫不笑之，或有畏而走者。及見司隸僚屬，皆喜不自勝。老吏或垂泣曰：『不圖今日復見漢官威儀！』」《後漢書》的「威儀」，就有排場氣派的意思。

舊題東方朔《神異經》西北荒經：『西北荒中有小人，長一分。其君朱衣玄冠，乘輅車，馬引，為威儀。」《三國志》吳志士燮傳：「出入鳴鐘磬，備具威儀，笳簫鼓吹，車騎滿道。」又諸葛恪傳：『權拜恪撫越將軍，……命恪備威儀，作鼓吹。」《後漢書》百官志四：「太子出，則當值者在前道威儀。」《洛陽伽藍記》卷五，凝圓寺條；「于闐國王頭著金冠，似雞幘；頭後垂二尺生絹，廣五寸，以為飾。威儀有鼓角、金鉦、弓箭一具，戟二枝、槊五張，左右帶刀不過百人。」這是威儀為儀衛的明證，不過這裡把服飾提在威儀之外而已。又，《晉書》王導傳：「會三月上巳，帝親觀禊，乘肩輿，具威儀，敦、導及諸名勝皆騎從。」又隱逸宋纖傳：「酒泉太守馬岌，高尚之士也，具威儀鳴鐃鼓造焉。」《宋書》禮志一；「車駕將至，威儀唱引，留守填街。」又百官志下：「洗馬……太子出，則當直者前驅導威儀。」宋吳自牧《夢粱錄》卷二，三月條：「午時朝駕，排列威儀。」意義也相同。又《水經》涙退水注引鄧德明《南康記》:「昔有盧耽,仕〔廣〕州為治中。少棲仙術,善解雲飛。每夕輒凌虛歸家,曉則還州。嘗於元會至朝,不及朝列,化為白鵠,至闕前迴翔欲下。威儀以石擲之,得一隻履,耽驚還就列。內外左右,莫不駭異。」《晉書》熊遠傳:「時尚書刁協用事,眾皆憚之。尚書郎盧綝將入直,遇協於大司馬門外。協醉,使綝避之。綝不迴,協令威儀牽捽綝墮馬。」則以「威儀」指儀衛之士。

《太平廣記》卷一百八十九,李密條引唐人胡璩《譚賓錄》:「徐勣在黎陽,為密堅守。高祖遣使將密首以招之。勣發喪行服,備君臣之禮,表請收葬,大具威儀,三軍皆縞素,葬於黎陽山南五里。」宋人朱彧《萍洲可談》卷三:「富鄭公致政歸西都,……逢水南巡檢,蓋中官也。威儀呵引甚盛。」《夷堅乙志》卷十二,江東漕屬舍條:「騎從甚盛,如世之方伯威儀。」

《太平廣記》卷四百八十,吐蕃條引《咸通錄》(明鈔本作《咸通甸圍錄》。《通志》藝文略:《咸通解圍錄》一卷,張雲撰,記咸通中雲南蠻寇成都):「殺吐蕃兵馬大使乞藏遮遮及諸酋,或云是尚結贊男女。吐蕃乃收尸歸營,有百餘人行哭隨尸,威儀絕異。使一人立尸旁代語。使一人問:『瘡痛乎?』代語者曰:『痛。』即膏藥塗之。又問曰:『食乎?』代者曰:『食。』即為具食。又問曰:『衣乎?』代者曰:『衣。』即命裘衣之。又問:『歸乎?』代者曰:『歸。』即具輿馬,載尸而去。」這裡的「威儀」就是現在說的儀式。

《釋氏要覽》卷下,威儀條:「經律中,皆以行住坐臥名四威儀。」可證一般是以容貌動止為儀則的。

《太平廣記》卷四百四十六,楊于度條引《野人閒話》:「常飼養胡猻大小十餘頭,會人語。或令騎犬,作參軍行李,則呵殿前後。」卷四百七十五,淳于棼條引《異聞錄》:「王遂勅有司備太守行李。」《太平廣記》卷四百九十二，孫揆《靈應傳》：「有甲馬三百騎已來，迎候驅殿，有大將軍之行李。」這也是說有大將軍的儀衛排場。《唐摭言》卷三，慈恩寺題名遊賞賦詠雜記篇：「薛監晚年厄於宦途，嘗策羸赴朝，值新進士榜下，綴行而出。時進士團所由輩數十人，見逢行李蕭條，前導曰：『迴避新郎君！』」《錄異記》卷四：「忽遇列炬呵殿，旗幟戈甲，二百許人，若節使行李。」《夷堅丙志》卷六，徐侍郎條：「昨夕夢大官行李過門，先牌題曰徐侍郎。」這些「行李」都是儀衛的意思，變文中的「行李」已見上引，不另立條目，附記旁證於此。

營亂

當作營部，部是軍隊編制單位。

漢將王陵變：「前月廿五日夜，王陵領騎將灌嬰，斫破項羽營亂，並無消息。」又：「王陵領騎將灌嬰，斫破寡人營亂。」（並見頁44）又：『王陵領騎將灌嬰，斫破項羽營亂，取得謀臣鐘離末言，綏州茶城村捉得王陵母，見在營中，受其苦楚。」（頁45）「營亂」《變文集》無說，徐震堮校：「營亂」疑是「營壘」的聲近之誤。竊疑其不然。按周紹良《敦煌變文彙錄》所揭伯3627b卷王陵變原卷的書影，「斫破寡人營亂」的「營亂」作「鶯亂」，「鶯」為「營」的別體，毋庸置疑；「乱」則未必是「亂」的簡體。維摩詰經講經文：「胡亂莫能相比並，龜慈（茲）不易對量他。」「胡亂」應作「胡部」甚明，上文的「浩浩喝（唱）歌，胡部之豈能比對」（並見頁621）也足證明。《變文集》作「胡亂」，疑原卷「亂」字也作「乱」，似「亂」的簡體字，因而迻寫致誤。準此以言，「鶯亂」就是「營部」，而迻寫誤作「營亂」。《後漢書》百官志一：「大將軍營五部，部校尉一人，比二千石；軍司馬一人，比千石。」

此為部是營的編制單位之證。

問頭　款頭　問端　問題

官府審問罪人的問題，寫在紙上。

唐太宗入冥記：『子玉遂乃奏曰：『……臣有一箇問頭，陛下若答得，即却歸長安；若□□（答不）得，應不及再歸生路。』皇帝聞已，忙怕極甚，苦囑□（崔）子玉：『卿與我出一箇異（易）問頭，朕必不負卿。』崔子玉……自出問頭云：『問：大唐天子太宗皇帝，去武德七年，為甚□口（殺兄）弟於前殿，囚慈父於後宮？仰答！』……皇帝把得問頭尋讀，悶悶不已，如杵中心，拋（拋）□（問）頭在地，語子玉：此問頭交朕爭答不得！』」（頁213）鷰子賦：「雀兒被嚇，更害氣咽，把得問頭，特地更悶。『問：鷰子造舍，擬自存活。何得麤豪，輒敢強奪！仰答！』『但雀兒明明惱子，交被老烏趁急，走不擇險，逢孔即入，暫投鷰舍，勉（免）被拘（拘）執。實緣避難，事有急疾，亦非強奪。願王體悉！」（頁252）這可以說明問題是寫在紙上的，所以有「索紙」、「把問頭」、「拋問頭在地」的話。又可見問頭有一定的格式，開頭總有「問」字，結尾總有「仰答」的字樣。「仰」是下行公文中作命令語氣用的習語。

唐人韋絢《劉賓客嘉話錄》：「王縉之下獄也，問頭云：『身為宰相，夜醮何求？』王答曰：『知則不知，死則合死。』」問頭兩句，疑是記者節引來的。

《唐摭言》卷十三矛盾篇：「張處士憶柘枝詩曰：『鴛鴦鈿帶拋何處，孔雀羅衫付阿誰？』白樂天呼為『問頭』。」張祜的兩句詩都是問語，所以白氏和他開玩笑，說是「問頭」。唐人孟棨《本事詩》嘲戲篇則說：「白云：『久欽籍，嘗記得君款頭詩。……鴛鴦鈿帶拋何處，孔雀羅衫付阿誰，非款頭何邪？』」「款」，就是「一款而服」的「款」「款頭」就是問頭。《太平廣記》卷三百八十九引《朝野僉載》徐勣條：「後孫敬業揚州反，弟敬貞答款曰……」《唐語林》卷六：「新昌李相紳性暴不禮士，鎮宣武，有士人遇於中道，不避，乃為前騶所拘。紳命鞫之，乃宗室也。答款曰：『勤政樓前，尚容緩步；開封橋上，不許徐行？汴州豈大於帝都？尚書未尊於天子！』」又可見回答款頭的話叫做「答款」，鷰子賦裡的「但雀兒明明惱子……」也就是答款。

問頭又稱「問端」，《舊唐書》元載傳：「命左金吾大將軍吳湊收載、縉于政事堂……命吏部尚書劉晏訊鞫……辯罪問端皆出自禁中。」

唐人考試對策用的問題也叫問頭。《龍筋鳳髓判》卷二，國子監判的判由說：「太學生劉仁範等省試落第，撾鼓申訴：『准式：卯時付問頭，酉時收策。試日晚付〔問〕頭，不盡經業，更請重試。』」《唐摭言》卷十三，無名子謗議篇，無名子給劉晏的信裡說：「且吉中孚判以『大明御宇』為頭，以『敢告車軒』為尾，初類是頌，翻乃成箴。其問又『金盤』對於『玉府』，非唯問頭不識，抑亦義理全乖。」所說的「問頭」也是考試用的問題，其制未詳。

《景德傳燈錄》卷十二，江州廬山雙谿田道者：「問：『如何是西來意？』師曰：『什麼處得箇問頭來？』」宋釋普濟《五燈會元》卷十五，廬山化城鑒禪師：「問：『佛法畢竟成得什麼邊事？』師曰：『好箇問頭，無人荅得。』」等於現在說的問題。用於問案和考試，衹是範圍的縮小。

又按：「問題」一詞，不知起於何時，而南宋已有。曾敏行《獨醒雜誌》卷三：「既入試，問題正出疏中。」

紙筆

字據。

鷰子賦：「還有紙筆當直，莫言空手冷面。」（頁 252）這裡是說寫字據，允許出獄後送給本典錢財。「當直」是作證承擔的意思。明人淩濛初《二刻拍案驚奇》卷十，述吳興莫翁與丫鬟雙荷有私懷孕，恐其妻不容，將雙荷嫁給賣湯粉的朱三為妻，生一子，莫翁暗中周濟。後來莫翁死了，有光棍鐵裡蟲宋禮等攛掇朱三叫兒子去爭產，並騙說願借錢作為官司使費，要朱三「你寫起一千兩的借票來，我們收著。直等日後斷過家業來到了手，你每照契還我」，寫契後，雙荷問丈夫道：「不該就寫紙筆與他？」可證「紙筆」就是字據。現代江蘇江都還有這個說法，如云：你有紙筆在他手裡，拿他怎樣辦？

清人吳敬梓《儒林外史》第五十二回：「毛二鬍子道：『既承老哥美意，只是這裡也要有一個人做個中見，寫一張切切實實的借券，交與你執著，你才放心。……』陳正公道：『我知道老哥不是那樣人，並無甚不放心處，不但中人不必，連紙筆也不要，總以信行為主罷了。』」

清人李伯元《官場現形記》第四十回：「我的老爺！事情隔了二十多年，中人已經死了，那裡去找中人！橫豎有紙筆為憑，被告肯認帳就是了。」

尚字　上字　上

就是「上字」，證明比賽得勝的籌碼。

降魔變文：「和尚得勝，擊金鼓而下金籌；佛家若強，扣金鐘而點尚字。」（頁 382）又：『其時須達長者遂擊鴻鐘，手執金牌，奏王索其尚字。」（頁383）按，王建宮詞：「競渡船頭掉綵旗，兩邊濺水濕羅衣。池東争向池西岸，先到先書上字歸。」據此可見，「尚字」就是「上字」，舍利弗鬬法勝了勞度叉以後，須達就請王在金牌上寫上「上」字，表明佛家占了上風。《舊唐書》中宗韋庶人傳：「帝在房州時，常謂后曰：『一朝見天日，誓不相禁忌。』及得志，受上官昭容邪說，引武三思入宮中，升御床，與后雙陸，帝為點籌，以為歡笑。」可見「點尚字」就是點籌，變文的「下金籌」和「點尚字」，實在是同一事的互文，因為放在對句裡，所以字面不同罷了。

張建封競渡歌：「須與戲罷各東西，競脱文身請書上。」「書上」就是書上字，不過這裡似是寫在競渡兒的身上。

又案：友人唐長孺來信說：「承賜大著《敦煌變文字義通釋》，……弟數年來整理吐魯番文書，其中俗語及唐代遺詞頗有可與敦煌文書相發明者。有一屯目文書，滿紙『尚』字，雖推知當屬計數用字，但無佐證。繼得讀大著，始得豁然。蓋『尚』字為十筆，每筆為一基數，猶如今日計選票之寫『正』字。」據唐說「變文書尚字」謂書「尚」字於金牌之上以記其遍數，似與「上」字不同，也不宜說「上」與「尚」通。今存其說於此。

房臥

有兩個意義：一是臥房，一是私有財物，即所謂私房錢。

歡喜國王緣：「每相（想）夫人辭家出，夜夜尋看房臥路。」（頁779）這是說有相夫人死後，國王每夜要到夫人臥房那邊去。唐人張文成（即張鷟）《遊仙窟》，五嫂對十娘說的話：「娘子安穩，新婦向房臥去也。」是說回房裡去睡覺。這是第一義。醜女緣起：「陪些房臥莫爭論。」（頁 791）這是波斯匿王叫宰臣給他女兒尋丈夫的話，意思是女兒太醜，沒有人肯和她做夫妻，情願多出陪嫁的資財，而這資財是國王自己拿出來的。《變文集》校「臥」作「屋」，是錯的。這是第二義。

任二北《敦煌曲校錄》，十二時，普勸四眾依教修行：「房臥資財暗中袖。」

《圖畫見聞誌》卷六，近事，沒骨圖條：「李少保（端願）有圖一面，畫芍藥五本，云是聖善齊國獻穆大長公主房臥中物。」

宋人羅燁《醉翁談錄》丙集卷二，三妓挾歧（耆）卿作詞條：「耆卿居京華，暇日遍遊妓館。所至妓者愛其有詞名，能移宮換羽，一經品題，聲價十倍；妓者多以金物資給之。……耆卿一日經由豐樂樓前……忽聞樓上有呼柳七官人之聲。仰視之，乃甲妓張師師。師師要峭而聰敏，酷喜填詞和曲，與師師（耆卿）密。及柳登樓，師師責之曰：『數時何往，略不過奴行？君子費用，吾家恣君所需；妾之房臥因君罄矣。』」這裡的房臥，明係錢物費用，足以糾正《變文集》校作「屋」的錯誤。臥房是人最深密的地方，也是私財蓄藏之處，所以移來作私財講。「房臥」在元劇裡又稱「一房一臥」，詳見朱居易《元劇俗語方言例釋》。

《警世通言》第十三卷，三現身包龍圖斷冤：「迎兒嫁將去，那得三個月，把房臥都費盡了。」嚴敦易注：「房臥，泛指嫁粧。宋元時，民間習慣，女人出嫁的嫁粧中，包括用具、衣服及牀帳臥具等，稱為『房臥』。」

呂叔湘據《宋會要》證明「房臥」有妝奩義，謂：看來「房臥」先由臥房義產生妝奩義，再由妝奩義產生私房資財義，見《新版〈敦煌變文字義通釋〉讀後》。《宋會要》帝系八：「熙寧二年七月二十四日，召輔臣觀蜀國長公主下嫁妝奩於集英殿。自是公主下嫁並宣宰輔觀妝奩。」又崇儒七：「熙寧三年四月十九日，御集英殿，召輔臣觀岐國長公主房臥，命座賜茶。」

訟房　緣房

陪嫁的衣物資財之類。

不知名變文：「初定之時無衫袴，大歸娘子沒沿房。」（頁815）齖䶗書：「翁婆聞道色（索）離書，忻忻喜喜。且與緣房衣物，更別造一床氈被。乞求趁却，願更莫逢相值。」（頁858）原校：甲卷「緣」作「沿」。又，元人喬孟符《金錢記》第四折，賀知章白：「他今日倒賠緣房，招你為壻。」王貞珉《元曲選補箋》（載《橫濱市立大學論叢》第十五卷，人文科學系列第三號）引宋李之彌《作邑自箴》：「大凡娶妻，要正家道。或嫌嫁裝微薄，親家不和。婦人年高，男人年少，有亂婚姻之理。但得夫婦年齒相當，不必論緣房之多少也。」按：不知名變文、《金錢記》和《作邑自箴》的「房」、「緣房」，明顯地是陪嫁物資；齖䶗書的「且與緣房衣物」，也可以說是把陪嫁的衣物之類還給新婦。「緣房」就是「房」，則據齖䶗書的異文而可知。王氏釋「緣房」為家當、家資，并引《元典章》卷二十二戶部八「多壞了百姓家緣」，把「緣房」和「家緣」等視，似欠分晰。

生涯　涯產

生活用品，生活來源；家財，產業。

佛說觀彌勒菩薩上生兜率天經講經文：「可中修善到諸天，居處生涯一切全。要飯未曾燒火燭，須衣何省用金錢？」（頁654）這裡的「生涯」即指衣飯。无常經講經文：『買莊田，修舍屋，賣盡人家好林木，直饒滿國是生涯，心中也是無厭足。」（頁663）則指財產。

宋人胡仔《苕溪漁隱叢話》前集卷六十引《青瑣集》：「錢忠道過吳江……遇一女子，小舟獨棹於煙波浩渺間。忠悅之，作詩贈女子，其警句云：『滿目生涯千頃浪，全家衣食一輪竿。』」這裡指生活來源。又後集卷三十五引《許彥周詩話》：「錢希白……擬盧仝詩云：……案上兩卷書，堯典、舜典，留與添丁作生涯。』」添丁是盧仝的兒子。蘇轍臨江蕭氏家寶堂詩：「高人不解作生涯，唯有中堂書五車。」《太平廣記》卷十六，杜子春條引李復言《續玄怪錄》：「吾落拓邪遊，生涯罄盡。」（南宋臨安書棚本無此條）又卷二百六十一，鄭羣玉條引溫庭筠《乾䐥子》：「東市鐵行有范生，卜舉人連中成敗，每卦一縑。秀才鄭羣玉，短於呈（程）試，家寄海濱，頗有生涯；獻賦之來，下視同輩，意在必取，僕馬鮮華。遂賫緡三千，並江南所出，詣范生。范喜於异禮，卦成，乃曰：『秀才萬全矣。』羣玉之氣益高。比入試，又多賫珍品，烹之坐享。」《舊五代史》聶嶼傳：「嶼早依郭氏門庭，致身朱紫，名登兩史；浙江使迴，生涯巨萬。」又張希崇傳，判義子訟分財物說：「父在已離，母死不至。止稱假子，孤二十年撫養之恩；儻曰親兒，犯三千條悖逆之罪。頗為傷害名教，安敢理認田園！其生涯并付親子，所訟人與朋姦者委法官以律定刑。」這些例子，都指家財。

《苕溪漁隱叢話》前集卷五十七引蔡絛《西清詩話》：「天聖間，閩僧可士有送僧詩云：『一鉢即生涯，隨緣度歲華。』」後集卷三十七引《許彥周詩話》：「晦堂心禪師初退黃龍院，作詩云：『……生涯三事衲，故舊一枝藤。』」指生活用品。又辛棄疾玉蝴蝶詞：「儂家，生涯蠟屐，功名破甑，交友摶沙。」「生涯」句意與晦堂同。陸游秋感詩二首之二：「獠婢臨溪漂衣絮，蠻童掃葉續炊薪。生涯如此仍秋暮，賴是從來慣處貧。」

宋人阮閱《詩話總龜》前集卷四十二，周總認父條（這一條沒有標明引自何書）：「郡有司吏周吉者，頗殖涯產。」「涯產」就是家財產業。又，宋釋文瑩《湘山野錄》卷下，石曼卿一日謂秘演條：「某雖薄有涯產，而身邇塵賤，難近清貴。」

前程

費用。

葉淨能詩：『但劣（立）赴任，將絹以充前程。』（頁218）這個「前程」，應該和《水滸傳》裡的「盤纏」意義相同，廣義則可作日常生活費用講，狹義可作旅費講。

《敦煌遺書總目索引》，斯坦因劫經錄，2241卷，君者〔者〕與北宅夫人書：「司空更兼兵士遠送前程，善諮令公賜與羊酒優勞，合有信儀。在於沿路，不及晨送。」「前程」應作「前程」（伍子胥變文：「臣之逞路，計亦不遠。」見頁19，即「程路」），這裡和「羊酒」連言，似也指致送旅費。

陽焰

曠野中虛幻的光氣。

維摩詰經講經文：『永拋不久停，陽焰非真實。』（頁555）又一篇：「如炎者，如似荒郊陽炎，那得久停？」（頁581）按：這是解釋經文捲上方便品第二的文字，經文說：「是身如焰。」變文的兩個「炎」字都應作「焰」。明人方以智《物理小識》卷二，地類，陽燄水影旱浪條：「燕趙齊魯之郊，春夏間野望，曠遠處如江河，白水盪漾，近之則不復見。士人稱為陽燄。蓋真火之氣，望日上騰，而為濕潤之水土所欝留，搖颺重蒸，故遠見其動莽蒼之色，得氣而凝厚故又見其一片浩然，如江河之流也。」

明人李時珍《本草綱目》卷六，火之一：「澤中之陽焰，……似火而不能焚物者也。」自註：「狀如火焰，起於水面。出《素問》王冰注。」

艾火

火攻用具。

鷰子賦：「口銜艾火，送著上風。」（頁 253）「艾」字又見於舜子變，作「釵」字用。但這裡是「艾」字的俗誤。慧琳《一切經音義》卷二十九，金光明最勝王經卷第七音義：「艾納，上我蓋反，亦香草也。」唐程邨造橋碑書「艾」作「艾」，見羅振鋆、羅振玉《碑別字》四。宋刊藏經本《大唐西域記》卷二，三國序說：「禁咒閑邪，藥石針艾。』「艾」、「艾」都是艾字，與「艾」形體相近。《三希堂法帖》第十五冊，宋米芾書，戲成呈司諫詩：「客時効我病欲死，一夜轉筋著艾燃。」更足為「艾」即艾字之證。《通典》卷一百六十，兵十三，攻城戰具附：「磨杏子中空，以艾實之，繫雀足上加火，薄暮羣放，飛入城壘中，棲宿其積聚廬舍，須臾火發，謂之火杏。」（亦見《李衛公兵法》，《叢書集成》本）正是用雀兒縱火燒敵。變文巧相關合，頗見風趣。《通典》說繫足，而變文說口銜，這是文學作品的靈活運用，可以表現雀兒的勇敢。

鹿臍

箭垛上畫鹿，以中鹿臍為勝。

韓擒虎話本：「皇帝聞奏，即在殿前，遂安社（射）墮（垛）畫二鹿，便交（教）賭射。蕃人已見，喜不自昇（勝），拜謝皇帝，當時便射。箭發離弦，勢同僻（劈）竹，不東不西，恰向鹿齊（臍）中箭。」（頁204）按：射垛中畫鹿，以中臍為勝，是當時射箭的常例。段成式《酉陽雜俎》續集卷四，貶誤篇：「今軍中將射鹿，往往射棚上亦畫鹿。」（《集韻》平聲十七登韻：「堋，蒲登切，射埒。」《雜俎》棚字應作堋）唐釋慧琳《一切經音義》卷二十六，《雲公大般涅槃經》第十二卷音義：「因為：丁歷反。《說文》：『的，明也。』《傳》曰：『射質也。』謂的然明見也。今射堋中鹿子是也。」又卷二十三，《新譯大方廣佛華嚴經》第七十八卷音義：「苦的：的謂準的，鹿齌也。」齌就是臍字。張文成《遊仙窟》：「五嫂曰：『張郎射長垛如何？』僕答曰：『且得不闕事而已。』遂射之，三發皆遶遮齊，眾人稱好。十娘詠弓曰：『平生好須弩，得挽則低頭。聞君把提快，再乞五三籌。』下官答曰：『縮幹全不到，擡頭則大過。若令臍下入，百放故籌多。』」

「遮齊」的「遮」字應作「鹿」，「齊」通臍。凡此都足以證明畫鹿射臍並非臨時的施設。唐劉餗《隋唐嘉話》下：「故事：每三月三日、九月九日，賜王宮以下射。中鹿，賜為第一，院賜綾，其餘布帛有差。」「中鹿」的鹿就是鹿臍，亦即《酉陽雜俎》所說：「射棚（堋）上亦畫鹿」的鹿。

火曹

就是「火糟」，燒焦的木頭。

破魔變文：『且眼如珠盞，面似火曹。」（頁 352）玄應《一切經音義》卷九，大智度論第七卷音義：『火爒，子勞反。《說文》：『爒，焦也。』《蒼頡篇》：『燒木餘也。』」又卷十一，雜阿含經第十卷音義：『火爒，《字林》云：『爒，燒木焦也。」』

清泥　青泥

臭穢的淤泥。

佛說阿彌陀經講經文：「言水淨者，所有泉自水」（「自水」二字應是誤重「泉」字，而又誤分為二）池，具八功德，皆生眾寶，雜色連（蓮）花，大如車輪，池底金沙，四邊寶樹波動作聲，皆念三寶名；也无有清泥昆（臭）穢，魚鼈〔蝦〕蟆水族之類。」（頁 476）這段文章，前面講潔淨，一面講沒有污穢，「昆」是「臭」字形體相近之誤，是「香臭」的「臭」的本字，「清泥」和「臭穢」連用，可知就指臭穢的泥，「清」字不作清潔講。白居易京兆府新栽蓮詩：「污溝貯濁水，水上蓮田田。我來一長嘆，知是東溪蓮。下有清泥污，馨香無復全；上有紅塵撲，顏色不得鮮。」可知當時確有這一個詞，「清」字并沒有錯。又作「青泥」。目連緣起：「確（碓）搗磑磨身爛壞，遍身恰似淤青泥。」；（頁 702）慧琳《一切經音義》卷十，寶相般若經音義：「淤泥，於據反，水底青泥也。」又卷九十，高僧傳第九卷音義：「淤泥，汙池水底臭泥也，青黑臭爛滓穢者也。」《法苑珠林》卷八：「此身可惡，會歸磨滅。烏鵲狐狼，競共噉食。風吹日暴，青爛臭處。」據慧琳音義後與《法苑珠林》，似乎「青泥」以青黑色得名，恐未盡然。按《說文》：

「廁，清也。」《急就篇》：「屏廁清溷糞土壤。」顏師古註：「清，言其處特異餘所，常當加潔清也。」廁所稱「清」，本來從因其臭穢而應當使之清潔得義，後來又改用專制的「圊」字；「清泥」、「青泥」，似得義於用於廁所的「清」、「圊」，而為臭穢之意。浙江東陽縣紅星、東方紅、虎鹿公社等地稱小便為清尿〔sui〕，諸暨縣農村用小便煮雞蛋，據云能滋補治病，稱為清蛋；取義也相同。杜甫泥功山詩有「朝行青泥上，暮在青泥中」之句，李白蜀道難有「青泥何盤盤」之句，錢謙益、王琦都引《元和郡國志》：『青泥嶺……懸崖萬仞，上多雲雨，行者屢逢泥淖，故號為青泥嶺。」青泥也是淤泥。

韓愈病鴟詩：「屋東惡水溝，有鴟墮鳴悲。青泥揜兩翅，拍拍不得離。」盧仝蕭宅二三子贈答詩二十首之二十，客請蝦蟆詩：『蝦蟆，蝦蟆，叩頭莫語人聞聲！揚州蝦蜆忽得便，腥臊臭穢逐我行，我身化作青泥坑。」按詩序，盧仝寓居揚州蕭宅，將歸洛，詩中假託石、竹、蝦蟆等要求跟盧仝前去，而這一首是盧仝答蝦蟆的話。「忽」是假若的意思，見後釋虛字篇。詩中以臭穢和青泥坑連説，也可證「青泥」是臭穢的泥。《太平廣記》卷四百七十四，來君綽條引牛僧孺《玄怪錄》，記君綽與友人亡命夜入人家，與主人威污蠖飲食，「遲明敘別，恨悵俱不自勝。君綽等行數里，猶念污蠖，復來，見昨所會之處，了無人居，唯污池邊有大螾，長數尺，又有蜸螺丁子，皆大常有數倍，方知污蠖及二豎皆此物也。遂共惡昨宵所食，各吐出青泥及污水數升。」又卷四百七十一，鄧元佐條引薛用弱《集異記》，載類似的故事，也有嘔吐青泥的話，今不錄。

蘇軾次韻答王定國詩：「傳聞都下十日雨，青泥沒馬街生魚。」元無名氏《异聞總錄》（舊題宋闕名。按：此書集錄唐以來異聞而再三提到至元年號；涉及宋事，則云「宋咸淳間」、「宋寶祐間」「宋人」云云，其為元人所集錄無疑）卷四：「過清河橋，駛卒引從龜池路去，力爭不聽。兩傍居者，但見此人獨行踽踽，自為紛拏辨鬪之狀。亦有識之者，掖之以歸，已瞢騰不能語，口中皆青泥。」

梁斌《播火記》第四十三章：「伸手甩過一塊青泥，糊在對手的臉上。」又溫州管爛污泥叫青泥，則現代方言中還有這個名詞。

浮囊

渡水的用具，是古人所謂「腰舟」一類的東西。

佛說阿彌陀經講經文：「欲得當來登彼岸，要持淨戒護浮囊。」（頁452）浮囊是達到彼岸的用具。宋釋法雲《翻譯名義集》卷七，犍椎道具篇：「浮囊：《五分》云：『自今聽諸比丘畜浮囊，若羊皮，若牛皮。』傳聞西域渡海之人，多作鳥翎毛袋，或齎巨牛脬；海船或失，吹氣浮身。」

《根本說一切有部毗奈耶雜事》卷三十六：「時彼諸人欲渡，或將草木瓠及浮囊，憑而渡水，往還不絕。」顏真卿撫州寶應寺律藏院戒壇記：「庶乎渡海浮囊，分毫絕羅刹之請；嚴身瓔珞，照耀有摩尼之光。」（中華書局影印本《全唐文》3423頁）說明浮囊為渡海用具，與前引《翻譯名義集》合。

衣裓

長方布袋，用作拭手或盛物；盛花器。

佛說阿彌陀經講經文：「化生童子道心強，衣裓盛花供十方。」（頁485）裓謂衣襟。孫星衍曰：『《說文》：『衸，袥也。袥，衣衸。』此即裓正字。《玉篇》有裓，音義與此略同。」衣裓為佛教徒掛在肩上的長方布袋。《景德傳燈錄》卷一脇尊者：「四眾各以衣裓盛舍利，隨處興塔供養之。」

又衣裓為盛花之器。《阿彌陀經義記》：「天華至妙，名曼陀羅，色妙無比，香氣芬馥，常以清旦，衣裓盛華，供養他方十萬億佛。……衣裓是盛華器，形如函而有一足，手擎供養。」

鋻冠

犂頭的鐵刃。

佛說阿彌陀經講經文：「後教獄卒下鋻冠（冠）。」（頁462）《變文集》校「鋻」作「鑿」，這是錯的。「鋻」字應該是「犁」的異體，「鋻冠」就是《說文》裡的「犂冠」。《說文》瑁篆下說：「似犂冠」；徐鍇《繫傳》：「犂冠即犂鑱也。今字書作犂錧，音義同。」段玉裁注：「（字篆文這樣寫）冠，《爾雅》注作犁錧，謂耜也。」《爾雅》注見釋樂篇，邢昺《爾雅疏》引呂忱《字林》：「錧，田器也。自江而南，呼犁刃為錧錧。」「犁冠」的名稱出現得很早，而到寫變文的時候仍然存在於語言裡。「教獄卒下鋻冠」，就是用犁來耕罪人的身體。

停

通「敦」、「楟」，撐船篙。

維摩詰經講經文：「且如人將投大海，願泛洪波，不揮停而難已（以）行舟，不舉掉（棹）而如何進步。」（頁518）又「如人泛海欲行舟，万裡波瀾看咫尺，有手方能避嶮希（巇），无時必定遭沉溺。能將機櫓身邊揉（捩），解把櫓㯽來往搣，喻似門徒起信心，万般一切由心識。」（頁519、520）《變文集》校「櫓㯽」作「篙撐」，是對的。玄應《一切經音義》卷八，月光童子經音義：『相敦，古文敞、敦、楟三形，今作楟，同。丈衡反。謂敦觸也。」「撐」為「敦」、「停」的後起字，「停」為「敦」、「楟」的假借字。敦義為撐，因之撐船的篙叫撐，單言為停，合言為櫓㯽、篙撐，意思是一樣的。

王海根說：「揨」也借「亭」字為之，蔡琰悲憤詩：「要當以亭刃，我曹不活汝。」《廣雅》釋詁一：「揨，刺也。」

蘇聯科學院亞洲人民研究所藏唐人卷子《維摩碎金》：「聖劍每將悲願重，法舡長用惠（慧）竿掉。」「掉」與「精」、「平」、「行」等協韻，是「揨」字之誤。

抛車

用機關投射石塊打擊敵人的車子。

伍子胥變文：「城上修營戰格，門門格立，拋車更伏，作冶鎔銅，四面多安擂木。」（頁20）這裡所講的都是守城的工事用具。「拋」為「抛」的別體。舜子變：「自有羣豬與（以）觜備耕地開壟，百鳥銜子拋田。」（頁133）；又：「父母拋石壓舜子。」（頁134）祇園因由記：『乃於水中出四釜黃金。」（頁405）修訂本《敦煌曲子詞集》贊普子詞：「若不謂（為）沙塞，無恩拜玉樓。」「拋」即「抛」，「恩」當作「因」。《後漢書》袁紹傳：「操乃發石車擊紹樓，皆破，軍中呼曰霹靂車。」李賢注：「即今之抛車也。抛音普孝反。」抛車為唐語，又見《廣韻》去聲三十六效韻。字又作「礮」、「砲」。說詳拙撰《義府續貂》。

楊億咸平六年二月十八日扈從宸游因成紀事二十二韻詩：「電影流

機石，鵶羣發大黃。」自注：「是日御講武臺觀放拋石及發連弩。」大黃即連弩，見《史記》李將軍列傳；機石就是拋石，即拋車所放之石。

陌刀。

長刀。

張淮深變文：「陌刀亂揊。」（頁126）《大唐六典》卷十六：「陌刀，長刀也。步兵所持。蓋古之斷馬劍。」《舊唐書》闞稜傳：「善用大刀，長一丈，施兩刃，名為陌刀。每一舉，輒斃數人，前無當者。」《廣韻》入聲二十四職韻：「揊，擊聲。芳逼切。」

《舊唐書》文宗紀，太和九年：「先是，宰相武元衡被害，憲宗出內庫弓箭、陌刀賜左右街使，俟宰相入朝，以為翼從，及建福門退。」又封常清傳：「常清既刑，陳其尸於蘧篨上。〔高〕仙芝歸至廳，〔邊〕令誠索陌刀手百餘人隨而從之，曰：『大夫亦有恩命。』」

輪鉤

裝置小輪來收捲釣絲的釣具。

伍子胥變文：「波上惟見一人，唱謳歌而撥棹，手持輪鉤，欲以（似）魚（漁）人。」又：「漁人聞喚，當乃尋聲，蘆中忽見一人，便即搖船就岸，收輪卷索，歇棹停竿。」（並見頁13）按：現在浙江金華人所用的釣竿，釣絲很長，頭上裝有好幾枚雙尖釣鉤，可以下到很遠的地方，而於近釣竿把手處裝置直徑三四市寸的小輪，用來收捲釣絲。這種情形，和變文所說「收輪卷索」相合，應是輪鉤的遺制。郭紹虞輯本宋人李頎《古今詩話》載李煜漁父詞二首之二「一輪蠒縷一輕鉤。」

可見釣絲卷在輪上。又古人文字中有稱釣車的，如晉人葛洪序稱為劉向作的《神仙傳》陵陽子明傳「谿中子安當來問子明釣車在否？」陸龜蒙、皮日休有唱和漁具詩，其中都有釣車一題，這也和輪鉤同物。《神仙傳》出於劉向說不可信，但至遲作於晉代，可見這種漁具由來已久了。皮日休有魯望以輪鉤相示詩，徐夤有釣車詩，對這種漁具的形制都有所描寫，可參看。

錢忠詩「全家衣食一輪竿。」見前「生涯」條。

月愛

寶珠名。

維摩詰經講經文：「緣舍利弗身居小果，與仏及井所見不同，依（似）甚？似營（螢）火對於日光，泥彈同於月愛，全不相承，故但見穢惡，不見清淨。」（頁 568）《大唐西域記》卷十一，僧伽羅國：「那羅稽羅洲西浮海數千里，孤島東崖有石佛像，高百餘尺，東面坐，以月愛珠為肉髻，月將迴照，水即懸流，滂霈崖嶺，臨注谿壑。時有商侶，遭風飄浪，隨波氾濫，遂至孤島，海鹹不可以飲，渴乏者久之。是時月十五日也，像頂流水，眾皆獲濟，以為至誠所感，靈聖拯之。於即留停，遂經數日，每隱高巖，其水不流。時商主曰：『未必為濟我曹而流水也。嘗聞月愛珠，月光照即水流注耳，將非佛頂上有此寶耶？』遂登崖而視之，乃以月愛珠為像肉髻。」變文所說，就是《西域記》所記的寶珠。

《法苑珠林》卷二十一：「是以金容誕節，遂致恆星匿彩；月愛舒光，便使晨曦掩色。」

洋銅

鎔化了的銅汁。「洋」通「烊」。

佛說阿彌陀經講經文：『鐵犁耕舌洋銅灌。』（頁 484）目連緣起：『或洋銅灌口。』（頁 704）「洋銅灌口苦難當。」（頁 705）《變文集》校「洋」作「汁」。徐震堮校：「『洋』字不誤，『洋銅』連用，屢見不一見，『洋』乃『烊』之同聲字，且他處無作『汁銅』者。」案：徐校是對的。玄應《一切經音義》卷九，大智度論第十五卷音義：「洋銅，以涼反，謂煮之消爛，洋洋然也。」又卷十六，大愛道比丘尼經上卷音義：「洋銅，以良反，謂煮之消爛，洋洋然也。《三蒼》：『洋，大水皃。』《字略》作『煬』，釋金也。」又卷二十三，廣百論第一卷音義：「鎔銅，以終反，江南行此音，謂鑄銷洋也。」據此，鎔化金屬的「烊」字唐人都寫作「洋」，或寫作「煬」，「烊」雖是正字，恐怕還是比照「洋」字而造的後起字。《太平廣記》卷三百三十八引戴君孚《廣異記》，高勵條：「其人乃告曰：『我非人，是鬼耳；此馬是木馬。君但洋膠黏之，便濟行程。』勵乃取膠煮爛，出至馬所；以（已）見變是木馬，病在前足，因為黏之。」「洋」就是煮爛。又卷三百九十七引同書崔明達條：「城壁毀壞，見數百人，洋鐵補城。」「洋」就是鎔。

《法苑珠林》卷五十九引《大集經》濟龍品：「於地獄中，經無量劫。大猛火中，或燒或煮。或飲洋銅，或吞鐵丸。」

露柱

旌表門第的柱端龍形的部分。

醜女緣起：『兩腳出來如露柱。』（頁 800）《通雅》卷三十八，宮室：「士夫閥閱之門，亦謂之闕。唐宋（朱）敬則以孝義世被旌顯，一門六闕相望。又楊炎，祖哲，父播，三世以孝行聞，門樹六闕，闕言額也。又尹仁恕，曾祖養，祖怦，父慕先，一門四闕。《史》功臣表：『明其等曰伐，積日曰閱。』《漢書》：『齎伐閱上募府。』後因作閥閱。元之品制，有爵者為烏頭閥閱。《冊府元龜》言：『閥閱二柱，相去一丈。柱端安瓦筒，號為烏頭染。即謂之闕。柱端之筒謂之揞頭，又曰護朽。』陸文量《菽園雜記》引《博物志》：『蚼蟓似龍而小，好立險。』故立於護朽上，所謂露柱也。」按：《五代會要》卷十五戶部篇也記有閥閱的制度：「登州義門王仲昭，六代同居。……烏頭正門閥閱一丈二尺，一（二）柱相去一丈，柱端安瓦桶漆黑，號烏頭。」今本《博物誌》沒有「蚼蟓」，無從詳悉。蔣冀騁說：「露柱」是「顯露的柱子」的意思。《五燈會元》中「露柱」一詞共出現七十五次，皆不指「旌表門第的柱端龍形的部分」。卷十六，雪峰思慧禪師：「僧問：『古殿無燈時如何？』曰；『東壁打西壁。』曰：『恁麼則撞着露柱也。』」（頁 1033）顯然「露柱」指的是殿堂東西壁間的大柱子。卷十四，大陽慧堅禪師：「入室次，泉問：『甚麼處來？』師曰：『僧堂裡來。』泉曰：『為甚麼不築着露柱？』」（頁 956）此指僧堂中的柱子。變文中的「露柱」形容醜女腳的粗大，且作者又是僧人，當是殿堂的柱子。

寶子

香爐的一種。

降魔變文：『香爐寶子逐風飛。」（頁 388）宋人黃伯思《東觀餘論》卷下，跋錢鎮州回文：「題者多云寶子不知何物，以余考之，乃迦葉之香爐耳。上有金華，華內乃有金臺，即臺為寶子，則知寶子乃香爐耳。……但圜若重規然，豈漢丁緩被中之製乎？」

野干　射干

野獸名。

伍子胥變文：「潛形菌草，匿影藜蘆，狀似被趁野干，遂使狂夫莨（茛）菪。」（頁 10）玄應《一切經音義》卷六，妙法蓮華經第二卷音義：「野干，梵言悉伽羅，形色青黃，如狗，羣行夜鳴，聲如狼。案子虛賦云：『騰遠野（射）干。』司馬彪、敦璞並云：『射干能緣木。』射音夜。《廣志》云：『巢於絕巖高木也。』禪經云：『見一野狐，又見野干。』是也。」慧琳《一切經音義》卷四十一，大乘理趣六波羅蜜多經卷一音義：「淮南名曰麻狐。」按：「被趁野干」謂被追逐的野干獸，所以下句說：「遂使狂夫莨菪」，「莨菪」，用藥名諧「浪蕩」。「野干」則是反諧藥名「射干」，《本草綱目》卷十七下引陶弘景：「射干，方書多音夜。」

《釋氏要覽》卷中引僧祇律：「過去有一婆羅門，於曠野造井，以給行人。至暮有羣野干，趣井飲水。」

《翻譯名義集》卷二畜生篇：「悉伽羅。此云野干，似狐而小形。色青黃如狗。羣行夜鳴如狼。郭璞云，射干能緣木。《廣志》云，巢於絕巖高木也。」又說「《輔行記》云：狐是獸，一名野干，……然《法華》云：狐、狼、野干，似如三別。《祖庭事苑》云，野干形小尾大，狐即形大。《禪經》云，見一野狐，又見野干，故知异也。」

珂珮

應作「珂貝」，海螺殼，色白。

韓朋賦：「齒如珂珮，耳如懸珠。」（頁 139）《變文集》校記：「『珂』原作『軻』，據丙卷改。」按：玄應《一切經音義》卷六，妙法蓮華經音義卷末：「珂貝，苦何反，螺屬，生海中，潔白如雪者也。經文作『軻』，口佐反，《說文》：『接軸也。』亦埳軻，不遇也。『軻』字非義。」《妙法蓮華經》作「軻」，跟韓朋賦原卷同，是同音假借字。

鵖鸈　服翼

就是蝙蝠。

百鳥名：「鸈鵖亦曾作老鼠，身上無毛生肉羽，恰至黃昏即出來，白日何曾慕風雨。」（頁 852）徐震諤校：「鸈鵖」疑當作「蝙蝠」，徐校誤，「鸈鵖」應當倒過來作「鵖鸈」。《方言》卷八：「蝙蝠，自關而東謂之服翼，或謂之飛鼠，或謂之老鼠，或謂之譽鼠，自關而西秦隴之間謂之蝙蝠。」「鵖鸈」就是「服翼」，字不同而音同。「服翼」這個名稱從漢到唐都流行着，後來不見記載，所以生校者之疑了。現代浙江樂清稱蝙蝠為「鵖鸈」，永嘉則稱為「老鼠鵖鸈」，「鵖」音〔bi〕。

骨咄

即「騧騳」，獸名，屬馬類，出北方少數民族地區。

韓擒虎話本：「遂揀紬（騙，《玉篇》：「競馳也。」）馬百疋，明駞千頭，骨咄羦羝麋鹿麝香，盤纏天使。」（頁 205）王昭君變文：『黃羊野馬，日見千羣萬羣，□□（羝），時逢十隊五隊。」（頁 99）《新唐書》回鶻傳：「黠戛斯……其獸有野馬、骨咄、黃羊、羱羝。」《玉篇》：「騧，古忽切；騳，都忽切。騧騳，獸名，出北海。」《廣韻》人聲十一沒韻、《類篇》同。《集韻》人聲十一沒韻：「猾，吉忽切；猾貀，當沒切。絀，獸名。」又：「羚，吉忽切；羜，當沒切。羚羜，羊名。」《類篇》同。就字形言，有《玉篇》、《廣韻》、《類篇》從馬旁，《集韻》、《類篇》從豸旁、羊旁之異；就義訓言，有「獸名，出北海」、「獸名」、「羊名」之異，不易斷定「骨咄」是哪一義。但就三個義訓來講，「獸名」接近於「獸名，出北海」，而「羊名」不接近；就字形來講，「䮩䮱」見於梁、唐人的書，「䝒絀、羚羜」見於宋人的書，「䝒貀、羚羜」為後起：「䝒貀」的義訓既接近於「䮩䮱」，當即「䮩䮱」的變形。據「䮩䮱」字從馬旁，《新唐書》的「黃羊、羱羝」為一類，與「野馬」連敘的「骨咄」也應是馬類，即《玉篇》、《廣韻》、《類篇》的「䮩䮱」，而非《集韻》的「羚羜」，大致可以推定了。

阿魏

一種有臭氣的植物，可以吃的。

維摩詰經講經文：「直饒煮鴨餸（蒸）鵝，熊生虎炙，雜（疑是下面「羅」字形體相近的錯字和衍文）新羅問魏，福見（衍文）建乾薑，恣意齟嚼，欣心呑瞰，終是傾於糞讓（壤），不免填彼溝炕。」（頁585）王慶菽校叩「問魏」說原「问」字，疑「問」字。案《翻譯名義集》卷三，什物篇葷辛條：「葷而非辛，阿魏是也；辛而非葷，薑芥是也。」據此，「問魏」應作「阿魏」，「阿魏」是一種「葷」。（《說文》：「葷，臭菜也。」段玉裁注：「謂有氣之菜也。」）唐人段成式《酉陽雜俎》前集卷十八，廣動植之三，木篇：「阿魏：出伽闍那國，即北天竺也。伽闍那呼為形虞。亦出波斯國。波斯國呼為阿虞截。樹長八九丈，皮色青黃。三月生葉，葉如鼠耳，無花實。斷其枝，汁出如飴，久乃堅凝，名阿魏。拂林國僧彎所說同。摩伽陁國僧提婆言：取其汁，和米荳屑，合成阿魏。」明人李時珍《本草綱目》卷三十四：阿魏一名薰渠，一名哈悉泥。引蘇恭曰：「生西番及崑崙，苗葉根莖酷似白芷，搗根汁日煎作餅者為上，截根穿暴乾者為次，體性極臭而能止臭，亦為奇物也。又婆羅門云：薰渠即是阿魏，取根汁暴之如膠，或截根日乾，並極臭。西國持呪人禁食之；常食用之，云：去臭氣。戎人重此。猶俗中貴胡椒，巴人重負蠜也。」薰渠又作興渠。《法苑珠林》卷一百十三引《雜阿含經》：「不應食五辛。何等為五？一者，木葱；二者，革葱；三者，蒜；四者，興渠；五者，蘭葱。」又引《梵綱經》：「若佛子，不得食五辛：大蒜，革葱，慈葱，蘭葱，興渠。」

麪　面

粉末。

維摩詰經講經文：「每交不出閨闈，長使調脂弄麪。」（頁538）這個「麪」，就是脂粉的粉。妙法蓮華經講經文：「若說（殑）伽河裡，沙細人間莫比，恰如粉面一般，和水渾流不止。」（頁504）「面」就是「麪」的同音假借字，「粉面」就是粉末。玄應《一切經音義》卷十二，修行道地經第三卷音義：「如麪，言碎末如麪也。」現在北方話還管粉末叫「麪兒」，陸志韋《北京話單音詞詞彙》：「麪兒：把米軋成麪兒。」

撒花

一種草書體，因其奇邪不楷正如花形而得名。

捉季布傳文：「上下撒花波對當，行間鋪錦草和真。」（頁62）按：宋人黃伯思《東觀餘論》卷上，記與劉無言論書：「劉又言：『……見傳唐人一書，中云：文皇令羣臣上奏任用真草，唯名不得草。後人遂以草名為花押，韋陟五朵雲是也。』」「五朵雲」之稱見《酉陽雜俎》續集卷三支諾臯下篇及《新唐書》韋陟傳，傳云：「常以五采牋為書記，使侍妾主之。……陟唯自署名，自謂所書陟字若五朵雲。時人慕之，號郇公五雲體。」這種署名用的草書體，當時稱為花書。宋人岳珂《寶真齋法書贊》卷八，使至帖岳氏跋：「右唐無名人使至帖三十六字，真者二十八，草者七，花書者一。筆法類李邕，而花書之名弗復可識：疑以傳疑，故惟以歸之無名人也。」又豆盧革田園帖跋：「帖中名不類革字，蓋五代花書體。」

陳振孫《直齋書錄解題》卷十七，別集類中，呂文靖公試卷：「考官二人花書其上。」《夷堅甲志》卷二十，太山府君條：「指牘尾請書名。已而復進曰：『有名無押字，不可用。』邵又花書之。」又《丙志》卷七周莊仲條、卷二十閻羅王條，都有花書之名。《王直方詩話》（郭紹虞輯本）：「熙寧初，荊公用事，一時字多以『甫』，押字多以圈。時詩云：『表德皆連甫，花書盡帶圈。』」（荊公押字，石字下面的口字作一圈，見葉夢得《石林燕語》卷四，當時人連押字也仿荊公帶上圈兒。）撒花應即黃、岳諸家所說的花押、花書這種字體。《唐摭言》卷十二，酒失篇，薛書記獻府主元相公詩，筆離手篇：「越管宣毫始稱情，紅箋紙上撒花瓊。」與變文同。「瓊」和「波對當」的「波」未詳。

又按：撒花的撒應指一種書寫方式，所以變文以之跟「鋪」相對。現在從重將「撒花」歸在本篇，不入釋事為篇。

宋程大昌《演繁露》卷二，以華陽隱居代名花書條：「國初人簡牘往來，其前起語處皆書名，後結語處即以花書代名，不再出名也。花書云者，自書其名而走筆成妍，狀如花葩也。中書舍人六員，凡書敕，雜列其名，濃淡相間，故名為六花判事。花書之起，其必始此矣。韋陟書，名如五朵雲，亦其事也。」宋高似孫《緯略》卷十，鳳尾諾，笠澤叢書有鳳尾諾條：「齊高帝使江夏郡王學鳳尾，一學便工，帝以玉麒麟賜之。蓋諸侯箋奏，皆批曰諾，諾字有尾若鳳焉，蓋花書也。有持二畫求售，乃楊妃並馬上馬圖，題陳宏二字，筆力甚清壯。又如有兩墨迹如飛燕狀，全類鳳尾者，殊不可曉，徐考之，迺江南李主花書。」按江夏王蕭鋒，為南齊高帝第十二子，事見《南史》卷四十三。據此，花書起源很早。

節會

音樂的段落節奏。

王昭君變文：『管弦馬上橫彈，即會途間常奏。」（頁 99）「即會」應作「節會」，指音樂的段落節奏。《酉陽雜俎》前集卷五，恠術篇，記幻僧難陀「嘗在飲會，令人斷其頭，釘耳於柱，無血。身坐席上，酒至，瀉入胆瘡中，面赤而歌，手復抵節。「節」就是節奏。《文選》嵇康琴賦「乘險投會」李善注：「會，節會也。」王建擣衣曲：「雙揎白腕調杵聲，高樓敲玉節會成。」可見「節會」是唐人常用語。

《胡笳十八拍》（劉大杰以為曲以拍名，起於唐代，並以拍彈盛行於晚唐，推斷這一篇是晚唐之作，見《文學評論》 1959 年 4 期）：「笳彈一會兮琴一拍。」高駢邊城聽角詩：「三會五更吹欲盡，不知凡白幾人頭？」釋貫休聽曉角詩：「三會單於聽欲盡。」李士元登單於臺詩：「殘陽三會角，吹白旅人頭。」李大概是宋人，詩見宋人阮閱《詩話總龜》卷二十四引《雅言雜錄》。（引用書目列張靚《雅言雜載》，當係一書）宋人尹煥菩薩蠻詞：「畫樓三會喧雷鼓。」可見「會」是樂曲的段落，可以助證「節會」的意義。又蘇軾竹詩：「今日南風來，吹亂庭前竹。低昂中音會，甲刃紛相觸。」「音會」猶言音節。

《莊子》養生主：「合於桑林之舞，乃中經首之會。」郭象注：「言其因便施巧，無不閑解，盡理之甚，既適牛理，又合音節。」以「會」為音節，當以此為最早。

帽惑　冒或　毛惑

就是「帗」、「幗」、「帗幗」，女子覆髮的首飾。

下女夫詞：「去帽惑詩：璞璞一頸花，蒙蒙兩鬢渣（《變文集》校作「遮」）。少來鬢髮好，不用冒或遮。」（頁277）「冒或」丙卷作「毛惑」，「帽惑」、「冒或」、「毛惑」是一件東西。按《玉篇》：『帗，亡教切。帗幗也。幗，古誨切，帗也，覆髮上也。或作簂，又古獲切。」據此，「帗」、「幗」、「帗幗」一物而三名。後漢劉熙《釋名》釋首飾：「簂，恢也，恢廓覆髮上也。……齊人曰帗，飾形貌也。」字又誤作「簂」，《後漢書》輿服志下：『太皇太后、皇太后……翦氂簂簪珥，耳璫垂珠。簪以瑇瑁為擿，長一尺，端為華勝，上為鳳凰爵，以翡翠為毛羽，下有白珠，垂黃金鑷。左右一橫簪之，以安簂結。」「幗」的形狀不可得而詳，祇能從《釋名》和輿服志得其大略。「帗」字《廣韻》去聲三十六效韻莫教切，《玉篇》亡教切，「亡」字中古本讀重脣，實際仍是莫教切，和「帽」、「冒」、「毛」聲同；「幗」和「惑」、「或」同從或得聲；「帽惑」、「冒或」、「毛惑」和「帗幗」是一聲之轉。變文明說帽惑是遮鬢髮的，和《釋名》、《玉篇》所說正相合，所以可斷為一物。

韋莊代書寄馬詩：「鬃白似披梁苑雪，頸肥如撲杏園花。」「璞璞」的「璞」同「撲」，後世還有「花撲撲」的說法，《西遊記》第九十七回：「花撲撲的滿街鼓樂送行。」「璞璞一頸花」猶如張祜詩的「一面妖桃」（見釋容體篇「妖桃」條），乃是形容頸項的肥美。丙、丁兩卷「璞璞」作「瑛瑛」，是形近之誤。附釋於此。

對

計算衣服數量用的量詞，猶如現在說的「套」。

　　爐山遠公話：『賜遠公如意數珠（下脫一字）串，亦（六）環錫杖一條，意（衣）著僧依（衣）數對。」（頁 191）妙法蓮華經講經文：『飲饌朝朝皆酒肉，衣裳對對是綾羅。」（頁 491）案《敦煌雜錄》盧貝跛蹄雇作兒契有「春衣壹對、汗衫壹領、：褥襠壹䙰、皮鞋壹雨（兩）」的話，「壹對」和「壹領」、「壹䙰」有分別，又《敦煌資料》第一輯，僧崇恩處分遺物憑據有「紫綾裌裙衫一對」的話，「一對」兼裙衫而言，可見「對」就是「套」。

　　《太平廣記》卷十五引《十二真君傳》（《通志》藝文略：《晉洪州西山十二真君內傳》一卷，唐天師胡慧超撰。疑即此書。又《胡慧超傳》一卷，慧超，高宗時道士），蘭公傳：「第二塚見有仙衣一對，道經一函。」白居易醉中得上都親友書，以予停俸多時，憂問貧乏，偶乘酒興，詠而報之詩：「歲要衣三對，年支穀一囷。」《唐摭言》卷九，防慎不至篇：「李廷璧乾符中試，夜於鋪內偶獲襖子半臂一對。」歐陽修謝對衣金帶鞍轡馬狀：「右，臣伏蒙聖慈，以臣入院，特賜衣一對、金帶一條、金鍍銀鞍轡馬一疋者。」

姟

一作「垓」，大數名。

目連變文：「同姓同名有千嫽，煞鬼交錯枉追來。」（頁759）徐震堮校：「『千嫽』疑當作『千垓』，寫本中亥旁常作『彥』。按：「嫽」應作「姟」，「姟」、「垓」通用。唐人李籍《九章算術音義》：「黃帝為法，數有十等……謂億、兆、京、垓、秭、壤、溝、澗、正、載也。」玄應《一切經音義》卷六，妙法蓮華經第三卷音義：「億姟，古文硋、奒二形，今作姟字，古才反，數名也。《風俗通》曰：『十千曰萬，十萬曰億，十億曰兆，十兆曰經，十經曰姟。』姟，猶大數也。」「經」就是「京」。《廣韻》上平聲十六咍韻：「姟，數也。十苒曰姟。」「苒」就是「溝」，但數位和李籍所舉不同。《廣韻》以「垓」為八極和垓下字，和「姟」為數名分開，（慧琳《一切經音義》卷十七，如幻三昧經上卷音義，也說：「經從土，誤用也。」）實則數名本來沒有專字，所以玄應《音義》共列三個形體，「垓」也自然可作數名用。

唐釋道世《法苑珠林》卷四十六引《佛說滅十方冥經》，佛告童子：「下方去此過九十二姟佛之剎土，有世界名念無倒，其佛號念初發意斷疑拔欲如來。」

所

量詞，猶如說「件」。

搜神記梁元皓、段子京條：「我臥處床西頭函子中，有子書七卷，彈琴玉爪一枚，紫檀如意杖一所，與弟為信。」（頁874）

「所」作為量詞，其始大概起於處所，後來有脫離處所意義而成為物件單位的，不過似乎沒有得到充分發展，遠沒有「枚」「箇」等行用之廣。其例如下：

《漢書》五行志下之上：「文帝元年四月，齊楚地震，山崩（「震」和「崩」字依王念孫說補。王氏謂當依《漢紀》孝文紀，今檢《漢紀》無此文，但《漢書》文帝紀可據補）二十九所，同日俱大發水潰出。」又五行志上：「壞官寺民舍八萬三千餘所。」《水經注》濟水：「南門內夾道有崩碑二所。」唐釋道世《法苑珠林》卷二十二，五臺山像變現出聲緣：「中臺最高，目極千裡，山川如掌，上有石塔數千所。」五代王仁裕《開元天寶遺事》：「華清宮中除供奉兩湯外，而別更有長湯十六所。」宋張邦基《墨莊漫錄》卷四：「濟南為郡，在歷山之陰，水泉清冷，凡三十餘所。」

鮑照代陳思王京洛篇：「寶帳三千所，為爾一朝容。」高彥休《唐闕史》卷下，薛氏子為左道所誤條：「囊篋四所，重不可勝。」《太平廣記》卷三百六十五，鄭絪條引張薦《靈怪集》：「其傍有鐺十餘所，並烹庖將熱（熟）。」《開元天寶遺事》：「內庫有七寶硯鑪一所。」

三八

每月初八、十八、二十八日。

妙法蓮華經講經文：「三八鎮遊諸寺舍，十齋長具斷昏（葷）辛。」（頁509）歡喜國王緣：『三八士（事）須斷酒肉，十齋真要剩燒香。」（頁780）

《北里志》海論三曲中事條：「諸妓以出里艱難，每南街保唐寺有講集，多以月之八日（羅燁《醉翁談錄》丁集卷一，諸妓期遇保唐寺條作「旬之八日」），相牽率聽焉。皆納其假母一緡，然后能出於里。其於他處，必因人而遊，或約人與同行（《談錄》作「或措大與之同行」），則為下牒，而納資於假母。故保唐寺每（《談錄》下有「月」字）三八日士子極多，蓋有期於諸妓也。」宋人王得臣《麈史》卷下，諧謔條：「都城相國寺最據衝會，每月朔望三八日即開，伎巧百工列肆罔有不集，四方珍異之物悉萃其間。」樓鑰《北行日錄》卷下：「相國寺如故，每月亦以三八日開寺。」可見大寺院三八日開放，從唐到南宋都如此，變文所說的「三八鎮遊諸寺舍」，就是這樣的情事。又案：《舊唐書》李蔚傳：「懿宗……逢八飯萬僧。」就是三八飯僧。遊寺舍、斷酒肉、飯僧，其事相類。

隊

義與陣同。

李陵變文：『黑煙隊隊人（人）愁寞（冥）。』（頁 87）下女夫詞：「錦幛重重掩，羅衣隊隊香。」（頁 276）即陣陣香。《敦煌曲子詞集》浣溪沙詞：「一隊風去吹黑雲，船中撩亂滿江津。」孫貫文、任二北校「隊」作「陣」，其實是不應改的。唐人周朴邊塞曲：「一隊風來一隊沙，有人行處沒人家。」可證。

太子成道變文：「從天有九隊雷明，一隊明中，各有獨（毒）龍吐水，欲（浴）俄太子。」（頁 320）「九隊雷明」即九陣雷鳴。「明」是「鳴」字之借。董永變文：「明機妙解織文章。」（頁 111）維摩詰經講經文：「我即還同明布鼓，維摩直似振春雷」（頁 600）「明」都借作鳴字。

第四篇　釋事為

去就

行為舉動；或行為舉動得體，有禮貌。

歡喜國王緣：「臣今歌舞有詞乖，王忽延（筵）中落淚來？為復言詞相觸悟（牾），為當去就拙（柮）旋迴？」（頁 773）「去就拙旋迴」是舉動粗率，觸犯別人的意思。反之，「去就」就是舉動得體，有禮貌。父母恩重經講經文：「有一類門徒弟子，為人去就乖疏：不修仁義五常，不管溫良恭儉。抄手有時望（忘）却，萬福故是隔生。𠫤（齋）場上謝座早從(?)，吊孝有時失笑。」（頁 686）「去就乖疏」也是說舉動粗野，沒有禮貌。佛說阿彌陀經講經文：「一件袈裟掛在身，威議（儀）去就與（異）常人。」（頁 451）則是稱讚僧人行為舉動的話。捉季布傳文：「看君去就非庸賤，何姓何名甚處人？」（頁 64）這個「去就」衹作行為舉動解，沒有附加的意義。日本《諸錄俗語解》，大惠書卷上：「去就，《禪門寶訓》上十六：『高菴去就，衲子所不及。』音義：『去就，見處也，行事也。』」

《太平廣記》卷二百四，呂鄉筠條引穀神子《博異志》：「漸近，乃一老父。鬢眉皤然，去就異常。」這是行為舉止義。相傳為顏師古著的《隋遺錄》卷上說：「麗華最恨方倚臨春閣試東郭㕙紫毫筆，書小砑紅綃，作答江令『璧月』句，詩詞未竟，見韓擒虎躍青驄馬，擁萬甲直來衝人，都不存去就。」張麗華雖當亡國，但她是貴妃，而韓擒虎直來衝人，是對她沒有應有的禮貌，所以說「不存去就」。柳宗元上揚州李吉甫相公獻所著文啓：「縲囚而干丞相，大罪也。寧為有聞而死，不為無聞而死。去就乖野，不勝大懼。」義在舉動與禮貌之間。《舊唐書》崔元略傳：「宰相崔植奏曰：『比以聖意切在安撫黨項，乃差元略往使。受命之後，苦不樂行；言辭之間，頗乖去就。』」《北夢瑣言》卷七，王超牋奏條：「蓋譏其阻兵恃強，失事君去就。」就是失事君之禮，和《隋遺錄》意思相似。又《舊唐書》裴度傳：「幽州朱克融執留賜春衣使楊文端，裴建議曰：……但更緩旬日以來，與一詔云：聞中官到彼，稍失去就。……』」是說行為不得體。唐人蘇鶚《杜陽雜編》卷上：「宏詞獨孤綬，所司試放馴象賦，及進其本，上（德宗）自考覽之，稱嘆者久。因吟其句曰：『化之式孚，則必受乎來獻；物或違性，斯用感於至仁。』上以綬為知去就，故特書第三等——先是代宗朝文單國累進馴像三十有二，上即位，悉令放之於荊山之南。而綬不辱其受獻，不傷放棄，故賞其知去就焉。」這個「知去就」等於「識大體」。《義山雜纂》中有「失去就」九條，是：「卸起帽共人言語；罵他人家奴婢；鑽壁窺人家；不敲門直入人家；席面上不慎涕唾；主人未請先上廳坐；開人家盤盒書啟；主人未揖食先舉箸；眾食未了先卸箸；探手隔坐取物」，表現「去就」的意義最為具體而詳備。敦煌伯2434等號紙背遺存的《雜抄》十無去就條有「扄廗（局席）不慎涕唾」。傳芸子

《俗講新考》云：「『局席』兩字有宴會之意。」《太平廣記》卷一百七十，李丹條引溫庭筠《乾𦠆子》，載蕭復處士謁郎中李丹，女僮持其靴去「客吏忽云：『郎中屈處士。』復即芒屬而人。……復忽悟足禮之闕，矍然。乃啟丹曰：『某為飢凍所迫，高堂慈母處分，令入關投親知。無奴僕，有一小女僮，便令將隨參謁。僮騃恐懼公衙，失所在。客吏已通，取靴不得。去就疎脱，唯惶悚而已。』」《北夢瑣言》卷四，趙令公紅拂子條：「天水其後漢南失守，已而奔吳，路由夏口。杜洪念公郊迓，以主位遜之；遽尸其位。其不識去就皆此類也。」五代何光遠《鑒誡錄》卷八，走山魈條：「楚多山魈為患，俗號聖者，是時亦來館轂攪擾施君（施肩吾）；施君當風一詠，於是屏跡。詩曰：『山魈本是伍家奴，何事今為聖者呼？小鬼不須乖去就，國家才子號肩吾！』」《景德傳燈錄》卷二十七，諸方雜舉徵拈代別語：『有一行者，隨法師人佛殿，行者向佛而唾。法師曰：『行者少去就，何以唾佛？』」《洛陽搢紳舊聞記》卷四，安中令大度條：「〔安〕守中在洛下，畜馬數十匹。有時欲出，左右以後槽無馬對。守中驚問之，對曰：『早來被一隊措大亂騎去也。』蓋食客不量去就，各乘之而出矣。」《王直方詩話》：「郭功甫方與荊公坐，有一人展刺，云：詩人龍太初。功甫勃然曰：『相公前敢稱詩人，其不識去就如此！』」洪邁《夷堅甲志》卷六，胡子文條：「既至廟，兩人相向坐，西向者怒甚，叱曰：『汝為士人，當識去就。何得侮我！』」又《乙志》卷四：「〔廣利〕王震怒，責之曰：『汝曹為士大夫，當知去就。大凡過一郡一邑，猶有地主之敬；今欲航巨浸而傲我不謁，豈禮也哉！』」意義也相同。又《太平廣記》卷四九六，嚴震條（談愷本不著出處，明沈氏野竹齋本作出《因話錄》，檢今本《因話錄》無此條；陳鱣校本作出《乾𦠆子》，疑陳本為是）：「嚴震鎮山南，有一人乞錢三百千，去就過傲。」這一「去就」即現在說的「態度」，和捉季布傳文的意義相近。

羅隱《讒書》有言「去就」的兩處：答賀蘭友書說：「夫禮貌之於人，去就流俗不可以不時。」「去就」是動詞，是說與流俗打交道，應付流俗，應付就不能不講究禮貌，這是「去就」之所以作禮貌講的來由。拾甲子年事說：「前日天子授〔劉〕從諫節度時，非從諫有野戰之功，拔城之績；蓋以其父挈齊還我，去就間未能奪其嗣耳。」「去就」是動詞名用，猶如說措施，措施要合乎機宜，與行為舉動要得體一樣。

《後漢書》光武十王東海王彊傳：「帝以彊廢不以過，去就有禮，故優以大封。」《晉書》齊王冏傳：「成都王穎明德茂親，功高勳重，往歲去就，允合眾望，宜為宰輔。」（《陸宣公翰苑集》卷十，賜尚結贊第三書：「去就之間，固宜有禮。」）也是舉動行為義。《三國志》魏志杜畿傳：「范先欲殺畿以威眾，且觀畿去就，於門下斬殺主簿已下三十餘人；畿舉動自若。」這裡的「去就」猶言風度、舉止。這都是這個詞兒用例之早見的。在這以前的《史記》屈原賈生列傳贊，《漢書》司馬遷傳，司馬遷報任安書，都有「去就」，却不是這個講法，這裡就不加徵引了。

昇常　勝常

即「勝常」，女子見到人的問候用語。

長興四年中興殿應聖節講經文後面附的詩：「人間大小莫知聞，去就昇常並不存。既是下流根本劣，爭堪取自伴郎君？」（頁 424）按：變文「昇」和「勝」通用。伍子胥變文：『王聞魏陵之語，喜不自昇。』（頁 2）就是喜不自勝。「昇常」也就是「勝常」。陸游《老學庵筆記》卷五：「王廣津宮詞云：『新睡起來思舊夢，見人忘却道勝常。』勝常，猶今婦人言『萬福』也。前輩尺牘，有云『尊候勝常』者。勝字當平聲讀。」這裡「去就昇常」連說，「昇常」就是「去就」之一，「去就昇常」又和「並不存」連說，這又和《隋遺錄》的「都不存去就」是同一說法，兩者正好互相證明。王廣津即王涯，宮詞錄入《全唐詩》，所詠的是女子，故知「昇常」、「勝常」是女子見人的問候語。

《淳化閣法帖》卷二，魏太傅鍾繇書：「十二日，繇白：雪寒，想勝常。」宋人岳珂《寶真齋法書贊》卷十二，蘇文忠公書簡帖：「改旦，伏惟福履勝常。」又：蘇文忠金丹帖：「秋冷，竊惟道體勝常。」

渾搥自撲　自撲魂搥

搥擊全身，自投於地。「渾」就是「渾身」的「渾」。

大目乾連冥間救母變文：「目連見母喫飯成猛火，渾槌自撲如山崩。」（頁741）八相變：『散髮拔頭，渾塠知撲。」（頁337）目連緣起：「且知慈母罪深，雨淚渾搥自武。」（頁707）伍子胥變文：「痛哉！苦哉！自撲搥凶。」（頁7）《變文集》校道：「『自撲搥凶（胸）』四字原作『自摸塊搥』，據丁卷改。」周紹良《敦煌變文彙錄》所據的兩卷，這一句作「自摸魂塠」。綜合這幾處引文來看，應當以「渾搥自撲」為正，「自撲魂搥」則是換了個位置，意義不變，「魂」是「渾」的同音假借字。其他如「塊」、「塠」、「武」都是錯字。何以知道「塠」是錯字？玄應《一切經音義》卷四，五千五百佛名經第六卷音義：「搥撲，都雷反。」《敦煌掇瑣》所載的《俗務要名林》手部道：「搥擈，上丁回反，下彭角反。」「捶擈」就是「搥撲」的異體，可見「捶擈」兩個字是以意義相近而對舉的，假使作「塠」（就是「堆」字，《敦煌掇瑣》女人百歲篇：「明月長年照土塠。」就是土堆，指墳墓），就和「撲」不能相對了。(《龍龕手鑑》:「庳,古文,都迴反。庳,撲物也,今作搥。」)慧琳《一切經音義》卷五十五,越難經音義:「牽撲……《考聲》云:『撲,謂投於地也。』」又卷三十六,蘇婆呼童子請問經下卷音義:『相撲,龐剥反,《考聲》云:『撲,謂手投於地也。』《文字釋要》云:『從高墜下也。』從手,僕聲;經作撲,非也,音普卜反,非經義也。」又卷七十八,經律異相第七卷音義:「自推,龐邈反,搏也,高舉投於地也。」變文的「自撲」就是《經律異相》的「自撲」。按慧琳音義,「撲」音龐剥、龐邈反,是並母的字,「撲」音普卜反,是滂母的字,兩字不能混用;其實當時早已不加分別,如《蘇婆呼童子請問經》就已不分了。

踏地　掇地　蹋地　蹹地

蹬腳,感情激動時的動作。

鷰子賦:『鷰子即迴,踏地叫喚。」(頁249)這是因為鷰子窠被雀兒占了,所以蹬腳叫喚。又一篇:「問鷰何山鳥,掇地作音聲?」(頁262)「掇地作音聲」就是「踏地叫喚」。

《敦煌掇瑣》,白話五言詩:「雖然畜兩眼,終是一雙盲。向來黑如柒(漆),直掇入深坑。」可證「掇」和「踏」字是同聲通用。又敦煌唐寫本《老子化胡經》,化胡歌第二首:「致令天氣怒,太上踏地嗔。」這和鷰子賦都是發怒的動作。又宋人郭茂倩《樂府詩集》卷二十五,梁鼓角橫吹曲,地驅樂歌辭:「老女不嫁,蹋地喚天。」「蹋地」就是踏地,則是怨憤的動作。《化胡經》逯欽立定為北魏時的作品,《樂府詩集》所錄也是南北朝歌曲,則「踏地」一語起源也很早了。

隋釋慧遠《涅槃經義記》卷一:「世上悲怨,相別種種:或有拍頭，或復搥胷，或有拍手，或時拍頰，或復蹹地。」「蹹」就是「蹋」的異體字。

《列子》黃帝篇：「惠盎見宋康王，康王蹀足謦欬疾言曰：『寡人之所說者，勇有力也；不說為仁義者也。』」蹀足即踏地，是表示嗔怒的動作。

吋呼

就是「叫呼」，「吋」是「叫的俗體。」

韓擒虎話本：『一齊拜舞，吋呼萬歲。」（頁199）又：「拜舞吋呼萬歲。」（頁203）《龍龕手鑑》收「噭」等五字，以「噭」為正字，說：「古弔反，鳴也，遠聲也，亦喚也，𠮭同。」「叫，同上，叫喚也。」而以「䚩」、「吋」、「𠮧」為俗字，「吋」就是「吋」，筆法略有不同。《敦煌曲子詞集》感皇恩詞：「叫呼萬歲願千秋。」字句和這裡相同。韓擒虎話本裡有作「吋呼」、「時呼」的，見頁205，這當然是「吋呼」的傳鈔之誤。本王貞珉說。

料鬪

牴觸爭鬬。

齖魺書：「嗔似水牛料鬪，笑似轆轤作聲。」（頁858）；按：《莊子》盜跖篇：「疾走料虎頭，編虎須，幾不免虎口哉！」陸德明《經典釋文》：「料，音聊。」成玄英疏：「夫料觸虎頭而編虎須者，近遭於虎食之也。」可見「料」之為觸，其來已久，不過有無本字，現在還不能考知。徐復據章炳麟《新方言》，以為「料」借作「尥」字，《說文》：

「尥，行脛相交也。」而「直隸謂角力者以脛互踶為尥骹（腿）子」，這裡也是說的水牛尥腳互踢。按：「行脛相交」當指腿脛屈曲，行走時交錯起來，不能伸展的毛病，沒有蹄踢的意思。段玉裁注：「行而脛相交，則行不便利。高注《淮南》，郭注《方言》，王注《素問》，皆曰『了戾』，謂纏繞不適。《集韻》五爻曰：『牛行足出外也。』是其意也。」這個注是很對的。並且牛鬭用角，似也較腳踢近於物情，所以這裡不取章說。

《朝野僉載》卷二：「袁守一性行淺促，時人號為料鬬鳧翁雞。」

雹

就是「襆」、「撲」，同音假借，投擲的意思。

孟姜女變文：『姜女自雹哭黃（皇）天。」（頁32）「自雹」就是大目乾連冥間救母變文「遂乃舉身自撲」（頁737）的「自撲」。齖魺書：「雹釜打鐺。」（頁858）「雹釜」就是撲釜。見前「渾搥自撲、自撲魂搥」條。「雹」也是並紐字，更與慧琳說相合。

唐人鄭棨《開天傳信記》：「忽宣律中夜捫虱，將投於地。

三藏半醉，連聲呼曰：『律師律師，撲殺佛子耶？』」「雹釜」的「雹」與這個「撲」字義同，與「撲蝶」之「撲」異。

慑　慑判

折斷。

降魔變文：「師子乃先慑項骨，後拗脊跟，未容咀嚼，形骸粉碎。」「慑判登時消化了，並骨咀嚼盡消亡。」（並見頁384）又：「頭尾慑剉不將難，下口其時先啅腦。」（頁 386）按：「慴」是「摺」的假借字。《玉篇》「慴」字章涉切，「摺，力合、之涉二切，敗也，折也。」章、之同屬照紐，「慴」、「摺」音切完全相同。《說文》：「剉，折傷也。」「摺剉」同義連用。

抱

就是拋。

搜神記張嵩條：「天知至孝，於墓所直北起雷之聲，忽有一道風雲而來到嵩邊，抱嵩置墓東八十步，然始霹靂冢開，出其棺。」（頁 866）「抱」就是拋擲。

孟郊哭劉言史詩：「精異劉言史，詩腸傾珠河，取次抱置之（一作「取次為拋擲」），飛過東溟波。可惜大國謠，飄為四夷歌。」又弔盧殷詩：「詩人多清峭，餓死抱空山。」徐夤竹詩：「王猷舊宅無人到，抱却清陰蓋綠苔。」「抱置」、「抱」都是棄置的意思。

《資治通鑑》卷二百三十六，唐紀五十二，德宗貞元二年：「及〔李〕景略卒，軍士皆曰：『判官（任迪簡）仁者。』欲奉以為帥。監軍抱置別室，軍士發扃取之。」兩《唐書》記此事，意同而文不同，《通鑑》應另有所本。《史記》李將軍列傳：「胡騎得廣。廣時傷病，置廣兩馬間，絡而盛臥廣，行十餘里。廣佯死，睨其旁有一胡兒騎善馬，廣暫騰而上胡兒馬，因推墮兒，取其弓，鞭馬南馳。」裴駰《集解》引徐廣曰：「一云『抱兒鞭馬南馳』也。」《漢書》李廣傳也作「抱兒鞭馬南馳」，「抱」和「推」意義相近，是拋擲而不是抱持。又《史記》三代世表褚少孫贊：「后稷母為姜嫄，出見大人蹟而履踐之，知於身，則生后稷。姜嫄以為無父，賤而棄之道中，牛羊避不踐也；抱之山中，山者養之。」《集解》：「抱，普茅反。」司馬貞《索隱》：「抱，普交反，又如字。」（據日本瀧川資言《史記會注考證》）據《集解》和《索隱》第一讀，可見「抱」字舊讀正作「拋」音，而其意義就是拋擲，也更加確鑿了。

透

就是跳。

伍子胥變文：『遙見抱石透河亡。」（頁 7）《變文集》校改「透」作「投」。徐震堮校：「按『透』字不煩改，唐人原有此語，《南史》梁元徐妃傳：『乃透井死。』」案：《玉篇》、《廣韻》都說：「透，跳也。」「透河」就是跳河。宋時徐鉉附益在《說文》後頭的《說文新附》，「透」字才收進了「過也」的解說，（《集韻》去聲五十候韻：「透、趉，他候切，《說文》：跳也，過也。或從走。」按：《說文》無透字，《集韻》所說，未知所據。）《變文集》校者衹記得現在通行的「透」字後一義，忘却「透」有跳的意義，就臆改作「投」了。《北齊書》神武紀上：「文襄及魏永熙后皆幼，武明后於牛背上抱負之。文襄屢落牛，神武彎弓，將射之以決去。後呼〔段〕榮求救，賴榮遽下取之以免。」中華書局 1972 年新版《北齊書》據百衲本《北史》改「遽」作「透」，云：「按當時『投』常通作『透』，『透下』即『投下』。」改「遽」作「透」是對的；云「透下」即「投下」，誤與《變文集》所校同。伍子胥變文又說：「鐵騎磊落已（以）爭奔，勇夫生寧而競透。」（頁 19）「透」也是跳，「競透」就是踴躍向前的意思，《變文集》校「透」作「進」，也是錯的。

太子成道經：「魚透碧波堪賞翫。」（頁 289）這個「透」字，雖然也可以解釋為在水裡穿來穿去，但解作跳躍，更加生動。《廣韻》去聲五十候韻：「透，跳也。」這是透作跳講的確切根據。

謝靈運山居賦：「植物既載，動類亦繁。飛泳騁透，胡可根源？」註：「獸有數種，有騰者，有走者。走者騁，騰者透。」「透」就是騰躍，也就是跳。《晉書》王遜傳：「〔姚〕崇追至瀘水，透水死者千餘人。」《梁書》羊侃傳：「〔侯〕景欲透水，〔羊〕鵾抽刀斫之，景乃走入船中。」《北史》王思政傳：「紹宗窮急，透水而死。」又沈光傳：「初建禪定寺，其中幡竿高十餘丈，適值繩絕，非人力所及。光謂僧曰：『當相為上繩。』諸僧驚喜。光因取索口銜，拍竿而上，直到龍頭，繫繩畢，手足皆放，透空而下。」《資治通鑑》卷一百三十七，齊紀三，武帝永明八年：「上遊華林園，見一猿透擲悲鳴。」沈佺期釣竿篇：「人疑天上坐，魚似鏡中懸。避檝時驚透，猜鉤每誤牽。」韓愈祭郴州李使君文：「航北湖之空明，覷鱗介之驚透。」杜甫泥功山詩：「哀猿透却墜，死鹿力所窮。」《太平廣記》卷一百六十一，引李伉《系蒙》敘述樂府中「華山畿」的故事，說：「棺木開，女遂透棺中，遂合葬。」又卷四百三十七，引唐人薛用弱《集異記》，盧言條：「言忽驚起，乃見火已爇其屋柱，透走而出，方免斯難。」這就是「跳而免」的意思。陳師道謝趙使君送烏薪詩：「忽聞扣門聲遽速，驚雞透籬犬升屋。」元無名氏《殺狗勸夫》劇第三折，牧羊關曲：「醉時節敢透入在喂豬坑。」現在浙江東陽口語中沒有「跳」，只有「透」。義烏也說「透」，意即跳。

驏

打滾。

故圓鑒大師二十四孝押座文：「犬解報恩能草。」（頁 836）「驏」

應作「驏」。《玉篇》：『驏，馬轉臥土中。」古代傳説，有一犬主人醉臥荒野，火燒野草，犬乃跳入水中，轉臥草上使溼，主人得不燒死。見本書搜神記李純條、《太平廣記》卷四百三十七引《紀聞》、《搜神後記》等書。「驏草」就是指的這回事。

白居易自詠詩：『馬從銜草驏，雞任啄籠飛。」唐人李固言《續幽怪錄》卷四，張逢條：「投身草上，左右翻轉。既而酣甚，若獸踬然。」「踬」是驏字之誤。

蘇軾次韻子由浴罷詩：『倦馬驏風沙，奮鬣一噴玉。」梅堯臣江畔詩：「江畔菱蒲碧無主，吳中夜江干歸。」《夷堅丁志》卷十三，閻四老條：「方城縣鄉民閻四老，得疾已亟，忽語其子曰：吾且為驢，試視我打驏。』即翹足仰身，翻覆作勢，其狀真與驢等。」可見「驏」為打滾，到宋代還存在於口語中。宋人沈括《夢溪筆談》卷二十四，雜誌一：「嘉祐中，蘇州崑山縣海上，有一船桅折，風飄抵岸。……時贊善大夫韓正彥知崑山縣事，召其人，犒以酒食。食罷，以手捧首而驏，意若懽感。」王秉恩校「驏」為「驏」。按：「驏」就是打滾，假若本是「囅然而笑」的「囅」，沈氏就不用贅上「意若懽感」，更不會下一「若」字了。

搦

捕捉。

李陵變文：「追取左賢王下兵馬數十萬人，四面圍之，一時搦取。」（頁85）；鷰子賦：「可中鷂子搦得，百年當時了竟。」（頁253）

《北齊書》厙狄干子士文傳：「士文至州，發摘姦吏，尺布斗粟之贓，無所寬貸，得千人，奏之，悉配防嶺南。親戚相送，哭聲遍於州境。至嶺南，遇瘴厲死者十八九，於是父母妻子唯哭士文。士文聞之，令人捕搦，捶楚盈前，而哭者彌甚。」

玄應《一切經音義》卷二十二，瑜伽師地論第三卷音義：「搦觸：搦，執捉也。」

唐人鄭綮《開天傳信記》：「貓兒不識主，傍家搦老鼠。」《舊唐書》王士平傳：「令所司網捉，搦得〔蔡〕南、〔獨孤〕申叔，貶之。」宋人陳鵠《西塘集耆舊續聞》卷六：「華山狂子張元，……鷹詩云：『有心待搦月中兔，更向白雲頭上飛。』」

《舊唐書》代宗紀：「禁鈿作珠翠等，委所司切加捉搦。」《舊五代史》唐書莊宗紀，同光二年：「租庸使孔謙奏：『諸道綱運客旅多于私路苟免商稅，請令所在關防嚴加捉搦。』」宋人王溥《唐會要》卷八十六，奴婢篇：「又有求利之徒，以良口博馬，並勅所在長吏嚴加捉搦。」同卷關市篇：「如聞關已西諸國，興販往來不絕。……自今已後，一切禁斷；仍委四鎮節度使及路次所由郡縣嚴加捉搦。」朱起鳳按：「今公文中有捉拏字，古云捉搦，搦亦捉也。」梁鼓角橫吹曲有捉搦歌，未詳命名之意。

宋人洪邁《夷堅甲志》卷十六，二兔索命條：「忽見二兔作人言，……其一曰：『我……嘗為鷹所搦，力竄得脫，傷我耳焉。……』」又《乙志》卷十四，全師穢跡條：「俄為人擒搦以行。」

把　霸

用手拿。

韓朋賦：「乃見韓朋剉草飼馬，見妾羞恥，把草遮面。」（頁 139）唐太宗入冥記：「皇帝把得問頭尋讀。」（頁 213）鷰子賦：「把得問頭，特地更悶。」（頁 252）李陵變文：「其王進朝，行至黃河南岸，作書附與李陵。李陵蕃中聞母被誅，未知虛實，覇得王進朝書，沙場悲哀大哭。」（頁 95）「覇得」就是「把得」，「覇」是「把」的同音假借字。

白居易賣炭翁詩：「手把文書口稱勅。」韓愈寄盧仝詩：「獨抱遺經究終始。」方崧卿《韓集舉正》：「蜀本、謝校同作『獨把』。」朱熹《韓文考異》：「『抱』，方作『把』，非是。」方世舉箋注引《後漢書》卓茂傳「劉宣抱經書」。按：作「把」未必不是。韓氏送石處士赴河陽幕詩：「長把種樹書。」和「把遺經」的語例正同，可以推定，「把」倒是唐人的常用語，衹因後人誤認為介詞，纔改作「抱」的。

許國霖輯《敦煌石室寫經題記》，般若波羅蜜多心經題記：「誰能霜此經，此（衍文）手中羅文成。誰能看此經，眼中重光生。誰能讀此經，六國好音聲。」又：「青青靈靈，手把真經。」

「霜」就是「 」字之誤，就是「誰能把此經」、「手把真經」。

分張

基本意義為分，有分辨、分離、

分散、分給或分取等義，隨文而異。

无常經講經文：「兄弟居，男幼稚，莫便分張非與是。」（頁 659）這是分辨義。維摩詰經講經文：「交（教）吾若是廣分張，如此（《敦煌變文彙錄》作「似」，是對的）微塵不可量。略與光嚴說少許，君須一一記持將。」（頁 618）也是分辨義，等於現在說的「分析」。目連變文：「目連父母並凶亡，輪迴六道各分張：母招惡報墮地獄，父承善力上天堂。」（頁 756）故圓鑒大師二十四孝押座文：「共樹共枝爭判割，同胞同乳忍分張？」（頁 837）是分離義。

《魏書》獻文六王彭城王傳：「但在南百口，生死分張，乞還江外，以申德澤。」又高允傳：「同徵之人，凋殲殆盡，在者數子，然復分張。」《北史》高乾傳：「吾諸弟分張，各在異處。」據此，魏晉南北朝已有「分張」一詞。

《寶真齋法書贊》卷七，唐摹晉人帖，載郗恢授衣帖：「第二兒今東，分張，罔罔。」《法苑珠林》卷一百十三引唐臨《冥報記》：「頭腳四支，節節分張。」李白白頭吟：「寧同萬死碎綺翼，不忍雲間兩分張。」齊己謝人自鍾陵寄紙筆詩：「詞客分張看欲盡，不堪來處隔秋濤。」《孤本元明雜劇》元人高文秀《好酒趙元遇上皇》第一折，遊四門曲：「他待將好花分付與富家郎，夫婦兩分張。」是分離義。白居易謝李六郎寄新蜀茶詩：「故情周匝向交親，新茗分張及病身。」又和微之詩二十三首，和自勸二首之二：「身飲數杯妻一盞，餘酌分張及兒女。」是分給義。元稹告贈皇考皇妣文：『稹幼遭閔凶，……先夫人備極勞苦，躬親養育；截長補敗，以禦寒凍；質價市米，以給晡旦；依倚舅族，分張外姻。」是舅家分給元氏衣食錢財之義。杜甫佐還山後寄詩三首之二：「白露黃粱熟，分張素有期。已應舂得細，頗覺寄來遲。」也是分給義。朱鶴齡注：「分張，分別時也。」誤。《根本說一切有部毗奈耶雜事》卷十六：「若得餅食，乃至極少，猶如樹葉，眾共分張。」《元典章》卷四十二，刑部四，船上圖財謀殺條：「眾人一齊下手，將孫千戶、冷百戶、孫大、北軍二名並老小通殺死八名，推下水渰死七名；却將船上人口財物各各分張。」是分取義。

又按：鍾會檄蜀文：「而巴蜀一州之眾分張守備，難以禦天下之師。」《蓮社高賢傳》慧遠法師傳：「後隨安師南遊襄陽，值符丕為寇乃分張徒屬各隨所往。」《法苑珠林》卷六十五引《五無返復經》：「卒逢大風吹破筏散隨水流去前後分張不相顧望。」是分散義。

㩴

就是「舉」字。

金剛般若波羅蜜經講經文：「言『一切有為法』者，總㩴有為之法也。」（頁 443）《變文集》校記未詳。按：這是「舉」字的異體。父母恩重經講經文：「臺㩴女男，不辭辛苦。」（頁 681）又：「懷抱呟（癡）騃小孩兒，又朝朝臺㩴。』（頁 682）「臺㩴就是「臺舉」，同篇「臺舉孩兒豈但（憚）頻」（頁 682）可以證明。「㩴」和「㩴」形體相近，是一個字的不同寫法。《龍龕手鑑》乙部：「𠃨，古文音舉。」《康熙字典》：「𠃨，《字彙補》：古文舉字。」這和「㩴」的形狀更加相近。實則「𠃨」是舉字草書的楷化，不是什麼古文，而「㩴」、「㩴」又是「𠃨」的變異而已。又按：同篇：「言如來說諸心者，先深眾心也。」（頁 427）「深」是「㩴」的形近之誤，義同。

梅祖麟檢查顯微膠卷，頁 443 的「㩴」膠卷本是「𠃨」，頁 427 的「深」膠卷作「采」。梅氏並舉出《祖堂集》「石頭和尚」中的「𠃨似」《四部叢刊》本《景德傳燈錄》作「舉似」以證鄙說之確，見《中國語文》1983 年 1 月號《敦煌變文裡的「熠沒」和「𠃨（舉）」字》一文。

打

變文飲酒飲茶都稱「打」，包括於餉食義中。

茶酒論：「酒能破家散宅，廣作邪婬，打却三盞已後，令人只是罪深。」又：「茶吃只是胃(?)疼，多吃令人患肚，一日打却十盃，腸（腹）脹又同衙鼓。」（並見頁 268）歐陽修《歸田錄》卷二：「今世俗言語之訛，而舉世君子小人皆同其繆者，惟打字爾（打，丁雅反）。……至於……役夫餉飯曰打飯，……」歐說餉飯曰打飯，跟現在說的「打飯」

為取飯、盛飯義不同，就是吃飯，與變文相參，知「打」兼有飲食之義。

寒山詩三百十首之一百三十八：「唯知打大讎，除此百無能。」這個「打」字衹能解作吃。

齱

咬。

鷰子賦：「婦下口齱。」（頁 249）；「齱」乙卷作「齱」，是對的。《廣雅》釋詁三：『齱，齧也。」曹憲音丁皆、都來二切。

剶

刀削。

維摩詰經講經文：「不須廣為宰剶，漫作幸（衍文）烹庖。」（頁585 汪慶菽校「剶」作「割」，未有所據。《玉篇》：「剶丑全切，削也，去枝也。」《廣韻》下平聲二仙韻：「剶，㓶也。子泉切，又丑全切。」「㓶」字，《玉篇》：「力活切，削也。」《廣韻》入聲十三末韻：「㓶，削也。郎括切。」《龍龕手鑑》：「剶，丑全、子全二反，去皮也。」去皮和去枝不合，而《玉篇》、《廣韻》解作削却是相同的。既然是削，去皮、去枝都無不可。變文的「剶」，應定為「剶」的形近誤字。陸游褥暑詩：『腰斧剶去，攜籃採藥歸。」

碄

磨礪。

佛說阿彌陀經講經文：「碄磨□（慧）劍，斷六賊於解脫之場；張綰定弓，射四魔於菩提之路。」（頁 454）《廣韻》去聲十八隊韻：「碄，碄磨。七內切。」

冊　扶冊　扶策

有兩個意義，一個是扶，一個是豎起。

韓擒虎話本：『冊起使君，使賜上殿。」（頁 198）又：「處分左右，冊起蠻奴。」（頁 202）太子成道變文：「大王聞之，□□冊上尊者。」（頁 323）這三個「冊」字是扶的意思。王建送振武張尚書詩：「迴天轉地是將軍，扶冊春宮上五雲。」「扶」和「冊」字連用，可證「冊」有扶的意思。韓擒虎話本：「任蠻奴不分，冊起頭稍。」（頁 202）是說豎起頭來，這「冊」是豎的意思。扶和豎在意義上是有關聯的。

「扶冊」本作「扶策」，「冊」也就是「策」；「冊」跟「策」通用，猶「策文」就是「冊文」。宋無名氏《江南餘載》卷上：「舉子齊愈及第，綴行至白門，忽於馬上大笑不已，遂墜。馭者扶策，良久乃蘇。」孟元老《東京夢華錄》卷六，十四日車駕幸五嶽觀條：「駕將至，……天武官十餘人簇擁扶策。」《三國演義》第五十回：「焦頭爛額者扶策而行，中箭着槍者勉強而走。」第一百六回：「乃去冠散髮，上牀擁被而坐；又令二婢扶策，方請李勝入府。」「扶策」就是王建詩的「扶冊」。《演義》人民文學出版社本第五十回注：「策——杖。」以「扶策」為動賓結構而不是聯合結構，是錯的。但「策」之所以有扶的意義，却是由手杖義引申而得，而變文的「冊」則是「策」的假借字。「冊」

為豎，又因有扶策則能豎起。

《廣韻》入聲二十一麥韻：「拺，楚革切，扶拺也。」與策、冊二字音切相同，是「扶策」的專字。

兀　㐅

剪短。

捉季布傳文：『兀髮剪頭披短褐。』（頁60）《變文集》校「兀」作「髡」。按：『兀」字不錯。嚧山遠公話也說：「兀髮眉齊，身卦（掛）短褐。」（頁174）「兀」字本有剪伐的意思。《莊子》德充符篇：「魯有兀者王駘。」陸德明《經典釋文》「兀」字五忽反，引李頤集解：「刖足曰兀。」《玉篇》：「杌，五骨切，樹無枝。」又：「屼，五骨切，嵢屼，禿山。」斷足叫做兀，斷髮也叫做兀，剪伐樹枝叫做杌，被剪伐了的禿山叫做嵢屼，其實都是一個意義的衍變。杜牧阿房宮賦：「蜀山兀，阿房出。」也是蜀山被剪伐成禿山的意思。有人以為：「蜀山多大木，砍伐淨盡，衹見其蜀山兀突在外。」（王濬卿《冷眼觀》第二十一回）雖然解釋得富有形象性，却不是杜牧用詞的本意。《法苑珠林》卷七十二引《百緣經》：「舍衛城中，有一長者，……其婦產一男兒，兀無有手。產便能語，作是唱言：『今此手者，甚為難得，深生愛惜。』父母怪之，因為立字，名曰兀手。」則無手也叫兀。

古樂府箜篌謠：「不見山巔樹，摧扤下為薪！」韓愈城南聯句詩：「摧扤饒孤撐。」即本古樂府，意指樹木斷折，殘餘部分孤零零地撐著。據方崧卿《韓集舉正》，「扤」本作「杌」，與《玉篇》相合，古樂府的「扤」也應作「杌」。而方氏反謂「字不當從木」，可謂失於考辨了。

《劉知遠諸宮調》第十二，中呂調醉落托曲：「兄嫂堪恨如狼虎，把青絲剪了盡皆污。」又白：「欲帶（戴）金冠，爭奈髮污眉齊！」金元北音沒有入聲，「兀」音與「污」相近，「污」就是「兀」，「髮污眉齊」就是遠公話的「兀髮眉齊」。

挳 杜

就是掘。

韓朋賦：『宋王即遣人城東輊百丈之曠（壙）。』（頁 140）甲卷「輊」作「挳」，同頁下文講貞夫投壙後「宋王即遣人挳之，不見貞夫。」「輊」字應該是「挳」字形近之誤。這個字應是「掘」的俗體，《說文解字》有「圣」字，解云：「汝潁間謂致力於地曰圣」，音「窟」。

大約後人增偏旁作「挳」，而又誤作「挳」。《敦煌雜錄》，佛說諸經雜緣喻因由記：『其夜被劫暮（墓）人來挳墓而入。』意義也是相合的。《龍龕手鑑》上聲卷二手部有「扴、挳」二字，無釋義，音其月反，正是「掘」的音切。「挳」字的形體和變文相差極微，可為「挳」就是「掘」的參證。

不知名變文：「死王強扗，奪人命根。」（頁 817）王慶菽校「扗」作「壯」。「強壯」在這裡沒有什麼意義。「扗」疑為「挳」字之省，「強挳」就是「強倔」，就是「倔強」，在這裡是形容死王的固執，不肯放鬆人的意思。

併除　併當　摒當　摒擋　屏當

掃除。

佛說觀彌勒菩薩上生兜率天經講經文：「菩薩亦然，修行之次，見於六道受苦眾生，欲併除地獄，不要畜生，咸使出離。」又：「地獄與心全併當，畜生有意總教空。」（並見頁647）《變文集》校「併當」作「摒擋」，按「併當」就是「摒擋」，無須改字。玄應《一切經音義》卷十二，賢愚經第十四卷音義：「摒當，謂掃除也。」又卷十五，十誦律第二十六卷音義；卷十六，善見律第一卷音義：「摒擋，《通俗文》：『除物曰摒擋。』」「當」是動詞後附的語助詞，見後釋虛字篇；或作「擋」，應由依「摒」字類加手旁而成。

《舊五代史》唐明宗紀四，天成二年六月丁亥：「詔天下除併無名額寺。」「除併」就是「併除」，「併」非併合義。

「併當」也作「屏當」，總之是一個詞，六朝時作收拾講。《世說新語》德行篇：『王長豫…恆與曹夫人併當箱篋。」又雅量篇：「人有詣祖（祖約），見料視財物，客至屏當未盡，餘兩小簏，箸背後，傾身障之。」收拾和掃除的意義是相成的。《通俗文》已有掃除義，則此義六朝時也已有了。《水滸全傳》第二十三回：「大戶便叫莊客打并客房，且教武松歇息。」「打并」與《世說新語》的「併當、屏當」同義，也和打掃義有關。

《三國志》魏志王朗傳裴松之注引袁曄《獻帝春秋》，孫策詰王朗：「大軍征討，倖免梟夷；不自掃屏，復聚黨眾，屯住郡境，遠勞王誅。」屏字與掃字連文，可見屏也有掃義。又《夷堅甲志》卷一，柳將軍條：「蔣靜叔明，宜興人，為饒州安仁令。邑多淫祠，悉命撤毀，投諸江，且禁民庶祭享，凡屏三百區。」屏即撤毀，也是掃除義。

驀 趏 陌

穿越。

伍子胥變文：『今日登山驀嶺，糧食罄窮。」（頁 5）又：「登山驀嶺，渡水尋川。」（頁 15）漢將王陵變：「二將驀營行數里，在後唯聞相煞聲。」（頁 39）王昭君變文：「驀水頻過及勑戍，□□□見可嵐屯。」（頁 98）茶酒論：「蜀川流（濛）頂，其（騎）山驀嶺。」（頁 267）又：「驀海其（騎）江，來朝今室。」（頁 268）維摩詰經講經文：「皆（背）真原，驀邪逕，誇俊誇能頭上騁。」又：「凡夫遇境處昏衢，不弁（辨）迷途驀坑井。」（並見頁 541）維摩詰經講經文的兩個驀字，《變文集》校作「慕」，誤。李賀馬詩二十三首之十八：「袛今掊白草，何日驀青山？」王琦註：「驀，越也。」李詩與變文的「驀」，意義是一樣的。《敦煌曲子詞集》獻忠心詞：「莫却多少雲水，直至如今，意難任。早晚得到唐囫裡，朝聖明主，望丹闕？步步淚滿衣襟。」《詞集》依《敦煌曲校錄》改「莫」為「驀」，是對的。鷰子賦：「人急燒香，狗急驀牆。」（頁 251）「驀」是跳過的意思。

《廣韻》人聲二十陌韻，驀、趏、陌都是莫白切，趏義為趏越。驀應為趏的假借字。《文選》郭璞江賦：『趏（趏漲）漲截泂。」李善註：「趏音陌，猶越也。截，直渡也。」章炳麟《新方言》二：「截、趏對言；截為直度，則趏為邪越。」《釋名》釋道：「鹿兔之道曰亢，行不由正，亢陌山谷草野而過也。」陌也是趏的假借字。趏、驀、陌三字同音通用，其義都是邪越。

拔　跋

迴轉。

捉季布傳文標題，「大漢三年，楚將季布罵陣，漢王羞恥羣臣，拔馬收軍詞文。」（頁51）詞文又說：「拔馬揮鞭而便走。」（頁53）「拔馬」就是回馬。玄應《一切經音義》卷五，不必定人印經音義：「拔身，蒲末反，迴也。」現在浙江嘉興、平湖一帶謂轉過去為拔，讀如〔bA〕，如雲：拔轉頭去一看；拔轉身去。這是古語存於方言的例子。

唐人嚴武巴嶺答杜二見憶詩：「跋馬望君非一度，冷猿秋雁不勝悲。」這是答杜甫寄他的詩而作；杜詩：「遙知簇鞍馬，迴首白雲間。」「跋馬」和「拔馬」同，就是回過馬頭的意思。李商隱偶成轉韻七十二句贈四同舍詩：「明年赴辟下昭桂，東郊慟哭辭兄弟。韓公堆上跋馬時，迴望秦川樹如薺。」朱慶餘發鳳翔後塗中懷田少府詩：「見酒連詩句，逢花跋馬頭。」和嚴武的詩一樣。元稹望雲騅馬歌：「分騣擺杖頭太高，擘肘迴頭項難轉。人人共惡難迴跋，潛遣飛龍減芻秣。」「跋」和「迴」字連文，也就是迴。又杜甫江漲詩：「漁人縈小楫，容易拔船頭。」「拔船頭」就是轉船頭，和「拔馬」的意義也一樣。杜詩「拔」一本作「捩」，應是不知「拔」也有轉的意義者所改。

《北夢瑣言》卷十六，梁祖脱難條：「其前軍朱友裕為朱瑄掩撲，拔軍南去。我軍不知，因北行；遇朱瑄軍來迎，梁祖策馬南走。」「拔軍」也和「拔馬」、「拔船頭」同義。《資治通鑑》卷一百九十二，唐紀七，高祖武德元年：「建成、元吉至臨湖殿，覺變，即跋馬東歸宮府。」《舊唐書》高祖二十二子隱太子建成傳作「即迴馬，將東歸宮府」。《舊五代史》梁書張歸霸傳：「歸霸為飛戈所中，即拔馬却逸，控弦一發，賊洞頸而墜，遂兼騎而還。」王安石金明池詩：「跋馬未堪塵滿眼，夕陽偷理釣魚絲。」這是説迴過馬去就是滿眼塵埃，沒有池上的清曠，所以到夕陽時還流連未去。《揮麈後錄》卷九，記楚州鎮撫使趙立事道：「南寨有二騎襲其背，立跋馬迴顧，左右手奮兩槍，賊俱墜地。」陸游晚泊松滋渡口詩：「繫船日落松滋渡，跋馬雲埋灩澦關。」

垂　逓

伸展。

破魔變文：「於是世尊垂金色臂，指魔女身，三個一時化作老母。」（頁352）醜女緣起：『佛已（以）慈悲之力」，逓金色臂，指醜女身，醜女形容，當時變改。」（頁798）佛説阿彌陀經講經文：『仏如尼俱律陁樹，子小如似黑由（油）痲，垂條聳榛（疑「榦」字。降魔變文：『聳榦芳條。」見頁387）百千尋，五百乘車蔭總遍。」（頁469）這裡的「垂」和「逓」都作伸展解，不作下垂解。《龍龕手鑑》把「逓」列為「遙」的俗體，和變文無關。

王維河南嚴尹弟見宿弊廬訪別人賦十韻詩：「拂衣迎五馬，垂手憑雙童。」下句應是伸手搭在童子肩上的意思。

《太平廣記》卷一百二十五引《朝野僉載》：「獄典當州門限垂腳坐，門扇無故自發，打雙腳俱折。」又卷四百五十八引裴鉶《傳奇》，鄧甲條，記鄧甲善治蛇，有會稽宰被毒蛇螫其足，「甲令舁宰來，垂足，叱蛇收其毒。」「垂足」就是伸足。同卷引《玉堂閒話》：「旋見有物，頭大如甕，雙目如電，鱗甲光明，冷照溪谷，漸垂身出洞中觀其犬。」垂身就是伸出身體來。

《莊子》田子方篇：「於是无人遂登高山，履危石，臨百仞之淵，背逡巡，足二分垂在外，揖御寇而進之。」文意當謂：人臨深淵，腳在岸邊，三分之二旁出於岸外。「垂」在這裡是橫伸而非下垂。變文「垂」

作伸展義，《莊子》已經先有了。又《漢書》王吉傳：「東家有大棗樹，垂吉庭中，吉婦取棗以啖吉。」也指棗樹枝伸入王吉庭中。又《史記》楚世家：「秦為大鳥，負海內而處，東面而立；左臂據趙之西南，右臂傅楚鄢郢，膺擊韓、魏，垂頭中國。」司馬貞《索隱》：「垂頭，猶申頸也。言欲吞山東。」這是垂為伸義的確證。

邈　貌

就是描畫。

漢將王陵變：「邈其夫人靈在金牌之上。」（頁 46）徐震堮說：『貌』同『描』。季布變文（案：就是捉季布傳文）『丹青畫影更邈真』同。」

「邈」字原來應該作「貌」。「貌」的本義是容貌，轉成動詞，作圖寫容貌解，讀作入聲，杜詩的「曾貌先帝照夜白」、「畫工如山貌不同」、「貌得山僧及童子」都是這樣的。而唐人詩文的傳本裡却有「貌」、「邈」通用的例子。如韓愈楸樹詩「不得畫師來貌取」，《考異》就說：「『貌』或作『邈』。」，這就是「邈」和「貌」通用的證據。韓詩「貌取」雖然通寫作「邈」，但仍讀入聲，變文的「邈」則已讀作平聲。從「貌」讀到平聲的「邈」，纔有後起的從手苗聲的形聲字「描」字的出現。

《雲謠集雜曲子》傾盃樂詞：「擬貌舞鳳飛鸞。」「貌」字的意義和杜詩韓詩的「貌」相同，而與「擬」合成一個詞素意義近似的聯列式複合詞。《太平廣記》卷二百十二，吳道玄條引朱景元《唐畫斷》：「玄宗天寶中，忽思蜀中嘉陵江山水，遂假吳生驛遞，令往寫貌。」又卷二百十三引李綽《尚書故實》：「顧況字逋翁，文詞之暇，兼攻小筆，嘗求知新亭監。人或詰之；謂曰：『余要寫貌海中山耳。』仍辟畫者王默為副。」「寫貌」和「擬貌」構詞方法和意義相同。

《法苑珠林》卷五十一，隋益州晉源縣塔感應緣：「〔天竺僧曇摩掘〕又曰：『既能遠送，何不見形？』神即見形。又為人善畫，便一一邈之。既偏形隱。」

《景德傳燈錄》卷七，幽州盤山寶積禪師：「師將順世，告眾曰：『有人邈得吾真否？』眾皆將寫得真呈師。」宋人錢易《南部新書》丙：「薛逢命一道士貌真，自為贊曰：『壯哉薛逢！長七尺五寸。』」「貌真」就是捉季布傳文的「邈真」，可證「邈」就是「貌」。

五代譚用之貽釣魚李處士詩：「何處邈將歸畫府，數莖紅蓼一漁船。」

宋釋道潛廬山雜興詩：「高嵓吐奇雲，倏忽千萬丈。援毫欲名貌，捲縮非一狀。」歐陽修登絳州嵩巫亭示同行者詩：「嵩山近可愛，泉石吾已諾。終期友幽人，白首老雲壑。荊巫惜遐荒，詭怪杳難邈。」辛棄疾好事近詞：「日日過西湖，冷浸一天寒玉。山色雖言如畫，想畫時難邈。」「難邈」就是難於摹寫的意思，在歐詩辛詞裡仍讀入聲。

宋釋曉瑩《羅湖野錄》卷三，興元府吳恂條：「廬峰居士舊門人，𨗴（邈）得尊師的的親。」親，逼真，不走樣。又卷四，仰山偉禪師祖堂自贊：「我真難貌，班班駁駁。擬欲安排，下筆便錯。」

湯顯祖《牡丹亭》寫真齣，山桃犯曲：「有一箇曾同笑，待想像生描著，再消詳邈入其中妙。」「描」、「邈」異形同義。

對 葑

刺繡。

父母恩重經講經文：「為女身，更不異，最先須且教針指；呈線呈針鬪意長，對雞對鳳誇心智。」（頁686）秋吟：『珊瑚窓下，剢鳳凰而悮繡鴛鴦。」（頁812）『剢」是「對」的俗體字（參看《敦煌資料》第一輯，附表一，敦煌資料中的別體字改排為繁體字對照表），「對雞對鳳」和「剢鳳凰」都是刺繡的意思。對字何以有刺繡義，殊難索解。今按：《廣雅》釋草：「柘榆，榆也。」王念孫疏證引《爾雅》「藲，荎」郭注云：「《詩》曰：『山有藲。』今之刺榆。」因謂：「荎之為言挃也。前釋詁云：『挃，刺也。』」由王氏之說推之，竊謂「剢鳳凰」的「剢」應是從刀荎聲，為刺字的異體，既非音都盜切的「剢」，也不是敦煌寫本中「對」的俗體字。因為傳寫者習見當時「對」、「剢」同用，就隨便回改為對，遂至音義都難索解了。

楨　椗　倀　掟

通「幀」、「幀」，張展。

維摩詰經講經文：「乾坤如把繡屏楨，世界似將紅錦展。」（頁549）徐復說：按「楨」與展為對文，當為「幀」字之誤，字本作「幨」，《廣韻》去聲四十三映韻：「幨，開張畫繒也。出《文字指歸》。豬孟切。」《集韻》或作「幀」，即「幨」之後起字。禮鴻按：徐說「楨」字本作「幢」，後起字作「幀」，極為明快。但這個字當時還沒有定形，俗體有作「倀」、「楨」、「椗」的。慧琳《一切經音義》卷三十五，佛頂尊勝念誦儀軌經音義：「倀像，上擿更反，借用，本無此字，張展畫像也。或有從木也作楨（同卷蘇悉他羯囉經卷下音義：「此經從木從貞作楨。」），或作椗，皆俗字也，非正也。」遼釋希麟《續一切經音義》卷五，菩提場所說一字頂輪王經卷第三音義，為幨條，也引《文字指歸》，與《廣韻》同，又說：「經從木作楨，音貞，幹也，非此用也。」

可見「楨」是個常用的通借字。無常經講經文：「盡取閻王禎子跪。」（頁 662）「禎」應作楨，楨子是畫閻王的畫幅。後世「楨」變作「幀」，用為畫幅的量詞，很少作動詞用了。又捉季布傳文：「黃牒分別綻在市，垂賞搥（塠）金條格新。」（頁 59）「椗」就是張展的意思。又：「腰下狼牙綻四羽，臂上烏號掛六鈞。」（頁 52）徐復以為，唐人稱張掛叫椗，「椗四羽」與「掛六鈞」對文，「張」、「掛」義亦相近。又「椗」字《集韻》上聲三十八梗韻作「掟」說：「掟，張也，張梗切。」

郭若虛《圖畫見聞誌》卷五，故事拾遺，張璪：「建中末，曾於長安平康裡張氏第畫八幅山水障。破墨未了，值朱泚之亂，京城搔動，璪亦登時逃去。其家人見在楨，蒼忙掣落。」在楨就是張在那裡。

明人陳與郊選刻《新續古名家雜劇》，漢鍾離度脱藍采和劇，敘戲場內設備行頭，有旗牌、帳額、神幀、靠背、槍、刀、劍、戟、鑼、板、鼓、笛衣服花帽帳幔。見《余嘉錫論學雜著》，新續古名家雜劇跋。「神」就是神幀。

鬬鬫

拼合鑲嵌。

維摩詰經講經文：『鬪鬫車渠光璨爛，摩瓏（磨礱）琥珀色參差。」（頁 559）「鬪」是鬭的錯字，有拼合的意思。同篇：「項臂垂瓔珞，珠珍鬧寶冠。」（頁 534）「白玉鬪成龍鳳巧，黃金縷（鏤）出象牙邊。」（頁 554）韋莊和鄭拾遺秋日感事一百韻詩：「八珍羅膳府，五采鬬匡床。」秦觀品令詞：「亂花飛絮，又望空鬬合，離人愁苦。」周邦彥大有詞：「雙眉盡日齊鬬。」《梨園按試樂府新聲》卷上，雙調夜行船套：「四壁秋蟲，一簾疎雨，兩般兒鬬來相惱。」都是這個意思。徐復說：「鬫」

字當與今語「鑲嵌」的「嵌」同義，謂器物上鑲嵌車渠為飾。《唐六典》有十四種金，其中有嵌金，謂以金陷入器物中，語源當與「陷」字有關。禮鴻案：《集韻》去聲五十四闞韻，「闞」和「嵌」同音苦濫切，就是「闞」、「嵌」可以通用之證。《湘山野錄》卷中，鄭內翰毅夫公知荊南條：「換一巨梁，背鑿一竅，闞一板於竅中。」尤為確證。徐說語源與「陷」有關，極確。韓愈徐泗豪三州節度掌書記廳石記：「愈樂是賓主之相得也，故請刻石以記之，而陷置于壁間，俾來者得以覽觀焉。」白居易素屏謠：「爾不見當今甲第與王宮，織成步障銀屏風，綴珠陷鈿貼雲母，五金七寶相玲瓏。」《太平廣記》卷三百九十二引五代王仁裕《玉堂閒話》，李福條：「於其間得一黑漆板，上有陷金之字。」宋人王禹偁月波樓詠懷詩序：「因作古詩一章，凡六百八十字，陷於樓壁。」《圖畫見聞誌》卷五，故事拾遺，會昌廢壁：『……得像三十七首，馬八蹄，又於福聖寺得展子虔天樂部二十五身，悉陷於屋壁，號寶墨亭。」周必大《二老堂雜誌》卷五，記金陵登覽條：「屋壁之後陷小碑，刻介甫謝公墩絕句及它詩數篇。」莊綽《雞肋編》卷上：「處州龍泉縣……山中尤多古楓木，文若花錦。人多取為几案盤器，又雜以他木陷作禽鳥花草，色像如畫。」沈括《夢溪筆談》卷三：「世間鍛鐵所謂鋼鐵者，用柔鐵屈盤之，乃以生鐵陷其間，泥封煉之，鍛令相入，謂之團鋼，亦謂之灌鋼。」就用「陷」字。其他用「陷」字例尚多，不備舉。「陷」實際是「鑲嵌」的本字，作「嵌」(《玉篇》:「嵌，口銜切，坎傍孔也。又山巖。」) 作「闞」，都是音近通用。

《敦煌曲校錄》十二時，普觀四眾依教修行：「鳳凰篦，鸚鵡盞，枕盝妝函七寶鈿。」第二、第三兩句，伯 2054 卷作「盞枕盝妝函鏡陷金鈿花」十字，伯 2714 卷作「鸚鵡盞枕盝粧□銀餡鈕」十字，伯 3087 卷作「玉釧粧逐於塵七寶鈿」九字，《校錄》剪裁成文。按：伯 2054，

2714 兩卷相似，3087 卷文多異，應分別校正為伯 2054：「□□盞，枕盝粧函陷金鈿。」2714：「鸚鵡盞，枕盝粧函銀錎鈿。」3087：「□玉釧，粧函枕篦七寶鈿。」「錎」同「陷」，「陷金鈿」、「銀錎鈿」就是「嵌金鈿」、「銀嵌鈿」。

《漢語方言概要》第八章第四節，客家方言詞彙特點：「〔teu'〕有以下各義：a.雙方互相比賽或較量；……c.把兩件東西合榫也叫〔teu'〕。」按：較量就是《封神演義》之類小說中的「鬬法」之「鬬」，本字當作鬥；合榫則就是拼合的「鬬」了。

戰掉　戰恌

發抖。

降魔變文：「面上紅顏千道皺，眼中冷淚狀如泉。手拄千年靈壽杖，戰棹（掉）來迎太子前。」（頁 368、369）這是形容老人身衰的狀態，和《敦煌曲校錄》所錄女人百歲篇「明晨若有微風至，筋骨相牽似打羅」情態一樣。徐復說：徐鍇《說文繫傳》卷十七「顫」字注：「俗言顫掉不正。」禮鴻按：慧琳《一切經音義》卷五十五，所欲致患經音義：『戰殞，字體作顫，又作㦃，同，之見反。下又作疚，同，有瘤反。《說文》：『顫殞，謂掉動不定也。』」（今本《說文》沒有如《音義》所引的話）可證「戰棹」的「棹」是錯字，「戰掉」就是顫掉，而「戰掉」的意義也就很明白了。

《法苑珠林》卷一百十九引《分別緣起初勝法門經》：「世尊告曰：老有五種衰損：……三者，作業衰損：發言氣上，喘息逾急，身戰掉故。……』」又卷一百八引《灌頂經》：「恐怖戰恌，無所歸投，面如土色。」《音釋》：「恌，徒弔切，與掉同。」

《苕溪漁隱叢話》前集卷五十六引宋人蔡絛《西清詩話》：「秦舞陽氣蓋全燕，見秦王則戰掉失色。」

韓愈記夢詩：「我亦平行蹋䡊軏，神完骨蹻腳不掉。」掉即發抖的意思。

波逃　波濤　波

就是逃。

張淮深變文：「莫遣波逃星散去。」（頁121）𧄒山遠公話：「是時眾僧例總波逃走出。」（頁171）韓擒虎話本：『遂乃波逃人一枯井。」（頁203）週一良說「波逃」是奔波逃亡的意思。案，「波逃」應是「逋逃」的假借。鷰子賦：「阿你浦逃落籍。」（頁249）《變文集》校「浦」作「逋」，當然是對的，可見變文中「波逃」還有寫作「逋逃」的。至於「奔波」，實際上也是「奔逋」的假借而已。

「波逃」又作「波濤」。季布詩詠：「三三五五總波濤，各自思歸營幕（塋墓）內。」（頁845）《變文集》校「濤」作「逃」，自屬允當。但李白白馬篇：「叱咤經百戰，匈奴盡奔逃。」「奔逃」一作「波濤」，「波濤」按文義就是「波逃」，同變文恰好相合，可見唐人寫本「逃」、「濤」通用，「濤」字並非「逃」字的聲誤。李白詩本作「波濤」，校者不得其說，妄以意改作「奔逃」；要是李詩傳本「濤」字本來用正字作「逃」，則「波」字也不會被改作「奔」了。

《太平廣記》卷二百六十三引唐人張鷟《朝野僉載》：「李宏，汴州浚儀人也。兇悖無賴，……嚇庸調租船綱典動盈數百貫，彊貸商人巨萬，竟無一還。商旅驚波，行綱側膽。」（今本不載此條）「驚波」就是驚逃。

唐釋道宣《續高僧傳》卷十一，吉藏傳：「在昔陳隋廢興，江陰凌亂，道俗波迸。」

王貞珉說：《樂府詩集》梁鼓角橫吹曲，無名氏企喻歌：「鷂子經天飛，羣雀兩向波。」正是把「波」當作「波逃」用，則梁時已然如此。禮鴻按：《晉書》孔坦傳，坦與石聰書：「神州振蕩，遺氓波散。」《資治通鑑》卷一百二十七，宋紀九，文帝元嘉三十年：「臧質子敦等在建康者，聞質舉兵，皆逃亡。劭欲相慰悅，下詔曰：『臧質，國戚勳臣，方翼贊京輦，而子弟波迸，良可怪歎。……』」《法苑珠林》卷二十六引南齊王琰《冥祥記》：『蘇峻之亂，都邑人士皆東西波遷。」可知以「波」為逃，還在梁以前。《北史》隋宗室諸王文帝男房陵王勇傳：「帝以山東人多流冗，遣使案檢，又欲徙人北實邊塞。勇上書諫，以為戀土懷舊，人之本情，波迸流離，蓋不獲已。」

趁　趂

追趕。趂是「趁」的俗寫。

李陵變文：「單于親領萬眾兵馬，到大夫人城，趁上李陵。……李陵聞言，向南即走。行經三日，遂被單于趁來。」（頁85）「趁上」就是趕上，「趁來」就是趕來。例子還有，不詳引。玄應《一切經音義》卷一，大威德陀羅尼經第十五卷音義：「趁逐，丑刃反，謂相追趁也。關西以逐物為趁也。」徐復說：「趁」借作「蹨」。《集韻》上聲二十七銑韻：「蹨，乃殄切，蹈也，逐也。或作跈、趁。」「趁」字讀音應以《集韻》為正，現在俗語裡仍然有，有人寫作「捻」。禮鴻案：《新方言》六：「《方言》：『撚，續也。』《周書》曰：『後動撚之。』孔晁訓從。今揚州、安慶謂盜賊既去接踵相追為撚，撚俗作捻。」可與徐說相參證。玄應音丑刃反，應是方音有分歧。

敦煌石窟藏句道興《搜神記》：「顏子於是歸家，速告父母。父母得此語已，即乘馬奔趁，行至三十里趁及。遂拜管輅，諮請之曰：『小兒明日午時將死，管聖如何憂憐，方可救命？』」

唐德宗時馬雲奇白雲歌：「忽散鳥飛趁不及，唯茲清風隨往還。」白居易新樂府園陵妾：「老母啼呼趁車別，中官監送鎖門回。」成玄英《莊子》田子方疏：「滅塵迅速，不可追趁。」後蜀毛文錫醉花間：「春水滿塘生，鸂鶒還相趁。」

《太平廣記》卷一百二十七，僧曇暢條引《朝野僉載》：「時同宿三衛子，披持弓箭，乘馬趁四十餘里，以弓箭擬之；即下騾乞死。」（今本《僉載》卷二「趁」作「趕」）同卷盧叔敏條引《逸史》：「生乃驚走。初尚乘驢，行數十步，已見紫衣人趁在後。

棄驢並靴，馳十數步。紫衣逐及，以刀刺倒。」卷四百三十七，章華條引《原化記》：「章華叫喝且走，虎又捨王華，來趁章華。」卷四百三十八，杜修己條引《瀟湘錄》：「其犬忽突入薛贇家，口銜薛氏髻而背負走出。家人趁奔之，不及。」《太平廣記》卷四百七，癭槐條引《聞奇錄》：「槐有癭，形如二豬，相趂奔走。」唐人沈汾《續仙傳》卷上，朱孺子傳：「忽見岸側有二花犬相趂。」《南部新書》壬：「武皇帝夢為虎所趁。」《資治通鑑考異》卷二十五引《續寶運錄》：「尚讓降徐州，黃巢走至碭山，路被諸軍趂逼甚。」《資治通鑑考異》卷十六引《河洛春秋》：「朝義戰敗，走歸范陽，途經衡水，僕固瑒領蕃漢兵一十五萬趂及朝義，接戰敗之。」

歐陽修論沂州軍賊王倫事宜箚子：「竊見朝廷雖差使臣領兵追捕，而兇賊已遍劫江淮。深慮趕趁不及，徒黨漸多。」蘇軾乞增修弓箭社條約狀二首之一：「趕趁捉殺，直至北界地名北當山峪內。」又祭常山回小獵詩:「弄風驕馬跑空立,趁兔蒼鷹掠地飛。」梅堯臣京師逢賣梅花詩:「偶將眼趂蝴蝶去,隔水深深幾樹芳。」周邦彥點絳唇詞:「今日原頭,黃葉飛成陣。知人悶,故來相趁,共結臨歧恨。」楊萬里十一月十九日折梅詩二首之二:「折得數枝撚歸去,蜂兒一路趁人來。」辛棄疾鷓鴣天,黃沙道中即事詞:「輕鷗自趁虛船去,荒犬還迎野婦回。」又寄葉仲洽詞:「背人翠羽偷魚去,抱藥黃鬚趁蝶來。」《聊齋志異》新郎:「遙以手招壻,壻急趁之,相去盈尺,而卒不可及。」馬總《意林》卷三引劉向《新序》:「楚丘先生年七十,被裘見孟嘗君。君曰:『先生老矣,何以教寡人?』先生曰:『欲使追車趁馬,逐鹿搏虎,吾即死矣,何暇老耶?……』」則漢代已以趁為追趕。

「趁」又有趕先、及時的意思,這是追趕義的虛化。蘇軾大雪乞省試展限兼乞御試不分初覆考劄子:「朝廷雖議展限,然迫於三月放榜,所展日數不多。至時若隔下三五百人趁時不及,即恐孤寒舉人轉見失所。」

「趁」還有驅迫、驅逐的意思。王梵志詩:「驅將見明府,打脊趁回來。」白居易二月五日花下作:「羲和趁日沈西海,鬼伯驅人葬北邙。」又自吟拙什因有所懷詩:「此外復誰愛,唯有元微之。趁向江陵府,三年作判司。」《景德傳燈錄》卷八,池州南泉普願禪師:「每人與二十棒趂出院也。」貫休塞下曲十一首之三:「突圍金甲破,趂賊鐵槍飛。」段成式《酉陽雜俎》前集卷十二,語資篇:「英公常獵,命敬業入林趂獸。」又續集卷四,貶誤篇:「《朝野僉載》云:『魏光乘好題目人,姚元之長大行急,謂之趂蛇鸛鵲。』」《朝野僉載》卷五:「其石走時,有鋤禾人見之,各手把鋤,趂至所止。」《景德傳燈錄》卷第九:『如今變作個露地白牛,常在面前,終日露迴迴地,趂亦不去也。」後蜀韋穀琵琶行:「江神驅趁夜濤回。」《夢溪筆談》卷二十五,雜誌二,載許洞贈潘閬詩：「我願中條山神鎮長在，驅雷叶（挾）電趁出這老怪。」胡道靜《新校正夢溪筆談》，以清番禺陶福祥愛廬刻本為底本，其文如此；而校本據《詩話總龜》三、《中吳紀聞》一、《墨客揮犀》一改「趁」為「趕」，這是誤校。

作驅逐解的「趁」又作「攆」。《紅樓夢》第八回：「他是你那一門子的『奶奶』，你們這麼孝敬他？不過是我小時候兒吃過他幾日奶罷了，如今慣的比祖宗還大，攆出去大家乾淨！」此又可證《集韻》「趁」音乃殄切是正音。

趁迭　趂趃　趁跌

追上、追及的意思。

張義潮變文：『僕射……取西南上把疾路進軍。……其賊不敢拒敵，即乃奔走。僕射遂號令三軍，便須追逐。行經一千里已來，直到退渾國內，方始趂趃。」（頁 114）這是說方纔追上。降魔變文：「讚唄之聲相趁迭。」（頁 382）是說聲音絡繹不絕，這一聲追上那一聲的意思。「趂趃」就是「趁迭」的俗寫。宋元人以「迭」為「及」，以「不迭」為「不及」，如《水滸傳》第二十五回：「做手腳不迭。」其餘見於《詩詞曲語辭彙釋》卷二頁 199。

孝子傳鮑出條：「出聞已大怒，便持刀逐賊。奔三五里，趁趹狂賊。」（頁 906）「趹」字王慶菽校疑作「跌」，是對的，「趁跌」就是「趁迭」。

《新方言》二：「《爾雅》：『逮、及、暨，與也。』……或謂追步弗及曰不迭，迭本逮字，聲轉如迭耳。」

服　復　復裹　服裹

包裝，收拾。

秋胡變文：「服得十袟文書，並是孝經、論語、尚書、左傳、公羊、穀梁、毛詩、禮記、莊子、文選，便即登程。」（頁 155）韓擒虎話本：「知主上無道，遂復裹經題，直至隨州山內隱藏。」（頁 196）按：《敦煌曲子詞集》，謁金門詞：「聞道君王詔旨，服裹琴書歡喜。得謁金門朝帝庭，不辭千萬里。」可見「復裹」就是「服裹」，也可以單說「復」。韓擒虎話本又說：「將軍今夜點檢御軍五百，復得闊刃陌刀，甲幕下埋伏。」（頁 198）「復得」就是秋胡變文的「服得」，有收拾、準備或暗藏的意思。

王安石馬死詩李壁注引《建康續誌》：「金華俞紫琳清老，嘗冠禿巾掃塔，服抱《字說》，逐公之驢，往來法雲、定林，過八功德水，逍遙洊亭之上。」「服抱」義與變文同。

宋人魏泰《東軒筆錄》卷十，記曹翰謫汝州，太宗遣內侍往訪，曹說：『口眾食貧，……欲以故衣質錢十千。」「於是封裹一複以授。內侍收複，以十千答之。……太宗命取其複開視之，乃一大幅畫障。」據此，「復裹」、「服裹」的「復」、「服」就是《筆錄》的「複」。「複」又是「幞」、「襆」的通用字。周必大《二老堂雜誌》卷四，辨幞字條：「帊幞之幞音服，當如此寫，故《玉篇》與帊字相連。今通上下皆作複字，乃福音。」幞就是帊，字又作「襆」。《廣韻》入聲三燭韻：「幞，房玉切，帊也。襆，上同。」又去聲四十禡韻：「帊，普駕切，帊幞。《通俗文》曰：『帛三幅曰帊。帊，衣幞也。』」《三國志》魏志王粲傳：「觀人圍棊，局壞，粲為覆之，棊者不信。以帊蓋局，使更以他局為之，以相比校，不誤一道。」《酉陽雜俎》前集卷一，天咫篇：「見一人，布衣甚潔白，枕一襆物，方眠熟。……因開襆，有斤鑿數事，玉屑飯兩裹。」可知帊、幞、襆、複與變文的「服」、「復」都是現在說的包袱的袱，王粲傳的帊用以蓋物，《雜俎》、《筆錄》與變文所說的用以包裹，用途有所不同而已。又宋人何薳《春渚紀聞》卷十，點銅成庚條：「增藥再烹，及出坯中，則真金矣。更相驚喜，就市肆中，云：『良金也。』眾復相與謀曰：『常聞京師欒家金肆為天下第一，若往彼市之無疑，則真仙秘術也。』複被而行，至都，以十兩就市。」這裡的「複被」也就是襆被，即包裹。

《新方言》六：「服聲皆有包裹義。《說文》：『箙，弩矢箙也。』《詩》『魚服』以服為之。是所以容矢者。」

方圓　圓融

方略，謀畫，處置，制度。

李陵變文：『幸請方圓，擬求生路。」（頁 89）目連緣起：『諸仏慈悲，便賜方圓救濟。」（頁 709）這裡的「方圓」，意義和「方略」、「方法」相同。李陵變文：「制不由己降胡虜，曉夜方圓擬皈國。」（頁 96）這個「方圓」就是謀畫。下女夫詞中兒答：「車行輞盡，馬行蹄穿，姑來過此，任自方圓。」（頁 274）又是處置的意思。王昭君變文：「單于嗖丁寧（靈）塞上衛律，令知（弈我）事。一依蕃法，不取漢儀。棺櫬穹廬，更別方圓。」（頁 104）這是說不用漢朝儀式而另定制度。

唐人李華詠史詩十一首之四：「如何得良吏，一為制方圓。」據詩意，「方圓」指漢廷鎮撫百粵的方略。

唐李德裕奏銀妝具狀：「至於綾紗等物，猶是本州所出，易於方圓；金銀不出當州，皆須外處回市。」「易於方圓」即易於處置，易於設法。白居易與迴鶻可汗書：「達覽將軍等至，省表，其馬數共六千五百匹。據所到印納馬都二萬匹，都計馬價絹五十萬匹。緣近歲已來，或有水旱，不免闕供，今數內且方圓支二十五萬匹，分付達覽將軍。」《舊唐書》敬宗紀，寶曆二年：「鹽鐵使王播奏：揚州城內舊漕河水淺，舟船　滯，輸不及期程。今從閶門外古七里港開河，向東屈曲，取禪智寺橋，東通舊官河。計長一十九里。其功役所費，當使自方圓支遣。」又哀帝紀，昭宗天祐元年：「令於內庫方圓銀二千一百七十二兩充見任文武常參官救接。」又音樂志二，張濬奏議論太廟宮縣架數說：「今者帑藏未充，貢奉多闕。凡闕貨力，不易方圓。」又封常清傳：「公若方圓取人，則士大夫所望；若以貌取人，恐失之子羽矣。」謂以方略謀畫取人。

《舊唐書》食貨志上：「韋皋劍南有日進，李兼江西有月進，

杜亞揚州，劉贊宣州，王緯、李錡浙西，皆競為進奉，以固恩澤。貢入之奏，皆曰：『臣於正稅外方圓。』亦曰『羨餘』。」《資治通鑑》卷二百三十五，唐紀五十一，德宗貞元十二年：「初，上以奉天窘乏，故還宮以來尤專意聚斂；藩鎮多以進奉市恩，皆云『稅外方圓』，亦云『用度羨餘』。」這是一種巧立名目以掩蓋其剝削人民的謬說，意謂不增加賦稅而籌謀來的財物。《舊五代史》唐明宗紀二：「天下節度、防禦使，除正、至、端午、降誕四節，量事進奉，達情而已；自於州府圓融，不得科斂百姓。其刺史，雖遇四節，不在供奉。」「圓融」與「稅外方圓」的「方圓」義同。

宋無名氏《釋常談》（元陶宗儀《說郛》三卷全抄本）：「指教謂之圓規方矩。」這和「幸請方圓」「便賜方圓救濟」意義相近，可能有一定關係。

排比　排批　排枇　排備　枇排　排辦

安排和準備的意思。

張義潮變文：『僕射即令整理隊伍，排比兵戈。」（頁114）𧯎山遠公話：「排比釋、道、儒三教同至福光寺內迎請遠公，入其大內供養。」（頁191）又：「有勑先報六宮，闈裡排比祖送。」（頁193）降魔變文：『簡擇驍雄，排比隊伍。」（頁381）維摩詰經講經文：「由是文殊師利，親往方丈之中，遂設威儀，排比行李。」（頁643）伍子胥變文：「先鋒引道路奔騰，排批舟船橫軍渡。」（頁20）太子成道經：「是時大王排枇鸞（鑾）駕，親自便往天祀神邊。」（頁288）維摩詰經講經文：「排枇了，甚爽朗，簫瑟箜篌箏留響（笛響）。」（頁642）又：「居士見文殊入室內，如何排枇也唱將來。」（頁645）太子成道經：『大王遂排備，便與取新婦。」（頁290）庚卷作「排枇」。百鳥名：「是時之（諸）鳥即至，雨集雲奔，排備儀仗，一慠（倣）人君。」（頁851）據以上這些例子，可知「排比」、「排枇」、「排備」字形雖有不同，而意義是相同的。「枇」應該是「比」字受到「排」的類化而變成「批」，又誤從手旁變成木旁。歐陽修論元昊來人乞不賜御筵箚子：「風聞管勾使臣，須索排備，次第甚廣。」「備」字下注：「一作比。」可知排備就是排比，而非排列齊備之意。葉淨能詩：「高力士等面奉進上（止），當時枇排裝束。」（頁223）這是「排枇」的倒說，意義仍然相同。《敦煌資料》第一輯，後梁龍德四年張厶甲雇工契：「餘外欠闕；仰自枇排。」「枇」又是「枇」的誤字。

《敦煌曲子詞集》劍器詞：「排備白旗舞。」《敦煌曲初探》第五章說：「或排列齊備之意。」案，像兵戈、隊伍、儀仗這些，可以說排列齊備；送行、娶妻，就不能這樣說了，所以以解作安排準備為妥。又，宋人孟元老《東京夢華錄》卷四，筵會假賃條：「欲就園館亭榭寺院遊賞命客之類，舉意便辦，承攬排備，自有則例，亦不敢過越取錢。」

陸贄誅李懷光後原宥河中將士并招諭淮西詔：「如本是奉天定難功臣，準條合給賞者，度支即排比支付。」《舊唐書》裴度傳：「今欲直挫其姦意，即報云：『卿所請丁匠修宮闕，可速遣來，已勅魏博等道，令所在排比供擬。』」又哀帝紀，天祐三年：「〔朱〕全忠奏：『文武兩班，一五九朝日，元帥府排比廊飧。』勅曰：『百官入朝，兩廊賜食。遷都之後，有司官闕供。元帥梁王，欲整大綱，復行故事。……』」《劇談錄》卷上，狄惟謙請雨條：「非敢更煩天師，候明日排比相送耳。」唐人筆記中「排比」一詞還很多，不列舉。梅堯臣依韻和許待制病起偶書詩：「趨吏喜聞開便閤，舞姬排比翦春衫。」《夷堅丁志》卷十一，淮陰人條：「府君將迎新天子，故排比乘輿法物耳。」又按：白居易六年春贈分司東郡諸公詩：「花教鶯點檢，柳付風排比。」又和微之詩二十三首，和寄樂天詩：「餞筵纔收拾，征棹遽排比。」這兩首詩通篇押入聲韻，而「比」是韻腳，據此「排比」的「比」可以讀入聲。

「排比」亦作「排辦」。《景德傳燈錄》卷八，池州南泉普願禪師：「擬取明日遊莊舍，其夜土地神先報莊主，莊主乃預為備。師到，問莊主：『爭知老僧來，排辦如此？』」宋無名氏《靖康要錄》卷七：「春秋釋奠，乞依元豐儀令排辦。」《獨醒雜誌》卷十：「維揚有石塔院者，以塔之製作精妙得名。龍德幸維揚時，嘗欲往觀，先遣人排辦供奉。」

《齊民要術》雜說：「至十二月內，即須排比農具使足。」據此，「排比」一詞北朝已有。

體

查察。

鷰子賦：「實緣避難，事有急疾，亦非強奪，願王體悉。」（頁252）維摩詰經講經文：『聞居士有疾，皆來體問，言：居士，居士！何故有疾？為移（復）是四大違和，為復是教化疲倦？』」（頁578）又：「雖即恚（至心）申體察，莫知來處辯其因。」（頁579）「體悉」、「體問」的「體」和「體察」意義相同。搜神記齊景公得病條：「秦緩到來，遂與景公體脉。」（頁868、869）「體」字王慶菽從甲卷校作「候」，作「候」固然不錯，作「體」也合乎變文用詞的實際，並非不可通的錯字。《舊唐書》經籍志丙部子錄：「《體療雜病方》六卷，徐叔和撰。」「體」是診察的意思，與變文「體脈」意同。

歐陽修論趙振不可將兵劄子：「其趙振乞速下本路體量，如或實老病不任，即乞罷歸散秩，別委將臣。」又舉朱光濬狀：「體問軍民，備得其實。」《東軒筆錄》卷十：「明肅太后臨朝……日遣中使至軍巡院、御史臺體問鞫囚情節。」《夷堅乙志》卷三，浦城店蠅條：「客之子訝父久役不返，向時固相隨作商，凡次舍道塗，悉所諳熟，於是逐程體訪。」又卷四，張文規條「文規在告幾百日，漕司以為不勝任，檄郡守體量，將罷之。」

《元典章》卷二十三，戶部九，江南申災限次條：「例合隨即委官檢踏，行移廉訪使體覆。」卷四十，刑部二，僧尼各處監禁條：「今體知各處大小僧司衙門，凡有僧尼等人為事，不問所犯輕重，被訴虛實，便行監禁枷鎖，及將僧尼混雜同禁。」卷四十一，刑部三，禁治採生蠱毒條：「湖北道廉訪司申：『體訪常澧等處人民，多有採生祭鬼蠱毒殺人之家。……』」又新集兵部，拘刷逃軍及代替軍役條：「有似那般人首告出來呵，重要罪過，仍仰監察御史、廉訪司常加體察。」《三國演義》第一回：「朝廷差黃門左豐前來體探。」第一百七回：「令人體訪得實，方教入城。」

明人湯顯祖代人為士大夫喻東粵守令文：「其最可恨者：庸吏為人所使，貪吏先以箝人，偏於士大夫家深致其罪，申詳體審，乃或不然。」《二刻拍案驚奇》卷四：「按院老爺要根究他家這事，不得那五個人尸首實跡，拿不倒他；必要體訪的實，曉得了他埋藏去處，才好行事。」近人錢靜方《小說叢考》鐵冠圖演義考載崇禎十四年十二月初五日塘報：「〔米脂令邊大綬〕奉陝西總督軍門汪喬年手札云：『讀來諭，足見門下報國熱腸。第須體訪的確，莫使波及無辜，庶天理順而人功亦易成也。』」

委記

委託，告誡。

無常經講經文：「更遺言，相委記，盡（晝）取閻王禎（幀）子跪。」（頁662）按：「記」不是委託的託字之誤，因為這裡「記」和「跪」字是協韻的。「記」與「諰」相通。《淮南子》繆稱：「可以形勢接，而不可以照諰。」又：「心之精者，可以神化，而不可以導人；目之精者，可以消釋，而不可以昭記。」高誘注：「導，教也。昭，道；諰，誡也。」《鹽鐵論》相刺：「天設三光以照記。」「照記」就是「照諰」、「昭諰」，可知「記」就是「諰」。《說文》：「諰，誡也。」《廣雅》釋詁三：「諰，告也。」所以「記」就是告誡。

結磨　羯磨

作法辦事。

佛說阿彌陀經講經文：「三番結磨五彼立，從此僧尼遣斷酒。」；按：玄應《一切經音義》卷十四，四分律第一卷音義：「羯磨，居謁反，此譯云作法辦事。《憂波離問經》作『劒暮』，此梵言訛之也。」「結磨」就是「羯磨」。《敦煌曲校錄》，緇門百歲篇：「應法心師堪羯磨。」斯2947卷作結磨，伯4525卷作羯磨，可證。

邪幢　慢幢

即邪見幢，標榜邪人邪見的意思。

降魔變文：「但願諸佛起慈悲，邪憧不久皆摧折。」（頁382）按：「憧」為幢字之誤。孫繼烈《佛學小辭典》：「邪見幢：標榜邪人邪見，如大將之幢旗，曰邪見幢。」也叫妄見幢。《根本說一切有部毗柰耶雜事》卷二十七：「如來大師，以神通力，然正法炬，摧妄見幢，降伏邪徒。」

齊己贈法華經僧詩：「受持身心苟精潔，尚能使煩惱大海水枯竭，魔王輪幢自摧折。」取喻與邪幢相同。佛家又有「慢幢」一詞，或曰「我慢幢」，謂傲慢自大，「幢」字的用法略同。慧琳《一切經音義》卷一百，唸佛三昧寶王論上卷音義：「慢幢，下蜀江反，案：慢幢者，欺侮不敬也。傲慢放逸，吾我自高，猶如幢刹，故喻焉。」《景德傳燈錄》卷五，洪州法達禪師：「來禮祖師（慧能），頭不至地。祖訶曰：『禮不投地，何如不禮？……聽我偈曰：「禮本折慢幢，頭奚不至地？有我罪即生，無功福無比。」』」《法苑珠林》卷一百十七引道宣律師《住持感應》：「彼無智比丘，本無慈心，不發弘誓，救度眾生，但起諍論我慢幢，速滅正法。」

慚愧　慚　愧　媿　愧慚

感謝。

伍子胥變文：「更蒙女子勸諫，盡足食之，慚愧彌深，乃論心事。」（頁 6）維摩詰經講經文：「不邀諸德，偏道我名，對彌勒（須彌）前却記纖塵，向海水畔偏誇滴露。深生暫（慚）愧，豈敢忘恩。」（頁 603）鷰子賦：「一冬來居住，溫暖養妻兒，計你合慙愧，却被怨辯之」（頁 262）捉季布傳文：「但言季布心頑硬，不慚聖德背皇恩。」（頁 68）又：「臣憂季布多頑逆，不慚聖德皆（背）皇恩。」（頁 69）醜女緣起：「公主因佛端正，事須慚謝大聖。」（頁 799）王昭君變文：「到家蓄裡重，長媿漢家恩。」（頁 103）伍子胥變文：「三口便即停餐，媿賀（荷）汝人，即欲進發。」（頁 6）又：『愧賀（荷）取食艱辛，逢迎卑謝。」（頁 14）又：「忽見魚（漁）人覆船而死。子胥愧荷魚（漁）人，哽咽悲啼不已。」（頁 15）這些句子裡的「慚愧」等詞兒，都是感謝的意思，是很明白的。其中的「慚謝」就是感謝，「愧荷」就是感荷。鷰子賦的意思是，雀兒住了鷰子的窠，理應感謝。王昭君變文的意思是，單于因昭君遠嫁，增重了自己的身分，因而經常感謝漢家的恩德。

蘇聯東方研究所藏唐人卷子佛報恩經講經文：「悓慚天子恩波及，感荷皇孫庫藏開。」「悓」當作「愧」，「愧慚」也是感謝之義，至為明白。許國霖《敦煌雜錄》治昏沉怠良方（擬）：「深慚愧一分。」注：「取決欲酬恩者。」可見「慚愧」即感恩之意。

「慚愧」二字用作感謝講，唐宋人用例很多，選錄一些於後。杜甫奉贈韋左丞丈二十二韻詩：「甚愧丈人厚，甚知丈人真。每於百僚上，猥誦佳句新。」又北征詩：「顧慚恩私被，詔許歸蓬蓽。」又羌村詩三首之三：「請為父老歌，艱難愧深情。」韓愈請上尊號表：「西戎之首，北虜之渠，怛威愧德，失據狼狽。」張建封酬韓校書愈打毬歌：「不知戎事竟何成，且媿吾人一言惠。」《陸宣公翰苑集》卷十，與回紇可汗書：「弟所寄馬並到，深愧厚意。」張籍答開州韋使君寄車前子詩：「開州午日車前子，作藥人皆道有神。慚愧使君憐病眼，二千里外寄閑人。」劉長卿江州重別薛六柳八二員外詩：「今日龍鍾人共棄，媿君猶遣慎風波。」白居易送張山人歸嵩陽詩：「愧君冒寒來別我，為君沽酒張燈火。」元稹上裴度相公書：「是猶龜鼉之有水，鳥獸之有林，何嘗愧於水木？」袁郊《甘澤謠》圓觀條：「慚愧情人遠相訪，此身雖異性長存。」徐凝題開元寺牡丹詩：「此花南地知難種，慚愧僧閑用意栽。」《酉陽雜俎》續集卷三，支諾臯下篇，崔玄微條：「後數夜，楊氏輩復至媿謝，各裹桃李花數斗，勸崔生服之，可延年却老。」《太平廣記》卷一百二引《報應記》：「見二童子，儀服甚秀，云是太山府君之子：『府君媿公朝夕拜禮，故遣奉迎。』」又卷一百五十二引《鄭德璘傳》：「德璘好酒，長挈松醪春過江夏，遇叟，無不飲之，叟飲，亦不甚媿荷。」又卷二百五十一引《嘉話錄》（即《劉賓客嘉話錄》）：「曾有老嫗山行，見大蟲羸然跬步而不進，……乃有芒刺在掌，因為拔之。俄奮迅闞吼而愧其恩。自後擲麋鹿狐兔於庭，日無闕焉。」又卷三百十，張無頗條引裴鉶《傳奇》：「蓋緣愛女染疾，一心鍾念。知君有神膏，儻獲痊平，實所媿戴。」又卷三十四崔煒條引《傳奇》：「郎君先人有詩於越臺，感悟徐紳，遂見修緝。皇帝媿之，亦有詩繼和。」皇帝，謂趙佗。又卷四百三十三王瑤條引《集異記》：「有賣瓦金石生者常言住在西山，每來必休於此。……一日，瑤伺其來，因竭力奉之。石亦無媿。」又卷四百九十一引皇甫枚《非煙傳》：「崔賦詩末句云：『恰似傳花人飲散，空床抛下最繁枝。』其夕，夢煙謝曰：『妾貌雖不迨桃李，而零落過之。捧君佳什，媿仰無已。』」又卷四百二引《集異記》：「司徒李勉，開元初作尉浚儀，秩滿，沿汴將遊廣陵，行及睢陽，忽有波斯胡者疾，杖策詣勉曰：『異鄉子抱恙甚殆，思歸江都。知公長者，願託仁蔭。』勉哀之，因命登艫，仍給饘粥。胡人極懷慙愧。」又卷四百四十五，孫恪條引《傳奇》：「良久，乃出見恪，美豐色愈于向者所覩。命侍婢進茶果，曰：『郎君即無舍第，便可遷囊橐於此廳院中。』指青衣謂恪云：『少有所須，但告此輩。』恪愧荷而已。」南唐陳陶雞鳴曲：「愧君飲食長相呼，為君晝鳴下高樹。」《舊唐書》安祿山傳：『本無姓氏，……少孤，隨母在突厥中，將軍安波至兄延偃妻其母。開元初，與將軍安道買男俱逃出突厥中，道買次男貞節為嵐州別駕，收獲之，年十餘歲。以與其兄及延偃相攜而出，感媿之，約與思順等並為兄弟，冒姓為安。」又劉昌傳：「昌初至平涼劫盟之所，收聚亡歿將士骸骨坎瘞之。因感夢於昌，有媿謝之意。」齊己謝人惠十色花箋并棋子詩：「陵州棋子浣花箋，深愧攜來自錦川。」《宋史》李穀傳：「世宗還，穀扶疾見便殿。詔令不拜，命坐御坐側。以抱疾既久，請辭相位。世宗怡然勉之，謂曰：『譬如家有四子，一人有疾，棄而不養，非父之道也。朕君臨萬方，卿處輔相之位，君臣之間，分義斯在，奈何以祿奉為言！』穀愧謝而退。」《史記・周本紀》：「王案兵毋出，可以德東周。」《正義》：「韓按兵不出伐東周，而東周甚媿韓之恩德也。」歐陽修聽平戎操詩：「慚君為我奏此曲。」又馴鹿詩：「慙媿主人恩。」又與曾鞏論氏族書：「辱遣專人惠書，甚勤，豈勝媿也！」又與韓忠獻王書：「自此得與郡人共樂，實出厚賜也。愧刻，愧刻！」蘇軾謝雨祝文：「惟神聰明，其應如響。雨不暴物，晴不失時。喜愧之心，吏民所共。」蘇軾書簡中頗多用「慚」、「愧」字，隨錄數例。答程天侔三首之一：「賴十數學生助工作，躬泥水之役，愧之不可言也。」與僧隆賢二首之二：「舟、榮二大士遠來，極感至意。舟又冒涉嶺海，尤為愧荷也。」與郭功甫二首之一：「閑居致厚餽，拜賜慚感。」與明父權府提刑：「臨行寵餞再三，益愧眷厚。」黃庭堅聖柬將寓於衛行乞食於齊有可憐之色再次韻感春五首贈之詩之三：「千年澗谷松，慚愧雨露恩。」沈括《夢溪筆談》卷九：「工部胡侍郎則為邑日，丁晉公為遊客，見之，胡待之甚厚，丁因投詩索米。明日，胡延晉公，常日所用樽罍悉屏去，但陶器而已。丁失望，以為厭己，遂辭去。胡往見之，出銀一篋遺丁曰：『家素貧，唯此飲器，願以贐行。』丁始諭設陶器之因，甚愧德之。」《寶真齋法書贊》卷二十二，蘇養直（庠）書簡帖六幅之四：「公乃過形善禱，施及未亡人，慙荷可知。」楊萬里南望閣皂山詩：「慚愧多情閣皂山，去年迎我上西船，今來送我還東去，四日相隨到進賢。」又阻風泊鍾家村詩二首之二：「滿船兒女厭江行，我愛江行怕入城。慚愧風師教款曲，為分一舍作三程。」陸游病中遣懷詩六首之五：「菘芥煮羹甘勝蜜，稻粱炊飯滑如珠。上方香積寧過此，慙媿天公養病夫。」

晉人干寶《搜神記》卷二十，吳富陽縣董昭之條：「夢一人烏衣從百許人來謝云：『僕是蟻中之王，不慎墮江，慙君濟活。……』」是慚作感謝義之早見者。

何勞

同「荷勞」，承荷煩勞的意思。

長興四年中興殿應聖節講經文後附的詩：「可憎猧子色茸茸，擡舉何勞餧飼濃。」（頁 424）「可憎」就是可愛，詩意謂猧子因為可愛而得到很好的餵飼，「何勞」并非問語。玄應《一切經音義》卷二十四，阿毗達磨俱舍論第十八卷音義：『荷負，又作抲，何二形，同。胡歌、胡可二反。《小爾雅》：『何、揭，擔也。何，任也。』」「何」本是「負荷」的本字，此詩「何勞」就是「荷勞」，玄應書可以作證。

支分　枝分

支付，給與。

捉季布傳文：「非但百金為上價，千金於口合校分。」（頁 62）王重民校：「戊、庚兩卷『校』作『交』，辛卷作『支』。」按：《陸宣公翰苑集》卷十，賜吐蕃將書：「贊普若須繒帛，朕隨要支分。」據陸集以校變文，可知「校」是枝字之誤，「交」是支字之誤。支分就是支付，給與，「千金於口合支分」，意思是對於像季布那樣有才能的人口（奴隸），即使付出千金的代價買來也是應該的。

白居易洛下閒居寄山南令狐相公詩：「支分門內餘生計謝絕朝中舊往還。」又自詠老身示諸家屬詩：「支分閒事了，把背向陽眠。」這兩首詩的「支分」為分派、處理義，跟變文不同。

挨　改挨

「挨、挨」為「揳」字之誤，義為換。

韓擒虎話本：『為戴平天冠不穩，與挨腦蓋骨去來。」（頁 196）又：「香湯沐浴，改挨衣裝。」（頁 197）《變文集》校「挨」作「換」，「改挨」作「改換」，於文義都很允洽而實未確。這兩個字都是「揳」字之誤，「揳」義為換。《廣韻》去聲十二霽韻：「揳，胡計切，揳換。」《集韻》去聲十二霽韻：「揳」，胡計切，杭越之間謂換曰揳。或從系。」可證「揳」義為換而與「換」字音不同。王昭君變文：「誰為（謂）今冬急解奚」（頁106）「奚」即奚字，借用為攜，參見本篇「解奚」條。「奚」與這兩個字的偏旁極其相近，可以為證。

雅責

深深責備的意思。

降魔變文：「太子遂生忿怒，雅責須達大臣：『卿今應謀社稷，擬與外國相連。』」又：「老人聞說，雅責須達大臣，將千種僫違，竪（？）百般過失，振睛怒目，叱訶須達大臣。」（並見頁368）按：《太平廣記》卷二百四十六，引隋人侯白《啟顏錄》，韓博條：「晉張天錫從事中郎韓博，奉表並送盟文。博有口才，桓溫甚稱之。嘗大會，溫使司馬刁彝謂博曰；『卿是韓盧後？』博曰：『卿是韓盧後？』溫笑曰：『刁以君姓韓，固（故）相問耳。他人自姓刁，那得是韓盧後？』博曰：『明公未之思爾，短尾者則為刁。』闔坐雅嘆焉。」雅嘆，就是深為歎賞。唐釋道世《法苑珠林》卷十四引《普曜經》：「太子滿十月已，臨產之時，先現瑞應三十有二。……疆場左右，莫不雅奇，嘆未曾有。」雅奇，就是深感奇異。據此「雅責」就是深責。又宋人費袞《梁谿漫誌》卷六米。元章拜石條：「其後竹坡周少隱過是郡，見石而感之，為賦詩，其略曰：『……望塵雅拜良可笑，米公拜石不同調。』」「雅拜」似是「僕僕爾亟拜」之意，那麼「雅」似又可釋為再三，再三與深，意義也有相近之處。

《北夢瑣言》卷八，侯泳忤豆盧相條說：侯泳在僧院裡碰到豆盧琢，不知道他是大臣，態度傲慢，後來登門謝過，「公亦遜謝，恕其不相識也。留而命酒，凡勸十盃，乃小懲也。……先是，豆盧家昆弟，飲清酒而已；候氏盛饌而飲，此日每飲一杯，迴首摘席經咀之，幾不濟。所謂雅責也。」這裡「迴首」句難懂，但是總的意思是叫侯泳飲過量的好酒，叫他吃些暗苦，這就是所謂「雅責」。又，《湘山野錄》卷上，記宋真宗時，命詞臣撰日本國神光寺記，使臣急待，而那位詞臣向來請張君房代筆，這次張醉飲礬樓，遍索不得，「後錢楊二公玉堂暇日改閑忙令，……錢希白曰：世上何人最號忙？紫微失却張君房。』時傳此事為雅笑。」「雅責」、「雅笑」，「雅」大概有惡作劇、開玩笑的意思；《北夢瑣言》的「雅責」與變文義不同。

準擬　鈍擬　准承　鈍氶　輕擬　準望擬　儲擬　備擬

有兩類意義，一類是打算、希望、料想，
一類是準備、安排，而兩類意義之間原來就有一定的聯繫。

這四個詞兒，「鈍擬」就是「准擬」，「鈍氶」的「氶」是「丞」的異體，「鈍丞」就是「准承」，字音相近，不用詳說。

三身押座文：『若不是□死王押頭着，準擬千年餘萬年。」（頁827）是說若非死王追逼，就打算活千年萬年，為非作惡下去。无常經講經文：「可昔（惜）心，錯鈍擬，在後兒孫不勘（堪）矣。聞身強健早修行，不如自□□□□。」（頁666）是說希望死後兒孫救拔是打算錯了，打算和希望二義兼而有之。接下去說：「自作得，自家收，旋把災殃旋旋抽，須自鈍氶方免難，望他着力沒因由。」；這是說死後怎樣要自己早作打算，不能希望兒孫出力。又：「如今世上多顛到（倒），莫便准承他幼小，他緣壽命各差殊，影向於身先自夭。却孤窮，無依槁（靠），終日寃嗟懷懊惱。」（頁668）這是說世上有顛倒的事，幼小的一輩反而比長輩先死，不能打算依靠小輩。維摩詰經講經文：「未來未來生現無，色相莊嚴且未至，唯承仏果理全虧，怎生得受菩提記！」（頁 599）「唯」字《敦煌變文彙錄》作「准」，這裡應是排印之誤。這是說未來生還沒有來，連色相莊嚴這些幻象還看不到，怎麼能打算獲得佛果。以上所引各詞，或作打算解，或者兼有打算和期望的意義，也有打算以外還有準備、安排的意義的傾向的，如「須自鈍逯方免難」。白居易請罷兵第二狀：「陛下本用兵之初，第一倚望承璀，第二準擬希朝、茂昭。」「準擬」，義同「倚望」即倚仗指望之意，這個意義也可以包括在打算裡頭。

「准承」、「准擬」也有料想的意思，那當然是由打算義引申而來的。維摩詰經講經文：「我見汝常親仏會，早入法門，准承已悟於无為，誰料由（猶）貪於有相！」（頁 612）這是說由於上述的原因，料想你已經懂得無為的道理，不料你還是貪戀有相的虛幻之物。白居易有不准擬詩兩首，第一首說「不準擬身年六十，上山仍未要人扶」，第二首說「不準擬身年六十，遊山猶自有心情」，「不準擬」就是沒有料想到的意思。

由打算進而為準備、安排，由意欲變成行為，意義由虛趨實了。變文裡的例子，如破魔變文：「於是我佛菩提樹下，整念思惟道：他外道等總到來，如何准擬？』」（頁 348）下面說如來着忍辱甲，執智慧刀，彎禪定弓，端慈悲箭，騎十力馬，下精進鞭，這就是所謂「准擬」，準備安排之義是很明顯的。降魔變文：「太子國中第二貴，出入百司須準擬，因何從騎不過十，聳轡（轡）途呈（程）來至此？」（頁 373）這是說太子出來，百司要給他安排車騎儀仗。下面引文中的「準擬」，也是安排的意思。歐陽修乞詔諭陝西將官劄子：「竊慮沿邊將帥，見西人人朝，惟望通好，便生懈怠。」「惟」字下注道：「一作準。」作準是對的。「準望」同準擬，是打算義。梅堯臣十五日雪詩三首之三：「春風九十日，一半已消磨。準擬看花少，依稀詠雪多。」陸游新津小宴之明日欲遊修覺寺以雨不果呈范舍人詩二首之二：「陸游新津渡頭船欲開，山亭準擬把離盃。不如意事十八九，正用此時風雨來。」

儲光羲同王十三維偶然作十首之八：「冽冽玄冬暮，衣裳無準擬。」《舊唐書》劉仁軌傳：「臣勘責見在兵募，衣裳單露，不堪度冬者，給大軍還日所留衣裳，且得一冬充事。來年秋後，更無準擬。」

《太平廣記》卷三百四十八引《河東記》：「韋齊休……太和八年卒於潤州之官舍，三更後將小斂，忽於西壁下大聲曰：『傳語娘子，且止哭，當有處分……』良久語絕，即各營喪事。纔曙復聞呼：『適到張清家，近造得三間草堂，前屋舍自足，不煩勞他人更借下處矣。』其夕，張清似夢中，忽見齊休曰：『我昨日已死。先令買塋三畝地，可速支關佈置。』一一分明，張清悉依其命。及將歸，自擇發日，呼喚一如常時。……及至京，便之塋所，張清準擬皆畢。」

陸游秋興詩十二首之三：「囷儲赤米枝梧飯，篋有青氈準擬寒。」又作「擬」。庾信小園賦：「余有數畝敝廬，寂寞塵外，聊以擬伏臘，聊以避風霜。」北齊劉晝《新論》閱武篇：「亟戰則民凋，不習則民怠。凋非保全之術，怠非擬寇之方。」《宋書》柳元景傳：「僞帥何難於封陵列三營以擬〔龐〕法起？」《北齊書》斛律光傳：「帝賜〔穆〕提婆晉陽之田，光言於朝曰：『此田，神武帝以來，常種禾，飼馬數千匹，以擬寇難，今賜提婆，無乃闕軍務也？』」《資治通鑑》卷九十四，晉紀十六，成帝咸和三年：「君侯脩石頭，以擬老子；今日反見求耶！」又卷一百四十二，齊紀九，和帝中興元年：「〔東昏侯〕又督御府作三百人精仗，待圍解，以擬屏除。」（卷一百四十一，齊紀八，東昏侯永元元年：「巷陌懸幔為高鄣，置仗人防守，謂之屏除，亦謂之長圍。」）又卷一百七十一，陳紀四，高宗太建四年：「得稾杖二十束，擬奴僕與人鬬者，不問曲直，即杖之。」《漢書》惠帝紀「發車騎材官詣滎陽」顏師古注：「車，常擬軍興者，若近代之戍車也。」《舊唐書》高宗紀，顯慶三年：「有司奏請造排車七百乘，擬行幸載排城。」又儒學盧粲傳：「皇太子處繼明之重，當主鬯之尊，歲時服用，自可百司供擬。」又代宗紀：「廣德元年十月丁丑，次華州，官吏藏竄，無復儲擬。」《大唐世說新語》卷二，極諫篇：「高宗將幸涼州。……詳刑大夫來公敏進曰：『……且隴右諸州，人戶寡少；供待車駕，備擬稍難。』」陸贄請邊城貯備米粟等狀「去歲版築五原，大興師旅。所司素無備擬，臨事支計缺然。」「擬」、「供擬」、「儲擬」、「備擬」都有準備的意思。伍子胥變文：「朕聞養子備老，積行擬衰。」（頁 18）《宋書》的「以擬法起」、《通鑑》的「以擬老子」，則有防備的意思。

大　大擬　大欲

「大」就是待，「大擬」就是待擬，

「大欲」就是待欲，同音通用。

八相變：『未向此間來救度，且於何處大基緣？」（頁 329）破魔變文作「以（疑「擬」）向此間來救度，且於何處待幾緣？」可證「大」就是待。舜子變：「大伊怨家上倉，不計是兩個笠子，四十個笠子也須燒死。」（頁 132）《變文集》校記：「『大伊』無意，疑當作『待伊』。」實則「大」就是「待」的假借，不是錯字。難陀出家緣起：「何處愚夫至此，輒來認我為妻？不如聞早却迴，莫大此時挫辱。」（頁 401）法妙蓮華經講經文：「眾生大擬出興，未知誰人救拔。」（頁 503）不知名變文：「大擬妻夫展腳睡，凍來直□野雞盤。」（頁 815）維摩詰經講經文：「今朝大欲禮空王，真（直）為纏眠（綿）又嘆傷。」（頁 556）无常經講經文：「貪為身，貪為己，垂（誰？）憶二親遭拷捶？莫道思量救拔門，眼裡參差兼沒淚。盡推日月間人情，皆道世塗難辦致：『大欲將錢為二親，且緣久闕如何是？』」（頁 665、666）這些句子裡的「大」字都是待字的假借。

杜甫暮登四安寺鐘樓寄裴十迪詩：「知君苦思緣詩瘦，大向交遊萬事慵。」宋吳若本作「大向」，就是待向、欲向。別本作「太向」，誤。

關漢卿《拜月亭》劇第二折，三煞曲：「男兒，怕你大贖藥時準備春衫當。」「大」就是待欲。

承望　承忘　望

希望，料到。

李陵變文：「結親本擬防非禍，養子承望奉甘碎（脆）。」（頁 94）大目乾連冥間救母變文：「何時出離波咤（吒）苦，豈敢承聖重作人。」（頁 736）「聖」字《敦煌變文彙錄》作「望」，是對的。又：『夫人見飯向前遞（這個字不識，王慶菽校作「迎」），慳貪未喫且空爭：『我兒遠取人間飯，持來自擬療飢坑。獨喫猶看不飽足，諸人息意慢（謾）承忘。』」（頁 741）「承忘」就是「承望」，這裡三個「承望」都作希望講，是本義。《遊仙窟》：「但若得口子，餘事不承望。」也是希望的意思。王建聞故人自征戍迴詩：「少年得生還，有同墮穹蒼。自去報爾家，再行上高堂。爾弟修廢櫪，爾母縫新裳。恍恍恐不真，猶來若承望。」「猶來」即「由來」，末二句與「今宵更把銀缸照，猶恐相逢是夢中」同意，謂征人未歸時家裡的人苦苦希望他回來而不來，所以相見時反而恐怕不真。

孔子項託相問書：「耶嬢年老惛迷去，寄他夫子兩車草。夫子一去經年歲，項託父母不承忘，取他百束將燒却，餘者他日餧牛羊。夫子登時却索草，耶孃面色轉無光。」（頁 234）「寄他」就是「受他的寄」，「承忘」丙卷作「承望」，這裡的「不承望」，就是沒有料想到的意思，是希望的引申義。

董解元《西廂記》卷五，南呂調一枝花曲：「咱家乾志誠，不忘他家恁地孤恩短命。」卷八，雙調文如錦曲：「因此上夫人把親許，不望你中間説他方言語。」「不忘」「不望」就是「不料」，是「不承望」的省説。

馬致遠《漢宮秋》劇第三折，雙調新水令曲：「本是對金殿鴛鴦，分飛翼，怎承望？」《紅樓夢》第六十三回：「小道也曾勸説：『功夫未到，且服不得！』不承望老爺於今夜守庚申時悄悄的服了下去，便昇仙去了。」這也是沒有料到的意思。

現代方言中仍有「承望」一詞，見《播火記》第四十一章。

將

帶，帶領。

舜子變：『當時舜子將父母到本家庭。」（頁 134）廬山遠公話：『底（邸）店莊園，不能將去。」（頁 180）又：「然後將善慶來人寺內。」（頁 185）葉淨能詩：「臣願將陛下往至月宮遊看。」（頁 225）其餘例子不再引。

《唐律疏議》卷七，衛禁上，律文：「即將領人人宮殿內有所迎輸造作，門司未受文牒而聽入，及人數有剩者，各以闌入論。」「將領」即帶領。

隋煬帝春江花月夜詩：「流波將月去，潮水帶星來。」劉商胡笳十八拍第十三拍：「童稚牽衣雙在側，將來不可留又憶。」杜甫《堂成》詩：「暫止飛烏將數子，頻來語燕定新巢。」盧綸和張僕射塞下曲六首之三：「月黑鴈飛高，單于夜遁逃。欲將輕騎逐，大雪滿弓刀。」據此，作帶領解的「將」也可讀平聲。

梅堯臣和十一月十二日與諸君登西園亭榭懷舊書事詩：「冬日蕭條公府清，獨將諸吏上高城。」後樑杜荀鶴題廬嶽劉處士草堂詩：「泉領藕花來洞口，月將松影過溪東。」南唐伍喬僻居謝何明府見訪詩：「風引柳花當坐起，月將林影人庭來。」

蔡琰胡笳十八拍第二拍：「戎羯逼我兮為家室，將我行兮向天涯。」第十三拍：「焉得羽翼兮將汝歸。」《漢書》酷吏咸宣傳：「宣使郿令將吏卒闌人上林中蠶室門。」

《淮南子》人間篇：「近塞上之人有善術者，馬無故亡而人胡。……居數月，其馬將胡駿馬而歸。」《漢書》鄭吉傳：『日逐王先賢撣欲降漢，使人與吉相聞。吉發渠黎、龜茲諸國五萬人迎日逐王口萬二千人，小王將十二人隨吉至河曲，頗有亡者，吉追斬之，遂將詣京師。漢封日逐王為歸德侯。」又王莽傳中：「中傳將孺子下殿，北面而稱臣。」晉人皇甫謐《高士傳》卷中，陳仲子條：「將妻子適楚，居於陵。」干寶《搜神記》卷一：「英聞渠嫁，白日來歸，乘馬將數人至於庭前。」《後漢書》蔡邕傳：「六世祖勳……王莽初授以厭戎連率……遂攜將家屬逃入深山。」又馮勤傳：「勤乃率將老母兄弟及宗親歸〔銚〕期。」《晉書》忠義吉挹傳：「車騎將軍桓沖上言曰：『臣亡兄溫昔伐咸陽，軍次灞水，挹攜將二弟，單騎來奔。』」《北齊書》斛律金傳：「而虜帥豆婆吐久備將三千餘戶，密欲面過。」又孫騰傳：「騰深見猜忌，慮禍及己，遂潛將十餘騎馳赴晉陽。」《周書》武帝本紀上：「〔天和〕五年……初令宿衛官住關外者將家累入京。」《水經》淮水注：「〔大木〕

水西出大木山，即晉車騎將軍祖逖自陳留將家避難所居也。」

《三國演義》第四十一回：「扶老攜幼，將男帶女，滚滚渡河。」

伴涉　伴換　筭荊　陪涉

猶如說陪伴、追隨。

爐山遠公話：「況是白莊累行要迹，伴涉兇徒。」（頁174）八相變：『處分綵女頻（嬪）妃，伴換太子，恆在左右，不離終朝。」（頁334）父母恩重經講經文：「不曾結識好知聞，空是筭荊惡伴侶。」（頁672）下女夫詞：「女答：何方所管？誰人伴換？……兒答：燉煌縣攝，公子伴涉……」（頁274）「筭荊」和「結識」相對，當然是陪伴、追隨一類的意義，疑即「伴換」的倒文。現在吳語中還有以親友聚會流連為「盤桓」的，應是與「伴換」出於一源。

王貞珉說：《宋會要輯稿》第四冊，帝系七：「照對宗室為非，皆是惡少不逞之徒，苟於一時酒食錢物之利，尋訪他事，故意縱臾，使之出名，謂之陪涉。」「陪涉」就是伴涉。

宋吳自牧《夢粱錄》卷十九，閒人條：「更有一等不著業藝、食於人家者，……專精陪侍涉富豪子弟郎君，遊宴執役，甘為下流，及相伴外方官員財主，到都營幹。……又有一等手作人，專攻刀鑷，出入宅院，趨奉郎君子弟，專為幹當雜事，插花掛畫，說合交易，幫涉妄作，謂之『涉兒』，蓋取過水之意。」「陪侍涉」、「幫涉」與「陪涉」、「伴涉」義應相同；「涉」大概有居間、引導之意。

解奚　解攜　解手

離別、分手的意思。

王昭君變文：『嗟呼數月連非禍，誰為（謂）今冬急解奚。乍可陣頭失却馬，那堪向老更亡妻」（頁 106）《變文集》校「奚」作「奚」，又引劉盼遂說：「『解奚』即『解攜』。」據字形和叶韻，作「奚」是對的，劉說也很允當。

宋之問發端州初入西江詩：「骨肉初分愛，親朋忽解攜。」張九齡初發道中贈王司馬兼寄諸公詩：「義沾投分末，情及解攜初。追餞扶江介，光輝燭里閭。」韋應物重送丘二十二還臨平舊居詩：「歲中始再覯，方來又解攜。」杜甫水宿遣興奉呈羣公詩：「異縣驚虛往，同人惜解攜。」元稹曉將別詩：「將去復攜手，日高方解攜。」白居易北樓送客歸上都詩：「憑高送遠一淒淒，却下朱欄即解攜。」劉長卿苕溪酬梁耿別後見寄詩：「清川永路何極，落日孤舟解攜。」又長沙桓王墓下別李紓張南史詩：「佇立傷今古，相看惜解攜。」韋莊贈雲陽縣裴明府詩：「南北三年一解攜，海為深谷岸為蹊。……歸來能作煙波伴，我有魚舟在五溪。」韓翃送戴迪赴鳳翔幕府詩：「自有從軍樂，何須怨解攜？」杜牧洛中送冀處士東遊詩：「歌闋解攜去，信非吾輩流。」《北夢瑣言》卷六，顏給事墓銘條，記顏蕘自草墓誌：「故諫議大夫高公丞之、故相陸公扆二君，於蕘至死不變。其餘面交，皆如攜手過市，見利即解攜而去。」李煜送鄧王二十弟從益牧宣城詩：「且維輕舸更遲遲，別酒重傾惜解攜。」又賀鑄更漏子詞：「付金釵，平門酒，未許解攜纖手。」「解攜」猶如說分攜、分手。「三年一解攜」就是一別三年。《花間集》卷八，孫光憲菩薩蠻詞：「青巖碧洞經朝雨，隔花相喚南溪去。一隻木蘭舡，波平遠浸天。扣舡驚翡翠，嫩玉擡香臂。紅日欲沉西，煙中遙解觿。」「解觿」應作解攜，指遊侶分散回家。（這裡所引

《花間集》是王鵬運四印齋本，南宋紹興晁謙之跋本、明萬曆庚辰茅一楨刻本、萬曆壬寅玄覽齋巾箱本、雪豔亭活字本、萬曆庚申湯顯祖評朱墨本都作「解攜」。近人校《花間集》，以晁、茅等本為非，以王國維《唐五代二十一家詞》作「解攜」為「考證不週，仍沿舊本之誤，實疏陋之甚」，引《詩》衛風「童子佩觿」傳：「觿，錐也，以象骨為之，所以解結。」又《說文》：「觿，佩角，銳端以解結。從角，巂聲。」按：觿是解結的用具，「解觿」成了「解解結的用具」，語句已不可通，就算「解觿」勉強可以講成解結，也和詞中情境決難相合。以「解攜」為非，不過是校者不知唐五代人有此習語罷了。）

陸機赴洛詩二首之一：「撫膺解攜手，永嘆結遺音。」「解攜」似出自陸詩。

宋人有「解手」一詞，就是分手，跟「解攜」同義。秦觀次韻子由斗野亭詩：「不堪春解手，更為晚停舟。」寄李端叔編修詩：「旗亭解手幾冬春，聞道歸來白髮新。」寄張文潛右史詩：「解手亭皐纔幾月，春風已復動林塘。」又別牛司理詩：「解手莫令書信斷，故園桑梓幸相鄰。」楊萬里辛卯五月送邱宗卿太博出守秀州詩二首之二：「論詩春雨夜，解手藕花初。」

和

哄騙。

降魔變文：『美語甜舌和斷人。」（頁 373）「和斷人」就是「騙殺人」。

《敦煌掇瑣》五言白話詩（擬題）：「行行皆有鋪，鋪裡有雜貨；山彰買物來，巧語能相和。」

陳子昂感遇詩三十八首之十一：「呦呦南山鹿，罹罟以媒和。」按：古代稱用來誘捕同類的鳥獸為媒。捕雉有雉媒，見《文選》潘安仁射雉賦徐爰注。捕鹿有鹿媒，《太平御覽》卷二十六引《桓階別傳》，載魏文帝賜階詔：「其賜射鹿師二人並給媒。」「媒和」或是一個合成詞，或是主謂詞組，謂用媒誘騙，未能斷定。但「和」不論是詞素或詞，都有誘騙的意思。

元曲裡常以雙字作為一個詞兒，叫「和哄」，也仍有單用「和」字的，如《西廂記》第二本第三折喬牌兒曲：「黑閣落甜話兒將人和。」王季思注：「『和』，哄騙也。《來生債》第一折磨博士白：『古墓裡搖鈴，則是和哄那死屍哩！』《周孝子尋親記》第十八齣排歌曲：『廝和哄，一齊拚却醉顏紅。』《誠齋樂府》悟真如劇：『疎狂煙月相和哄。』並以『和哄』連文，可證。蓋『哄』字長讀，遂成『和哄』；連用既久，『和』遂亦含哄意矣。」又第一本第二折哨遍曲：「手掌兒裡奇擎。」王季思注：「『奇』字僅以助音，不取其義。蓋『奇』係『擎』之聲母，『擎』之長言之，即成『奇擎』二音。謂『擎』曰『奇擎』，猶謂『賺』曰『啜賺』，『哄』曰『和哄』，『白』曰『拔白』。金元方言此例極多。蓋單字不便口語，漸多綴以音近、義近或形近之字，使成連綿字也。」現在我們看到變文和敦煌詩「和」字獨用，而《廣韻》「哄」字只有「唱聲」一義，宋人編的《集韻》也衹解作「眾聲」，都不作哄騙解，似乎「和」字先有哄騙的意義。這個意義，應該是從應和的意義引申而來的，因為騙人必須迎合所騙者的意旨。「和哄」這個詞兒，說「綴以義近之字」是對的，說「和」是「哄」的「聲母」，恐怕不很妥當。

「和」當欺騙講，六朝時已經這樣了。《南史》梁本紀上「青州刺史桓和紿東昏出戰，因降。先是，俗語謂密相欺變者為『和欺』，於是蟲兒、法珍等曰：『今日敗於桓和，可謂和欺矣。』」

誑赫　誑譃

誑騙。

　　嚧山遠公話：「人生在世，若有妙術，合有千歲之人；何不用意三思，狂（枉）受師人誑赫。」（頁 180）徐復說：《變文集》校改作「誑嚇」，這是對的。按「嚇」本作「譇」，《廣韻》去聲四十禡韻：「譇，誑譇。呼訝切。」亦通作「譃」，敦煌曲十二時：「不是虛言相誑譃。」「嚇」與「譃」、「譃」皆字異義同。「誑嚇」雙聲字，俗亦作「懈」，《龍龕手鑑》心部：「懈，呼嫁反，誑也，與譇同。」禮鴻按：師人謂治病的術士、巫婆之類的人。

下脫

欺騙。

　　降魔變文：『若論肯賣，不諍（爭）價之高低；若死胥楔，方便直須下脫，千方萬計，不得不休。」（頁 367）又：「太子見園無灾怪，即知須達出狂（誑）言。『卿是忠臣行妄語，方便下脫寡人園。』」（頁 368）「下脫」是騙取的意思。這個意義，伍子胥變文更加明顯：「平王無道，乃用賊臣之言，囚禁父身，擬將誅剪。見我兄弟在外，慮恐在後讎宛（怨），詐作慈父之書，遠道妄相下脫。」（頁 3）

　　《酉陽雜俎》前集卷十七，廣動植之二，鱗介篇：「烏賊，……遇大魚，輒放墨，方數尺，以混其身。江東人或取墨書契，以脫人財物。書跡如淡墨，踰年字消，唯空紙耳。」「脫」也是騙的意思。

　　《唐會要》卷六十七：「會昌三年五月，京兆府奏：『兩坊市閒行，不事家業，黥刺身上，屠宰豬狗，酗酒鬬打，及僦構關節，下脫錢物，摴蒱賭錢人等，伏乞今後如有犯者，許臣追捉。』」

《樂府詩集》卷七十一，顧況行路難三首之一：「秦皇漢武遭下脱，汝獨何人學神仙？」詩意謂秦皇漢武遭到方士的欺騙，本集「下」字誤作「不」，語意就不可解了。

宋人周密《癸辛雜識》後集，趙孟桂條：「乙亥歲，國事將危，忽傳當塗孟之縉妻趙氏孟桂見為伯顏丞相次妻者。朝廷遂以太后命，遣人齎金帛與之，俾贊和議。……及事定，孟桂南歸霅川，蓋未嘗為伯顏次妻，亦未嘗得詔及賜物也。蓋奸人乘危，造為此說，騙脱朝廷金帛耳。」葉紹翁《四朝聞見錄》甲集，楊和王相字條：「相者翌日持王批自言於司帑云：『王授吾券徵錢五百萬。』司帑，老於事王者，持券熟視久之，曰：『爾何人，乃敢作我王贋押來脱我錢！……』」《雲麓漫鈔》卷六，論唐野史蕭翼騙取蘭亭序真跡事：「太宗開國之文君，不應賺脱一僧而取翫好。」鐵琴銅劍樓藏元鈔本《圖畫見聞誌》卷三，紀藝中，人物門：『顧德謙，建康人，工畫人物，……呂文靖家有蕭翼說蘭亭故事横捲。」證以《漫鈔》，說為脱字之誤。周密《武林舊事》卷六，游手條：「游手奸黠，實繁有徒。有所謂……水功德局。」自註：「以求官、覓舉、恩澤、遷轉、訟事、交易等為名，假借聲勢，脱漏錢物。」「脱漏」也是騙。《水滸傳》第二十七回：「我見嫂嫂瞧得我包裹緊，先疑忌，因此，特地說些風話，漏你下手。」人民文學出版社本注：「漏——騙、引的意思。」

明人淩濛初《初刻拍案驚奇》卷六：「縱然灌他一杯兩盞，易得醉，易得醒，也脱哄他不得。」卷十七：「好巧言的賊道，到（倒）會脱騙人！」《聊齋志異》卷六，雲翠仙：「乃於衣底出黃金二鋌置几上，曰：『幸不為小人賺脱，今仍以還母。』」可知以「脱」為騙，還存在於後代方言中。坑餘生《續濟公傳》第二百九回：「所以脱了濟公銀子之後……」據前文情節，脱也是騙。現在湖南方言裡有「〔ts‘o] 白剪緒」和「哄吃〔ts'o] 騙」的話，「〔ts'o] 騙」或者就是「迠騙」，葉克說。俞忠鑫說：湖南方言「〔ts'o] 騙」一詞俗作「迠騙」。曾見當地法院佈告，有「判處迠騙犯某某有期徒刑若干年」云云。今口語中又有〔ts'o] 字單用者，讀陽平聲，如迠錢、迠飯吃等是。

《史記》南粵尉陀列傳：「呂嘉等乃遂反，下令國中曰：『王年少，太后，中國人也，又與使者亂，專欲內屬，盡持先王寶器，入獻天子以自媚，多從人，行至長安，虜賣以為僮僕，取自脫一時之利，無顧趙氏社稷，為萬世慮計之意。』」「脫」字《史記》及《漢書》南粵傳都沒有注，按文義應是篡竊的意思。變文的「下脫」，宋人說的「騙脫」，應是承《史記》「脫」字義略一轉移而得。

《說文》：「沇州謂欺曰詑。」詑脫雙聲，脫為欺騙，其語源即在於詑。

加諸　加謗

亂說，妄言誣人。

鷰子賦：「雀兒奪宅，今見安居。所被傷損，亦不加諸；目驗取實，何得稱虛？」（頁 250）這個詞兒變文裡只有一處見到，但《遊仙窟》說：「十娘曰：『五嫂如許大人，專擬和合此事！少府謂言兒是九泉下人，明日在外處，談道兒一錢不直！』下官答曰：『向來承顏色，神氣頓盡；又見清談，心膽俱碎。豈敢在外談說，妄事加諸！忝預人流，寧容如此！』」可見「加諸」確實沒有什麼誤文，而是唐人的口語如此。這個詞兒，是截取《論語》子貢「我不欲人之加諸我也，吾亦欲無加諸人」的話而成的，是當時的一種市語。

《酉陽雜俎》續集卷四，貶誤篇：「予門吏陸暢，江東人，語多錯誤，輕薄者多加諸以為劇語。」這是說給陸暢加油加醬，亂說一通，以為笑談。

《唐摭言》卷十一，怨怒篇，張楚與達奚侍郎書：「復恐傍人疏間，貝錦成章。僕既無負於他人，人豈有嫌於僕？愚之竊料，當謂不然；彼欲加諸，復難重爾。」

洪誠說：段玉裁與章子卿論加字書，引劉知幾《史通》采撰篇：「承其詭妄，重以加諸」；《舊唐書》僕固懷恩上書：「共生異見，妄作加諸」；韓愈爭臣論：「吾聞君子不欲加諸人，惡訐以為直者。」這些例子都出於唐人，似乎「加諸」是一個新興的詞，而且是為當時的市民和文人所普遍地接受的。段氏與章子卿書：「愚昔時謂言語筆墨有所附益，可用『譄』以別於『增』，既乃自知其非。尋《說文》之訓，增者，益也；譄者，加也；加者，語相譄加也；誣下亦曰『加也』，是則『誣』、『譄』『加』三字同義轉注，皆謂飾辭毀人也。加從力口，謂施力於口。譄與增義不同，是不可以用譄代增明矣。今本《說文》加下云：『語相增加也。』改譄為增，大失許意。」據段說，以「加」為誣妄，《說文》已有此義。又《集韻》下平聲九麻韻：『迦，誣也。」是「加」的後起字，也可以證明「加」、「加諸」的意義。但「加諸」這個詞，其字則截取《論語》，其義則與《論語》無關，是應該分別看待的，參看清人劉寶楠《論語正義》六。

《北史》高乾傳：「以匹夫加諸，尚或難免；況人主推惡，何以逃命？所謂欲加之罪，其無辭乎？」《舊唐書》宣宗紀，大中三年貶李德裕為崖州司戶參軍制：「誣貞良造朋黨之名，肆讒構生加諸之釁。」又張建封傳：「金吾大將軍李翰好伺察城中細事，加諸聞奏，冀求恩寵。」《舊五代史》張全義傳：「梁祖末年猜忌宿將，欲害全義者數四。全義單身曲事，悉以家財貢奉。……又以服勤盡瘁，無以加諸，故竟免于禍。」

宋邵博《邵氏聞見後錄》卷二十一，記富弼與歐陽修書：「然弼之說，蓋公是公非，非於惡人有所加諸也。」

《敦煌資料》第一輯，分家書樣文三件之二：「若更後生加謗，再說偏波（陂），便受五逆之罪，世代莫逢善事。」「加謗」就是誣謗，意義和「加諸」相同。

白居易論制科人狀：「制舉人牛僧孺等三人，以直言時事，恩獎登科。被落第人怨謗加誣，惑亂中外，謂為誑妄，斥而逐之，故並出為關外官。」加也是誣，加誣、加謗義同。

落荒　洛荒

亂說。

嵐山遠公話：『闍黎商（適）來所說言詞，大遠講讚，經文大錯，總是信口落荒。」（頁 189）鷰子賦：「不由事君（君事）落荒。」（頁 263）又：「鷰子啟大王：雀兒漫洛荒，亦是窮奇鳥，搆𢶟足詞章。』」（頁 264）《廣韻》人聲十九鐸韻：『䛚，䛚䜧謊，狂言。」「落荒」就是「䛚謊」。慧琳《一切經音義》卷九十二，續高僧傳第六卷音義：「樂㹂：上音洛，下音荒。按：狼㹂』者，蓋詭譎之流，不實之義也。『狼』合作樂字，傳用狼字，非也。字書亦無此字者也。」「樂㹂」亦與「䛚謊」相同，詭譎不實和狂言，其義相因。現在俗語管講話不實在叫「黃落」，應是「落荒」之倒。

轉關

使機詐、耍手段的意思。

鷰子賦：「總是轉關作呪，徒擬誑惑大王。」（頁 251）這是説，雀兒作呪是耍手段，想欺騙鳳凰。

「轉關」在變文裡只有一處，但金元戲曲裡却有好幾處。《西廂記》第三本第二折耍孩兒曲：「幾曾見寄書的瞞著魚雁？小則小，心腸兒轉關！」這是紅娘氣忿鶯鶯瞞騙她的話。其餘的例子見王季思《西廂記》第二本第三折喬牌兒曲注、朱居易《元劇俗語方言例釋》頁 326「轉關兒」條。喬牌兒曲注：「老夫人轉關兒沒定奪，啞謎兒怎猜破，黑閣落甜話兒將人和。」王注：「轉關兒，謂變計也。」朱書轉關兒的解釋是「變計，弄手段」，「變計」承用王注，「弄手段」是朱氏看到所有的例子不完全能用「變計」來解釋而加上去的。其實這裡的和王、朱兩氏所舉的例子都應解作弄手段，「轉關」的本義是機關，《晉書》桓玄傳：「性好畋遊，以體大不堪乘馬，又作徘徊輿，施轉關，令迴動無滯。」《朝野僉載》卷六：「郴州刺史王琚刻木為獺，沈於水中取魚，引首而出。蓋獺口中安餌，為轉關，以石縋之則沈，魚取其餌，關即發，口合則嚙魚，石發則浮出。」《太平廣記》卷九十六引裴鉶《傳奇》：「有白衣叟，挈轉關榼詣寺家人傳經曰：『知金剛仙好酒。此榼一邊美醞，一邊毒醪。其榼即晉帝曾用酖牛將軍者也。今有黃金百兩奉公，為持此酒毒其僧也。……』傳經喜，愛（受）金與酒，得轉關之法，詣金剛仙。」都可以作證。引申起來，就有使用機詐，玩弄手段，叫人上當的意思。王氏解作變計，衹是從喬牌兒曲的「沒定奪」三個字揣想出來的，實則聯繫下面兩句來看，「沒定奪」和「怎猜破」意思差不多，是別人把握不住老夫人的轉關兒，並不是老夫人自己沒主見而臨時變計。清人洪昇《長生殿》絮閣齣，北四門子曲：「却怎的劣雲頭只思別岫飄，將他假做拋，暗又招，轉關兒心腸難料。」「心腸難料」正可以作「沒定奪」的註腳。而「假做拋，暗又招」就是「轉關兒」。「變計」的解釋不必採用。

《孤本元明雜劇》，元人高文秀《保成公徑赴澠池會》第一折，天下樂曲：「則這箇藺相如正直非占奸，我言辭有定準，無轉關，我可便定興亡在這番。」這裡的「轉關」猶如說虛詐。

元人楊景賢《劉行首》劇第三折，耍孩兒二煞曲，馬丹陽揭露鴇母騙榨嫖客道：「將郎君腦蓋敲，子弟每觔髓撅。怎當他轉關兒有百計千謀設，逼得人剜墻鑽窟將金資覓，仗劍提刀將財物劫。」「百計千謀設」就是轉關，此為明證。

分疏　分踈

辯解，訴說理由。

舜子變：『男女罪過須打，更莫交分疏道理。』（頁 131）鷰子賦：「雀兒語鷰子：『何用苦分疏？因何得永年福？言詞總是虛。……』」（頁 263）搜神記李信條：「姑聞此語，即將棒杖亂打信頭面，不聽分疏。」（頁 879）維摩詰經講經文：「我尋乎小聖，五百聲聞，分踈之皆曰不任，盡總乃苦遭罵辱。」（頁 601）

《漢書》爰盎傳：「且緩急人所有，夫一旦叩門，不以親為解，不以在亡為辭，天下所望者，獨季心、劇孟。」顏師古注：「解者，若今言分疏矣。」「不以親為解，不以在亡為辭」，就是人家來要求幫助，不用要得到父母允許或無力幫助來辯解，漢人謂之「解」或「辭」，唐人就叫「分疏」。又《北齊書》祖珽傳：「珽又附陸媼，求為領軍。……高元海……面奏，具陳珽不合之狀，並書珽與廣寧王交結，無大臣體。珽亦求面見，帝令引入，珽自分疏。」則「分疏」一詞南北朝已有。陳亮乙巳春與朱元晦祕書書：「高祖太宗及皇家太祖，蓋天地賴以常運而不息，人紀賴以接續而不墜。……亮之不肖，……亦非專為漢唐分疏也，正欲明天亮地常運而人為常不息，要不可以架漏牽補度時日耳。」元人陶宗儀《南村輟耕錄》卷十一：「人之自辨白其事之是否者，俗曰分疏。疏，平聲。」

《唐摭言》卷十一，惡分疎篇，記有三件事情，其一：「宋人許晝，閩人黃遘……遘謗晝嘗笞背矣。晝性卞急，時內翰吳融侍郎、西銓獨孤損侍郎，皆盡知己，一旦晝造二君子自辨，因袒而視之。」袒背自辨，不成體統，所以是惡分疎。

形則　刑迹

就是「形迹」，猶如現在說「世故」，就是客氣、婉曲的意思。

難陀出家緣起：「唯願世尊莫形則，要甚從頭請說看。」（頁 397）「莫形則」是說不要拘於形迹，是要世尊直說他要些什麼。大目乾連冥間救母變文：『直言更亦無刑迹。」（頁 729）「刑迹」就是「形迹」，（伍子胥變文：『捻腳攢形而嘆（暎）樹。」見頁 4，又：「屈節攢刑而乞食。」見頁 9）可以和難陀出家緣起互證。「則」和「迹」是一聲之轉。《諸錄俗語解》中的《淨慈後錄》說：「形迹，猶言禮貌。」禮貌與客氣義近。

《遊仙窟》：「親則不謝，謝則不親，幸願張郎莫為形跡。」語意和難陀出家緣起相同。

《北史》樊子蓋傳：「無賴不軌者便誅鉏之，凡可施行，無勞形迹。」白居易寄楊六詩：「亦有新往還，相見多形迹。」王建荊南贈別李肇著作轉韻詩：「主人開宴席，禮數無形迹。」《續玄怪錄》卷三，蘇州客條：「逆旅中遽蒙周（南宋書棚本誤作「同」，據《太平廣記》卷四百二十一改正）念，既無形迹，輒露心誠。」唐何延之蘭亭記：「寒溫既畢，語議便合。……乃曰：白頭如新，傾蓋若舊，今後無形迹也。』」見張彥遠《法書要錄》卷三。南唐劉崇遠《金華子雜編》卷上：「杜晦辭……赴淮南之召，路經常州。李瞻給事方為郡守；晦辭於祖席忽顧營妓朱娘言別，掩袂大哭。瞻曰：『此風聲婦人，員外如要，但言之，何用形迹？』」《唐會要》卷五十三：「顯慶三年七月，上謂宰臣曰：『四海之廣，唯在任賢。卿等用人，多作形迹，讓避親知，不能盡意。甚為不取。昔祁奚舉子，古人為美談。即使卿等兒姪有材，必須依例進舉。』」司馬光《涑水記聞》卷十一，韓琦上言：「今若隱而不言，復事形迹，則是臣偷安不忠，有誤陛下委任之意。」歐陽修與梅聖俞書：『梅公儀來要杭州一亭記，……試為看過，有甚俗惡，幸不形迹也。」又與焦殿丞千之書：「有無相通，蓋為常理，更不存形迹也。」按：此因歐贈焦米，故云。又一簡云：「恐彼中窄狹，無事且來書院取涼，無形迹也。」蘇軾答王定國二首之二：「公屬我文集當有所刪潤，雖不肖豈敢如此，然公知我之深舉世莫比，安敢復有形迹？實願傾副公萬一。」

楊時曾文昭公行述：「執政大臣自此以維為戒，無敢開口論議，臧否人物，君臣上下，更為形迹，恐非陛下推赤心待大臣之誼，亦非大臣展佈四體以事陛下之道也。」

遮

用賄賂去請託。

鷰子賦：「教向鳳凰邊遮囑。」（頁 251）又：「我且忝為主吏，豈受資賄相遮！」（頁 252）

《敦煌掇瑣》五言白話詩：「地下須夫急，從頭取次捉。一家抽一箇，勘數申（由，即猶字）未足。科出排門夫，不許私遮曲。」又：「世間何物平，不過死一色。老小終須去，信前業道力。縱使公王侯，用錢遮不得。」

《朝野僉載》卷三「張昌儀為洛陽令，借易之權勢，屬官，無不允者。風聲皷動。有一人姓薛，賫金五十兩，遮而奉之。儀領金，受其狀。至朝堂，付天官侍郎張錫。數日失狀，以問儀。儀曰：『我亦不記得，有姓薛者即與。』錫檢案內姓薛者六十餘人（「案」今本作「業」，據《太平廣記》卷二百四十三校改），並令與官。」「遮」就是「遮囑」的遮。「囑」也有請託的意思。《大唐世説新語》卷四，持法篇：「睿宗朝，雍令劉少徵憑恃岑義親姻，頗黷于貨。殿中侍御史辛替否按之，義囑替否以寬其罪。」岑義疑是岑羲。

咬嚙　螫咬　咬　齩　炒咬

求懇。

鷰子賦：「汝可早去，喚取鸜鴿。他家頭尖，憑伊覓曲；咬嚙勢要，教向鳳凰邊遮囑。」（頁 251）搜神記田崑崙條：「去後天女憶念天衣，肝腸寸斷，胡至意（竟）日無歡喜，語阿婆曰：『暫借天衣著看。』頻被新婦咬齒，不違其意。」（頁 883）「咬齒」應當作「咬嚙」。

《敦煌曲校錄》十二時，普勸四眾依教修行：「父邊螫咬覓零銀，母處含啼乞叙釧。」「螯咬」應和「咬嚙」同義。大概這兩個詞兒，都有再三求乞的意思。

《東京夢華錄》卷五，娶婦條：「至迎娶日，兒家以車子或花檐子發迎客引至女家門，女家管待迎客，與之綵緞。作樂催粧上車檐，從人未肯起，炒咬利市，謂之『起檐子』，與了然後行。」「炒」當即「吵」字，「炒咬」也是求乞的意思。吳自牧《夢粱錄》卷二十，嫁娶條也說：「既已登車，擎檐從人未肯起步，仍念詩詞，求利市錢酒畢，方行起簷作樂。」可證。

徐復說：「杜甫彭衙行：『癡女飢咬我，啼畏虎狼聞。』」「咬」字也是求懇的意思；如果解釋為「叮住求懇」，就更符合「咬」字的原義了。錄備一解。

郭在貽說：韓愈答孟郊詩：「見倒誰肯扶，從嗔我須齩。」這個齩字似乎也是求懇的意思。清人趙翼《甌北詩話》評此詩云：「四語竟寫揮拳相打矣，未免太俗。」看來他對於齩字的意義不甚了然。禮鴻按：「見倒」上兩句道：「弱拒喜張臂，猛拏閑縮爪。」甌北以此四語為寫揮拳相打，完全錯誤。錢仲聯《韓昌黎詩繫年集釋》據王元啟《讀韓記疑》，定為德宗貞元十四年孟郊在汴州之作，這時孟郊久困汴州。據這一情況來理解，則四語的前三句說的是當時的世態，後一句說的是韓愈自己的心情。意思是，人們對於抗拒力量很弱的人就喜歡張臂欺侮，對於凶猛地拏攫的人則縮手不敢沾惹，見倒下去的人沒人肯扶——這個倒下的人就是倒霉的孟郊；因此，韓愈說，任憑人家——指有權勢可以提拔士人的人——嗔嫌，我也要為孟郊乞求。從來注此詩的人，祇知道「齩」是「齧」，這是再也解不通的。

嗢喻

說厭煩人的話，打麻煩。

鷰子賦：『遂乃嗢喻本典。」（頁252）《集韻》上聲二十一混韻：「慍，慍惀，煩憒。」「慍惀」本謂心煩厭而憒亂，引申作口中說厭煩的話講，所以改從口旁，字書不載從口旁的「嗢喻」。徐復說。

過與　過以　過

給，送給，交給。

不知名變文：「娑婆國裡且無貧，拾得金珠亂過與人。」（頁815）大目乾連冥間救母變文：「長者手中執得飯，過以闍黎發大願：非但和尚奉慈親，合獄罪人皆飽滿。」（頁741）「過以」王慶菽校作「過與」，是對的，「與」、「以」變文常通用，見後釋虛字篇「已不、已否、以不、以否」條。這裡兩個「過與」，都是送給人的意思。《雲謠集雜曲子》拋毬樂詞：「當初姐姐分明道，莫把真心過與他。」魚歌子詞：「五陵兒戀嬌態女，莫阻來情從過與。」則是說女子把愛情交付給男子。

「過與」一詞，在敦煌文字中較多見，也有單用「過」字的，齖齣書：「只是使我取此（柴）燒火，獨舂（舂）獨磨，一賞不過，由（猶）嗔嬾墜（惰）。」（頁861）就是說一點賞賜也不給。《通雅》卷四十九，諺原：「辰州人謂以物予人曰過。」

《法苑珠林》卷三十一引《雜寶藏經》：「難陁即出見佛作禮，取鉢向舍，盛食奉佛，佛不為取，過與阿難，亦不為取。」孟郊自惜詩：「傾盡眼中力，抄詩過與人。」《資治通鑑考異》卷二十五引《續寶運錄》：「黃巢乃自刎，（以首級）過於外甥。」宋吳自牧《夢粱錄》卷一，元旦大朝會條：「其班士裡無小帽子、錦襖子、踏開弩子、舞旋搭箭、過與使人，彼竊得端正，止令使人發牙。」

《景德傳燈錄》卷十五，澧州夾山善會禪師：「師一日喫茶了，自烹一椀，過與侍者。」卷十七，龍牙山居遁禪師：「師在翠微時，問如何是祖師意。翠微曰：『與我將禪板來。』師遂過禪板，翠微接得便打。」

《太平廣記》卷三百五十一引唐人莫休符《桂林風土記》：「陽朔人蘇太玄，農夫也。其妻徐氏生三子而卒。既葬，忽一日還家，但聞語而不見形，云，命未合終。……忽一旦言：『帝舜發兵討蠻，有人求至驛助擎熟食，更一兩日當還。』如期而歸，將一分細食致夫前，曰：『此飯曷若人間過軍者？』」「過軍」就是給軍士吃，「過」字的意義和「一賞不過」的「過」字相同。

又按「過軍」的講法漢代已有。《漢書》陳湯傳：「湯素貪，所鹵獲財物入塞多不法。司隸校尉移書道上，繫吏士按驗之。湯上疏言：『臣與吏士共誅郅支單于，幸得禽滅。萬里振旅，宜有使者迎勞道路。今司隸反逆收繫按驗，是為郅支報讎也。』上立出吏士，令縣道具酒食以過軍。」意義和《風土記》相同。又宣帝紀，元康二年詔：「飾廚傳，稱過使客。」韋昭註：「廚，謂飲食；傳，謂傳舍。言修飾意氣，以稱過使而已。」顏師古注：「使人及賓客來者，稱其意而遣之令過去也。」按：二家注都以「稱」為稱其意，是對的。但韋注以「過使客」連讀，當作過往的使客講，顏註解「過」為「遣之令過去」，都是錯的。「稱過」兩字並列，是稱使客之意（即逢迎）而餽送飲食之類。「意氣」是餽獻，為漢晉人常語，見《潛夫論》愛日篇汪繼培箋。元無名氏《異聞總錄》（舊題宋闕名，非）卷一：「咸淳年間，傳勤可處都昌縣山田張季猷館中。每夜二婢秉燭，提茶瓶盞托，銀鍔漆盤盛糖餅二枚，供過慇懃。」「供過」也是餽送。

《後漢書》第五倫傳：「〔光武〕帝戲謂倫曰：『聞卿為吏篣婦公，不過從兄飯，寧有之邪？』倫對曰：『臣三娶妻皆無父；少遭飢亂，實不敢妄過人食。』」「過」也是給與的意思。

宋人宋敏求《春明退朝錄》卷下：「北都使宅舊有過馬廳。按唐韓偓詩云：『外使進鷹初得按，中官過馬不教嘶。』注云：『上每乘馬，必中官馭以進，謂之過馬。既乘之，蹀躞嘶鳴也。』蓋唐時方鎮亦傚之，因而名廳事也。」「過馬」的「過」，應該就是交獻的意思。歐陽修乞再定奪減放應役人數：「近累據減放公人等過狀，却乞收敘。」「過狀」是送進文狀。

《太平廣記》卷二百二十六，水飾圖經條引《大業拾遺記》：「酒船每到坐客之處即停住，擎酒木人於船頭伸手遇酒，客取酒飲訖，還杯。」「遇」字談愷本、中華書局排印本如此，按：應作「過」，就是過與的意思。《法苑珠林》卷一百十二引《梵網經》：「若自身手過酒器與人飲酒者，五百世中無手，何況自飲！」所說就是過酒的意思。

清光緒年間松齡所撰社會小說《小額》（日本波多野太郎藏本）：「您多偺聽見東家有信出來啦，再過錢不遲。」（頁 64）「先頭啦也說過，官司有信，就得過錢。」（頁 67）「雖然親戚沒斷，也就是過一個分子跟拜年就是啦。」（頁 78）據此，以「過」為送，晚清北方話中猶然。

斷送

送給人錢財。

不知名變文：「傾尅（頃刻）中間，燒錢斷送。若是浮災橫疾，漸次減除；儻或大限到來，如何免脱！」（頁 817）這是說燒紙錢給鬼神，以求免病。案：張相《詩詞曲語辭彙釋》卷五，「斷送」第五條：「『斷送』，贈品之義，本為動詞而用如名詞。雜劇中於婚嫁之事，輒見『斷送』一辭，義與妝奩相同。」《匯釋》所引的例證限於元劇，變文裡這個「斷送」意義的範圍比妝奩大，而是動詞，是元劇「斷送」的根源。

分減　減

把自己分內的東西供給別人。

維摩詰經講經文：「贖香分減兩三文，買笑銀潘（拚）七八挺。」（頁539）這是說拿出錢來買香供佛，兩三文是形容其少。

《法苑珠林》卷六十二引《百緣經》：「時有長者，名曰瞿彌，見佛及僧，深生信敬，請來供養，日日如是。便經父亡，母故惠施。子悋不聽，乃至計食與母；母故分減，施佛及僧。」姚合寄杜師義詩：「黃金如化得，相寄亦何妨。」「相寄」一作「分減」，應以「分減」為是，「相寄」是校者所妄改。司空圖力疾山下吳邨看杏花詩十九首之十二：「造化無端欲自神，裁紅剪翠為新春。不如分減閒心力，更助英豪濟活人。」《唐摭言》卷十一，怨怒篇，任華與庾中丞書：「矧僕所求不多，公乃曰：『亦不易致，即當分減。』」

《十駕齋養新錄》卷十六，分減條：「杜子美秋野詩，『盤飧老夫食，分減及溪魚。』……吾友惠徵士松厓云：《東觀漢記》：『孔奮篤骨肉。弟奇在洛陽，每有所食甘美，輒分減以遺奇。』（見《御覽》四百十七卷）……大昕按：《陳書》姚察傳：『常以己分減推諸弟妹。』『分』當讀去聲。」據此，「分減」是沿用漢魏以來的舊詞。又，唐太宗入冥記：「陛下自出己分錢，抄寫大□□（雲經）。」《法苑珠林》卷五十五引《涅槃經》：「若食他施主食，即須依《五分律》云；若與乞兒烏狗等，并應量己分內減施與之，不得取分外施。」《景德傳燈錄》卷十二，杭州文喜禪師：「一日有異僧就求齋食，師減己分饋之。」也可證錢氏「分」字讀去聲之確。

《北史》慕容儼傳：「伏連家口百餘，盛夏，人料倉米二升，不給鹽菜，常有飢色。冬至日親表稱賀，其妻為設豆餅；問豆餅得處，云：於馬豆有分減。」《夢溪筆談》卷十二，官政二：「茶鹽商稅之人，但分減商賈之利耳，行於商賈，未甚有害也。」則謂從中拿出一部分來。

「分減」也單作「減」。杜甫解憂詩：「減米散同舟，路難思共濟。」

陳治文說：「分減」之「分」當為錢字之訛，錢與下句之銀對偶。長興四年中興殿應聖節講經文：「欠負官分（錢）勾却名。」張涌泉說：考原卷（S.4571）「分減」之分作分，即錢的俗書。敦煌寫本中錢字每每書作分。又如 P.3093 佛說觀彌勒菩薩上生兜率天經講經文「喻如進士，為見宰相身坐廟堂，日食萬分，苦心為詩作賦」，分亦錢之俗書。按陳、張說是，變文字義當據改。但「分減」雖不可釋變文，而本書所引姚合詩以下諸例却可獨立成義，故不刪此條。

家常　家嘗

求乞飯食的話，和「布施」意思一樣。又指待客的酒飯。

難陀出家緣起：「世尊直到難陀門前，道三兩聲『家常』！」下文難陀告訴他的妻子道：「伏緣師兄道（到）來，現在門前化飯。」（並見頁 396）這說明「家常」就是化飯的話。《敦煌掇瑣》，王梵志詩：「師僧來乞食，必莫惜家嘗。布施無邊福，來生不少糧。」

「家嘗」就是「家常」，布施之義在梵志詩中是很明顯的。這大概是隨家常所有的東西而布施的意思。

鷰子賦：「雀兒怕怖，悚懼恐惶；渾家大小，亦總驚忙。遂出跪拜鴟鴞，喚作大郎二郎：使人遠來衝熱，且向窟裡逐涼。卒客無卒主人，蹔坐撩治家常。』」（頁 250）這裡的「家常」指待客的酒飯，和施飯的意思仍是聯繫著的。「治」字原卷作「裹」，丁卷作「理」，「撩治」即料理，安排備辦的意思。「卒客無卒主人」是唐人習語，《朝野僉載》卷五：「驛客將恐，對曰：『邂逅淅米不得，死罪！』尚書曰：『卒客無卒主人，亦復何損。』遂換取麤飯食之。」變文的意思是，鴟鴞猝然來到，不及準備，所以請他暫坐，好供辦酒飯。下文鴟鴞說的「飯食浪道，我亦不飢」，正是對「撩治家常」而說的。後代請客的謙辭稱「家常便飯」，可能與此有關。

唐詩僧齊己寄山中叟詩：「青泉碧樹夏風涼，紫蕨紅粳午爨香。應笑晨持一盂苦，腥羶市裹叫家常。」這是以山中叟的樂來形容自己的苦，說自己拿了盂在市裹乞化齋飯。

《景德傳燈錄》卷十八，福州鼓山神晏國師：「師與招慶相遇，招慶曰：『家常。』師曰：『無猒生。』招慶曰：『且款款。』師却云：『家常。』招慶曰：『今日未有火。』師曰：『太鄙吝生。』」卷十九，杭州龍井通禪師：「師見僧喫飯，乃托鉢曰：『家常。』」「家常」也是乞化之詞。

看　看侍　看承

接待。

下女夫詞：「賊來須打，客來須看。報道姑嫂，出來相看。」（頁 273）維摩詰經講經文：『山林中無可交恭，幽室內慚虧看侍。」（頁 631）「虧看侍」就是招待不周。又，《景德傳燈錄》卷十二，郢州芭蕉山慧清禪師：「僧問：『賊來須打，客來須看，忽遇賊客俱來時如何？』」可知「賊來」兩句是當時熟語。王安石擬寒山拾得詩二十首之十六：「打賊賊恐怖，看客客喜歡。」用禪人的話，即從《傳燈錄》來。

《雜譬喻經》第八：「昔北天竺有一木師大巧，作一木女，端正無雙，衣帶嚴飾，與世無異，亦來亦去，亦能行酒看客，唯不能語耳。」《根本説一切有部毗奈耶雜事》卷十六，記同一故事説：「然而主人作一轉關木女，彩色莊嚴；令其供給看侍，對前而住。」義與變文相同。這兩處引文檢嘉興、磧砂藏經不得，是據常任俠《佛經文學故事選》（古典文學出版社）轉錄的。

《太平廣記》卷十八引《續玄怪錄》：「阿春因教鳳花臺鳥：『何不看客？三十娘子以黃郎不在，不敢接對郎君。』」「看」就是「接對」。

「看」、「看侍」又作照顧解。《根本説一切有部毗奈耶雜事》卷十六：「師於異時，忽染時患，諸習讀人，曾不看侍。」又：「我三染患，汝等無人，迴顧看我。」《法苑珠林》卷一百十四引《四分律》：「看病得五功德：一、知病人可食不可食，可食便與；二、不惡賤病人大小便利唾吐；三、有慈愍心，不為衣食故看；四、能經理湯藥，乃至差若命終；五、能為病人説法歡喜，己身善法增長。」五代馮翊子子休《桂苑叢談》：「然公幼年時讀書，早起夜臥，看侍即要乳母；今年長為公相侯伯，焉用乳母哉？」《唐摭言》卷十三，矛盾篇：「上水　，底破。好看客，莫倚柂。」蘇軾用此語作送楊傑詩：「過江風急浪如山，寄語舟人好看客。」

作照顧解的，又有「看承」一詞。《舊五代史》刑法志：「諸道州府見繫罪人，……如有疾患，令其家人看承。」按：《詩詞曲語辭彙釋》卷五，「看承」有看待與特別看待二義，其所謂特別看待，即與照顧義近，如所引巾箱本《琵琶記》五：「我年老爹娘，望伊家看承。」就是照顧了。

加被　加備

保佑、幫助、恩賜的意思。

醜女緣起：「醜女既得世尊加被，換舊時之醜質，作今日之面（周）旋；醜陋形軀，變端嚴之相好。」又：「蒙佛慈悲，便垂加佑，換却醜陋之形軀，變作端嚴之相好。」（並見頁 798）又：『賴為如來親加備，還同枯木再生春。」（頁 800）這一篇中間「加被」、「加備」和「加佑」都有，而用於意思相同的語句中，它們的意義是很明顯的。變文中「加被」這個詞兒，和如來發生關係的地方最多，例子不勝枚舉，也偶然有不屬於如來的，降魔變文裡講舍利弗和六師鬪勝，如來派了諸神衛護舍利弗，文章說：「諍（爭）能各擬逞威神，加被我如來大弟子。」（頁 381）這個「加被」就屬於諸神。「加被」這種行為，本來並不專屬於如來，不過如來加被別人的次數特別多罷了。

《敦煌掇瑣》呪願新郎文：「內外賢良善神，齊心加備，日勝日昌。」

《法苑珠林》卷五十二：「亦有人言：『三災之化，無往（疑「住」字之誤）不除，乃至無一鄰塵而得存焉。今云塔在，豈不乖乎？』諸德釋云：『但非聖蹟者，如（而）無一鄰得住。今云有者，由聖力加被，故得久住。』」卷一百七：「法師……時將為大眾敷演法要，藉聖加被，方得宣釋；大眾同時運心，請聖加被。」

《景德傳燈錄》卷十二，相國裴休：「越州沙門曇彥……與檀越許詢字玄度同造塼木大塔二所。……塔未就，詢亡。彥師壽長可百二十餘歲，猶待得詢後身為岳陽王，來撫越州。……彥以三昧力加被王，忽悟前身造塔之事。」這個「加被」，近似於現在所說的「影響」。由此可知，保佑、幫助、恩賜叫做「加被」，乃是以佛力或神力加於其人之身的意思，「加」和「被」的意思相同。「備」則是「被」的同音假借，變文中這兩個字本來是互通的，如父母恩重經講經文：「人家積穀本防飢，養子還徒被老時。」（頁 696）就是「還圖備老」，可證。

《漢書》高帝紀「高祖被酒」顏師古注：「被，加也。被酒者，為酒所加被。被音皮義反。」顏注「加被」的意義與《傳證錄》同。

檯舉　臺舉

照顧、撫養的意思。

這個詞兒見於兩篇父母恩重經講經文中，如第一篇：『熱時太熱為恩怜，寒即盡寒為臺舉。」（頁 672）「臺秊（舉）汝男，不辭辛苦。」（頁 681）「就中苦是阿娘身，臺舉孩兒豈但（憚）頻。洗浣寧辭寒與熱，抱持不惓苦兼辛。」「懷抱呟（癡）騃小孩兒，又朝朝臺秊（舉），二（一）頭洗濁（濯）穢污，一伴（畔）又餵飼女男。」（並見頁 682）「自小阿娘臺舉，長成嚴父教招。」（頁 692）第二篇：「咽苦吐甘檯舉得，莫交辜負阿娘恩。」（頁 697）「檯舉」應作「擡舉」。這些「檯舉」和「臺舉」，都是照顧、撫養的意思，和後世作「提拔」的近義詞講不同。頁 672 的兩句，是説母親為了憐愛照顧孩子，不管大寒大熱都忍受下去。又長興四年中興殿應聖節講經文後附的詩：「可憎猧子色茸茸，擡舉何勞餵飼濃。」（頁 424）「擡舉」和「餵飼」在這裡可以方便認為是範圍大小不同的近義詞，意思也是照顧。

《敦煌雜錄》十恩德，第五乳餔養育恩：「臺舉近三年，血成白乳與兒飡。」

《太平廣記》卷二百五十二引《玉堂閒話》：「〔胡〕趲又自好博弈，嘗（常）獨跨一驢，日到故人家棊，多早去晚歸，年歲之間，不曾暫輟。每到其家，主人必戒家童曰：『與都知於後院餵飼驢子。』趲甚感之，夜則跨歸。一日，非時宣召，趲猹忙索驢，及牽前至，則覺喘氣，通體汗流，乃正與主人拽磑耳。趲方知自來與其家拽磨。明早，復展步而至，主人亦曰：『與都知擡舉驢子。』……」這裡的「擡舉」，也是照顧的意思，就是前文所說的「餵飼驢子」，和應聖節講經文附的詩恰好相同。宋人吳處厚《青箱雜記》卷五，記張師錫追和唐路德延孩兒詩韻，成老兒詩，有云：「擡舉衣頻換，扶持藥屢煎。」「擡舉」與「扶持」相對，也是照顧。

白居易霓裳羽衣歌：『若求國色始翻傳，但恐人間廢此舞。妍蚩優劣寧相遠，大都祇在人擡舉。李娟張態君莫嫌，亦擬隨宜且教取。」這個「擡舉」等於現在說的「培養」。

金元雜劇裡「擡舉」多作撫養講，如《神奴兒》第三折上小樓幺曲：「想著他嚥苦吐甘，偎乾就濕，怎生擡舉！」和「咽苦吐甘擡舉得」的意思相同。詳見《元劇俗語方言例釋》頁318。

而董解元《西廂記》卷五，大石調感皇恩曲：「張君瑞病懨懨擔帶不起……又沒個親熟的人擡舉。」則是照顧。

愍

撫養。

長興四年中興殿應聖節講經文後面附的詩：「鴨兒水上學浮沈，任性略無顧戀心。可惜愍雞腸寸斷，豈知他是負恩禽。」（頁424）「愍雞」就是撫養鴨兒的母雞。「愍」作撫養講，又見頻婆娑羅王后宮綵女功德意供養塔生天因緣變：「時則有王舍大城頻婆娑羅王……常以政（正）法治國，不邪枉諸民。眾心行於平等，遠近愍而嗅生。」（頁765）「而」是「如」的通借字，「嗅」應作「腹」；「遠近愍如腹生」就是說撫養遠近的百姓都像親生兒女一樣（《敦煌雜錄》何通子典兒契：「遂將腹生男善□曲與押牙……」）。用這兩處文字來互證，「慜」字的意義可以確定無疑了。

懷躭

「躭」為「躭」的俗別字，字通作擔。

懷躭，有孕。謂懷孕後如身負重擔。

父母恩重經講經文：「不會懷躭煞苦辛，豈知乳哺多疲倦？」（頁674）《變文集》校「躭」作「胎」，誤。元王伯成般涉調哨遍曲，贈長春宮雪庵學士，么：「三年乳哺，十月懷躭。」就是變文的「懷躭」。變文引經文云：『阿娘懷子，十月之中，起座（坐）不安，如擎重擔。」（頁677）齖䶗書：『只是擔眠夜睡。」（頁858）齖䶗書的「擔眠」就是「躭眠」，以此可證「懷躭」之躭有擔負義。

防援 防援謠

「援」是「援」字俗體，「防援」，守護保衛。

不知名變文：「假使千人防援，直饒你百種醫術，自從渾沌已來，到而今留得幾個？」（頁817）「援」字《變文集》校作「撲」，誤。「援」是「援」的俗體。玄應《一切經音義》卷二十四，阿毗達摩俱舍論第二卷：「防援，謂守護視衛之言也。」「防援」就是變文的「防援」。

《北齊書》段榮傳：「榮第二子孝言……驕奢放逸，無所畏憚。曾夜行過其賓客宋孝王家宿，喚坊民防援，不時應赴，遂拷殺之。」（又見《北史》段孝言傳）《北史》藝術由吾道榮傳：「夜初，馬驚，有猛獸去馬止十餘步，所追人及防援者並驚怖將走。」

《法苑珠林》卷三十九引《玄奘法師傳》：「山路極梗澀，多諸林竹；師子虎象，縱橫騰倚。……奘乃告王，請諸防援。蒙王給兵三百餘人，各備鋒刃，斬竹通道。」

《北史》獻文六王北海王詳傳：「引高陽王雍等五王入議詳罪，單車防守，還華林館，母妻相與哭，入所居，小奴弱婢數人隨從，防援甚嚴。」《舊唐書》宦官程元振傳：「宜長流溱州百姓。委京兆府差綱遞送；路次州縣差人防援至彼，捉拘勿許東西。」這裡的「防援」是防守監視之意。《法苑珠林》卷一百十三引唐臨《冥報記》：「階下大有著枷鎖人，防援如生官府者。」宋錢易《南部新書》已：「韋丹任洪州，值毛鶴等叛。造蒺藜棒一千具，並於棒頭以鐵釘釘之如蝟毛，車伕及防援官健各持一具。」其義亦同。《舊五代史》周書王峻傳：「宣旨貶授商州司馬，差供奉官蔣光遠援送赴商州。」「援」即程元振傳的「防援」。

報賽　保塞　報塞

報答，填償。

父母恩重經講經文：「今既成人，還須報賽，莫學愚人，返生逆害。」（頁 693）指報答父母的恩德。「賽」古作「塞」，是用相當的價值填償的意思。填償須用資財，就改為從貝的「賽」。古代酬答神的福祐叫「塞」或作「賽」；例如《韓非子》外儲說右下篇：「秦襄公病，百姓為之禱。病癒，殺牛塞禱。」《史記》封禪書：「冬賽禱祠。」司馬貞《索隱》：「賽音先代反。賽謂報神福也。」《漢書》郊祀志作「冬塞禱祠」，顏師古注：「塞謂報其所祈也。先代反。」司馬貞和顏氏音義都同。變文的「報賽」為報答父母，實在和報神的意義無別。《三國志》吳志吳主傳裴松之注引《江表傳》:「今欲討之,進為國朝掃除鯨鯢,退為舉將報塞怨讎。」「報塞」也是賽,而「報塞怨讎」是報仇,其義與報恩酬德不同,但為報償之義則同。

无常經講經文:「望兒孫,行孝義,保塞我一生錯使意。饒你保塞總無鬌,也不如閒徤(健)先祖(祇)備。」(頁665)「保塞」即「報賽」,這裡作抵償講。參看釋情貌篇「鬌」條。

《魏書》高車傳:「時有震死及疫癘,則為之祈福;若安全無他,則為報賽。」

王建賽神曲:「但願牛羊滿家宅,十月報賽南山神。」《太平廣記》卷二百七十八,皇甫弘條引《逸史》:「乳母曰:『皇甫郎須求石婆神。』乃相與去店北,草間行數里,入一小屋中,見破石人。生拜之,乳母曰:『小娘子壻皇甫郎欲應舉,婆與看,得否?』石人點頭曰:『得。』乳母曰:『石婆言得,即必得矣。他日莫忘報賽。』」

白居易偶以拙詩數首寄呈裴少尹侍郎,蒙以盛製四篇一時酬和,重投長句,美而謝之詩:「一麋麗龜絕報賽,五鹿連拄難支梧。」上句用《左傳》宣公十二年事,說無以為報;下句用《漢書》朱雲傳,說不能和裴詩競美。這裡的「報賽」,即指酬答而言,較變文意義為廣。

《漢書》谷永傳:「絕命隕首,身膏草野,不足以報塞萬分。」萬分,謂萬分之一。《後漢書》盧芳傳:『陛下⋯⋯赦臣芳罪,加以仁恩,封為代王,使備北藩。無以報塞重責,冀必欲和輯匈奴,不敢遺餘力,負恩貸。」又班超傳超妹昭上書:「雖欲竭盡其力以報塞天恩,迫於歲暮,犬馬齒索。」又張奐傳:「若蒙矜憐,壹惠咳唾,則澤流黃泉,施及冥寞,非奐生死所能報塞。」《三國志》魏志武帝紀裴松之注引魚豢《魏略》載曹操謝策命魏公備九錫書:「灰軀盡命,報塞厚恩。」《晉書》紀瞻傳:「雖思慕古人自效之志,竟無豪釐報塞之效。」《資治通鑑》卷九十四，晉紀十六，顯宗咸和三年：「〔郗〕鑒大會僚佐，責〔曹〕納曰：『吾受先帝顧託之重，正復捐軀九泉，不足報塞。』」據此，知漢魏以來就有「報塞」一詞，而「塞」音同「賽」。又按：《呂氏春秋》無義篇：「公孫鞅之於秦，非父兄也，非有故也，以能用也。欲堙之責，非攻無以。」高誘注：「堙，塞也。鞅欲報塞相秦之責，非攻伐無以塞責。」秦予公孫鞅以相位，而鞅以攻伐別國為報，這就是「堙」，就是高注所說的「報塞」，高注也是「報塞」一詞之早見者。蘇軾謝除龍圖閣學士表二首之一：「但未死亡，必期報塞。」又上皇帝書：「臣以庸材，備員策府；出守兩郡，皆東方要郡。私竊以為守法令，治文書，赴期會，不足以報塞萬一。」宋李幼武《皇朝名臣言行續錄》卷十四，魏挺之語：「上恩深厚如此，而吾學不至，無以感悟報塞。」

《宋書》五行志五：「正始八年二月庚午朔，日有蝕之。……詔羣臣問得失。蔣濟上疏曰：昔大舜佐治，戒在比周；周公輔政，慎於其朋；齊侯問災，晏子對以布惠；魯君問異，臧孫答以緩役。塞變應天，乃實人事。』」「塞」有應答之意，與「報塞」之「塞」同。

《文選》阮籍為鄭沖勸晉王箋：「西塞江源，望祀岷山。」注：「漢書曰：『江水祀蜀，塞特牲。』亦牛牘。塞，謂報神恩也。」

教招　交招

就是「教詔」，教訓的意思。

父母恩重經講經文：「親情勸着何曾聽，父母教招似不聞。」（頁674）維摩詰經講經文：「時寶積等白（皆）受維摩勸誘，記當居士教招。」（頁557）父母恩重經講經文：「絻（纔）擬交招便氣築天，試佯約束懷真（嗔）怒。」（頁676）又：「故知慈母惜嬰孩，怜念交招役意懷。」（頁 684）變文常常借「交」字作「教」字，不必舉例；「教詔」和「約束」、「勸誘」等詞對舉，意義就是教訓，也很明顯，「招」就是「詔告」的「詔」的假借。《妙法蓮華經》卷一：「或有菩薩，說寂滅法，種種教詔，無數眾生。」可以證明。《法苑珠林》卷五十四引《優婆塞戒經》：「僮使軟言教詔。」謂以軟言教訓僮僕。

《雲謠集雜曲子》，傾盃樂詞：「天然有靈性，不娉凡交招事無不會，解烹水銀，綀（煉）玉燒金，別盡歌篇。」冒廣生、唐圭璋、孫貫文等改「交」作「夫」；《敦煌曲校錄》說「凡夫」失韻，把「交」字改作「間」；諸家的「凡夫」和《校錄》的「凡間」都屬上句讀。現在看來，「凡」字下頭脫去了一個字，應該是什麼字已不可知。「交」字却不是錯字，應該連下文讀作「交招事，無不會」，就是說所詠的女子很聰明，教她什麼她都會。

後蜀何光遠《鑒誡錄》卷六，戲判作條：「王蜀宋開府光嗣……凡斷國章，多為戲判。……判小朝官郭廷鈞進識字女子云：『進來便是宮人，狀內猶言女子。應見容止可觀，遂令始制文字。更遣阿母教招，恨不太真相似。……』」秦觀辭史官表：「若非承父兄之教詔，世守其言；則必積師友之淵源，材充厥職。」

取

聽從。

舜子變：『舜取母語，相別行至山中。」（頁 133）「取母語」就是聽母親的話。齖齣書：「千約萬來（束）不取語，惱得老人腸肚爛。」（頁 859）「不取語」就是不聽話。無常經講經文：「強聞經，相取語，幻化之身無正主。」（頁 658）「相取語」是勸聽經者依從告諭的話。又：『儻若今朝相取語，西方必見禮金仙。」（頁669）父母恩重經講經文：「須取勸，莫疑猜，聞了還須改性懷。」（頁694）醜女緣起：「於是大王取其夫人之計。」（頁791）意義都是一樣的。又破魔變文乙卷：「魔女不取世尊言教，惱亂如來，變却姿容。」見周紹良所輯《敦煌變文彙錄》頁273，《變文集》沒有校出。「不取」也是不聽。

《敦煌曲校錄》，十二時，普勸四眾依教修行：「勸君取語早修行，前程免受波吒苦。」說「取語」這兩個字「待校」。張次青《敦煌曲校臆補》（《文學遺產增刊》第五輯）以為「取」、「寄」字音相近，「取語」是「寄語」的錯誤，這句的意思是「寄語勸君早修行」。其實「取語」就是前面所引變文的「取語」、「取勸」，二說都是錯的。

《法苑珠林》卷六十一引《睒子經》：「睒子長跪，白父母言：『本發大意，欲入深山求志空寂無上正真。豈以子故，而絕本願！』父母取語，便即入山。」卷九十六引《月光童子經》（又名《佛說申日經》）：「時有長者，名曰申日，取外道六師語，欲請佛僧，令長者中門外鑿作五丈六尺深坑，以炭火過半，細鐵為椽，土薄覆上；設眾飲食，以毒著中。火坑不禁，毒飯足害；以此圖之，何憂不死！」王建樂府公無渡河：「男兒縱輕婦人語，惜君性命還須取。」又去婦詩：「當初為取傍人語，豈道如今自辛苦！」《全唐詩》注取字「一作信」，作「信」是錯的。《劇談錄》卷下，廣謫仙怨詞條：「吾取九齡之言，不到於此。」《太平廣記》卷三百十，張無頗條引裴鉶《傳奇》：「能取某一計，不旬朔，當自富贍。」《酉陽雜俎》續集卷四，貶誤篇：「我由來不聽父教，今當從此一語。」《太平廣記》卷三百八十九引「聽」字作「取」。今本《雜俎》當已經過改竄。《北夢瑣言》卷十六，仇殷召課條：「梁自昭義失守，符道昭就擒；柏鄉不利，王景仁大敗；……方懷子孫之憂。唯柏鄉狼狽，亦自咎云：『違犯天道，不取仇殷之言也。』」按《舊五代史》仇殷傳云:「王景仁之出師也,殷上言:『太陰虧,不利深入。』」

《舊唐書》韋溫傳:「溫在朝時與李玨、楊嗣復周旋,及楊、李禍作,嘆曰:『楊三、李七若早取我語,豈至是耶!』」又《昭宗紀》,光化三年:「何皇后遽出拜曰:『軍容長官護官家,勿至驚恐。有事取軍(此字原缺,據《資治通鑑》補)容商量。』」

《史記》匈奴列傳:「冒頓縱精兵四十萬騎圍高帝於白登……高帝乃使使間厚遺閼氏,閼氏乃謂冒頓曰:兩主不相困,今得漢地,而單于終非能居之也,且漢王亦有神,單于察之。』冒頓與韓王信之將王黃、趙利期,而黃、利兵又不來,疑其與漢有謀,亦取閼氏之言,乃解圍之一角。」這是「取」作聽從講的早見的例子。陶潛形贈影詩:「願君取吾言,得酒莫苟辭。」取也作聽從講。

填置　置言

責問,埋怨。

鷰子賦:「於時鵙鴿(鶺鴒)在傍,乃是雀兒昆季。頗有急難之情,不離左右看侍。既見鷰子唱快,便即向前填置:『家兄觸悮(忤)明公,下走實增厚愧。忉(叨)聞狐死兔悲,惡傷其類;四海盡為兄弟,何況更同臯(臭)味。今日自能論競,任他官府處理。死雀就上(地)更弹,何須逐後罵詈』」(頁 251)鶺鴒所講的話,最後四句,純是責問的語氣。

不知名變文:「娘子今日何置言?貧富多生惡業牽。不是交(教)娘得如此,下情終日也飢寒。」(頁 815)這篇變文敘述妻子埋怨丈夫貧窮,累她吃苦;這是丈夫回答妻子的話,意思是貧苦是前生惡業造成的，你何用埋怨呢。

附：《諸錄俗語解》，正宗贊卷之一，有「將死雀就地弹」一條，解略云：就地彈雀，方言有必死之意。今死雀云云，日語語意為容易，或無足輕重，或不起作用。夫活雀尚如此，死雀更不待言矣。現在據以校改變文。

口承

允諾，許下；承認。

漢將王陵變：『陵母於霸王面前，口承修書招兒。」（頁 45）張義潮變文附錄一：「乡（某乙）口承阿郎萬萬歲，夫人等劫石不傾移。阿耶驅來作證見，阿孃也交（教）作保知。」（頁 118）第二例的「口承」猶如現在說的保證。《敦煌資料》第一輯所收買賣房地產契，賣主稱為口承某人，見釋稱謂篇「鄰並」條，這是賣主於立契後擔承一定的契約義務的緣故。

搜神記，侯光、侯周條：「遂即將侯周送縣，一問即口承如法。」（頁 872）這裡作承認、招伏講。

諸問

分辯推問。

鷰子賦：「窮研細諸問，豈得信虛辭」（頁 264）徐復說：「諸問」是問辯的意思。《說文》言部：「諸，辯也。」又辡部：「辯，治也。從言，在辡之間。」段玉裁註：「治者，理也，謂治獄也，會意。」這裡正是雀兒要求鳳凰秉公判斷，細加辯問的意思。「諸」是承用漢代俗語。禮鴻按：《楚辭》九思，怨上：「朱紫兮雜亂，曾莫兮別諸。」「別諸」義近連文，「諸」也是辯的意思。

斟酌

衡量，估計。

維摩詰經講經文：「仏（佛）言童子汝須聽，切為維摩病苦縈，四體有同臨岸樹，雙眸無異井中星。心中憶問何曾罷，丈室思吾更不停，斟酌光嚴能問得，吾今對眾遣君行。」（頁602、603）按：五代尉遲偓《中朝故事》：「〔段〕安節少年，因冷節與儕類數人槃氣毬，落於此宅中，斟酌不遠，於壁隙見在細草內。」「斟酌」應解作估計，與變文義同。

對量　對等　量

和「比並」意思相同。

維摩詰經講經文：「胡亂（部）莫能相比並，龜慈（茲）不易對量他。」（頁621）「對量」和「比並」相對，意思與之相同。又一篇：「並小乘人通似勝，對維摩詰力還虧。」（頁596）「並」和「對」都是比的意思。佛說阿彌陀經講經文：「伏顧（願）福齋（齊）海岳，壽對松椿。」（頁471）「對」就是齊和並。

「對量」又可說作「等量」。維摩詰經講經文：「教化等量於高下，根基取捨於淺深。」（頁533）是說行施教化，比較對象程度高低而定。又：「狀螢火敵於日輪，同丘土齊於山岳。實難疋喻，莫已（與）等量。」（頁549）「莫與等量」就是無可比擬。

白居易草詞畢遇芍藥初開，因詠小謝紅藥當堦翻詩，以為一句未盡其狀，偶成十六韻詩：「菡萏泥連萼，玫瑰刺繞枝，等量無勝者，唯眼與心知。」意思是菡萏和玫瑰都有缺點，比較起來，沒有能勝過芍藥的。

岳珂《寶真齋法書贊》卷二十七，朱熹儲議帖贊：「先王之忠，與萊公對。」先王為岳飛，萊公為寇準，對就是「壽對松椿」的「對」。

般當　般比

也是比並。

降魔變文：「忽見寶樹數千林，花開異色無般當。」（頁366）又：「牙上各有七蓮華，華中玉女無般當。」（頁385）都是美好無比的意思。又：「六師自道無般比。」（頁387）就是沒有人比得上他的意思。「般」就是《孟子》公孫丑上「若是班乎」的「班」，趙岐注：「班，齊等之貌也。」《禮記》內則：「濡魚卵醬實蓼。」鄭玄注：「卵讀為鯤。鯤，魚子也。」孔穎達疏：「知卵讀為鯤者，以鳥卵非為醬之物，卵醬承濡魚之下，宜是魚之般類，故讀為鯤。」「般類」謂近似的東西。「當」是動詞後附的語助詞，無義，讀去聲。

般字又作螌。玄應《一切經音義》卷七，《持心梵天所問經》第一卷音義：「螌黨：補單反。《字林》云：『螌，部也。謂螌類也。』又作般，假借也。」又卷十二，《賢愚經》第十二卷音義：「螌比：補弁反。《字林》：『螌，部也。亦螌類也。』經文作般，假借，非體也。」

《紅樓夢》第十九回：「寶玉聽了，忙笑道：『你又多心了！我說往咱們家來，必定是奴才不成？說親戚就使不得？』襲人道『那也搬配不上。』」浩然《金光大道》第九章：「常言說，『不是一家人，不入一家門』，這女人在很多方面跟張金發都是十分般配的。」又第二十四章：「得定準。我看你倆年貌相當，很般配，可不能挑肥揀瘦地把自己耽誤了。」「搬配」、「般配」義同「般比」，以「般」為比，還存在於現代北方方言。《金光大道》反映的是河北方言；山東也有「班（般）配」一詞，謂夫妻配得上。劉賓雁《人妖之間・時代病——軟骨症》（《人民文學》1979 年第 2 期）：「魏高幹麼非和老王家結親呢？這也不大班配嘛。」謝魯渤、胡曉《燭光》（《安徽文學》1980 年第 6 期）：「這是我們結婚那年拍的。……當然，她比我要年輕多了，乍一看好像並不般配。」

般粮

也是比並。

百鳥名「隴有（右，徐震堮校）道，出鸚鵡，教得分明解人語。人衷般糧總不知，籠裡將來獻明主」（頁 852）。「糧」是「對量」、「等量」的「量」字的假借（維摩詰經講經文：「王孫不用苦籌良。」見頁 555，借「良」作「量」，與此相似），「般」就是「般當」、「般比」的「般」。「人衷」疑應作「人寰」，或「衷」字通作「中」。整句的意思是說，鸚鵡會講人話，人間的鳥類沒有能比得上它的，和前引白居易詩「等量無勝者」相同。

偕　皆

也是比並。

妙法蓮華經講經文：『國王聞語喜難偕。」（頁 491）維摩詰經講經文：「方丈維摩足辯才，詞江浩浩泉（眾）難偕。」（頁 638）葉淨能詩：

「造化之內，無人可皆。」（頁216）「難偕」就是難比，「可皆」就是可比。秋胡變文：「今將身求學，懃心皆於故（古）人。」（頁154）是說專心求學，以求達到和古人相並的地步。

杜甫同元使君舂陵行：「兩章對秋月，一字偕華星。」「對」、「偕」都是比。柳宗元衡山中院大律師塔銘：「受學之眾，他莫能偕也。」又唐故兵部郎中楊君墓碣：「葬令曰：凡五品以上為碑，龜趺螭首。降五品為碣，方趺圓首，其高四尺。按郎中品第五，以其秩不克偕，降而從碣之制。」不克偕，謂不能與四品相比。《舊唐書》禮儀志五，會昌六年制：『宣懿皇太后……先朝恩禮之厚，中壼莫偕。」意謂宮闈之內無人與之比並。又東夷新羅國傳：「真德乃織作五言太平頌以獻之，其詞曰：『……深仁偕日月，撫運邁陶唐。』」《太平廣記》卷二百七十六引唐人皇甫枚《三水小牘》：「湖南觀察使李庾之女奴曰却要，美容止，善辭令。……李侍婢數十，莫之偕也。」唐人沈汾《續仙傳》卷上，金可記傳：「精勤為事，人不可偕也。」「偕」字明正統《道藏》本誤作「諧」，據《太平廣記》卷五十三校正。《舊五代史》唐宗室傳：「從審明宗長子。性忠勇沈厚，摧堅陷陣，人罕偕焉。」又潘環傳：「明宗召對，顧侍臣曰：『此人勇敢，少能偕者。』」又張承業傳論：「承業感武皇之大惠，佐莊宗之中興，既義且忠，何以階也？」「階」是「偕」字之誤。又康延孝傳：「自知富貴難消，官職已足。」「消」疑亦「偕」字之誤。

《集注分類東坡先生詩》卷十二，趙昌四季詩李堯臣注引《圖畫見聞誌》：「趙昌，字昌之，廣漢人，工畫花果，名推獨秀，伎亦難偕。」（末八字南宋刻本《圖畫見聞誌》作「其名最著」四字，應是傳本不同，蘇詩注所引為優。）蘇舜欽城南歸值大風雪詩：「天公似憐我貌古巧意裝點使莫偕。」柳永西施詞：「苧蘿妖豔世難偕。」宋人高晦叟《席珍放談》卷下：「王（禹偁）文章俊穎人罕偕者。」《歲時廣記》卷十一引《三仙雜錄序》：「多才多藝，舉無與偕。」

墮負　墮退　退負

輸，失敗。

佛說阿彌陀經講經文說，王舍城大論師摩陁羅和南天竺國論師憂波提辯論，在去辯論的路上，看見兩頭牛觝鬬，南邊的觝退了北畔的，摩陁羅這樣想：「今日對揚，我定將失。南邊之者，以況新來，北伴（畔）之徒，擬將似我。墮負之逃（兆），先現於前。以此因由，我定輸失。」（頁 456）可知「墮負」就是「輸失」。下文又講摩陁羅輸了之後對憂波提說：「想料非吾底（抵）對，墮負誓不相恨。」（頁 458）意義相同。

《法苑珠林》卷六十八引《智度論》：「長爪不能答佛，自知已墮負處，即於佛智，起恭敬信，心自思惟：我墮負處，世尊不彰不言，是非不以為意。」

宋釋普濟《五燈會元》卷一，初祖菩提達磨大師：「師不起于座，懸知宗勝義墮，遽告波羅提曰：『宗勝不稟吾教，潛化於王，須臾理屈；汝可速救。』」「義墮」就是理屈。「墮」也就是「墮負」。

《大唐西域記》卷五，憍賞彌國：「此國先王，扶於邪說，欲毀佛法，崇敬外道。……於是召集僧眾，令相擢（摧）論。外道有勝，當毀佛法；眾僧無負，斷舌以謝。是時僧徒，懼有退負。……護法菩薩，年在幼稚，辯慧多聞，風範弘遠。在大眾中，揚言贊曰：『愚雖不敏，請陳其略。誠宜以我，疾應王命。高論得勝，斯靈祐也；徵議墮負，乃稚齒也。然則進退有辭，法僧無咎。』」前說「負」，後說「墮負」，意思一樣。

自隱　隱

就是自己思量、揣測的意思。

捉季布傳文：「其時周氏聞宣勑，由（猶）如大石陌心　。自隱時多（多時，丁卷）藏在宅，骨寒毛竪失精神。」（頁 58）這是周氏藏季布在家，聽到劉邦嚴令尋捉，隱藏者要滅族誅家的話，「自隱」就是自己思量起來怎樣怎樣的意思。如果說「隱」就是隱藏，那就變成「自藏多時藏在宅」，不成文理了。鷰子賦：「雀兒自隱欺負，面孔終是攢沅。」（頁 250，原集斷句錯誤，今改正）這個「自隱」，意義也該和捉季布傳文相同，是說雀兒自己思忖，確是欺負了燕子，但終於不肯老實認罪，表現得很奸猾。參看釋情貌篇「攢沅」條。古書「隱」字有解作思的，如《禮記》少儀篇「軍旅思險，隱情以虞」鄭玄注：「隱，意也，思也；虞，度也。當思念己情之所能，以度彼之將然否。」也有解作「度」的，《廣雅》釋詁：「隱，度也。」「度」與「意」、「思」義近。宋人周密《齊東野語》卷十四，巴陵本末條載正言方大琮奏疏：「陛下隱之於心，其有不安者乎？」「隱」也是思量之意。

高適秋胡行：「從來自隱無疑背，直為君心也相會。如何咫尺仍有情，況復迢迢千里外？」「自隱」就是自思，「為」應作「謂」。這是秋胡妻子的話，意謂從來都自問沒有異心，以為秋胡也一樣，哪裡知道他離家咫尺還要對別的女子有情，何況千里之外呢？

《法苑珠林》卷一百二引《最妙初教經》：「爾時破戒比丘自隱犯罪，心生慚愧，轉加苦行。」《朝野僉載》卷四，記李詳給梓州刺史所下的考語說：「怯斷大事，好勾小稽，自隱不清，疑人總濁。」這是說由於拿自己不清來推斷別人，以為別人也是濁的，「隱」字是「將己度人」的意思。《大唐世説新語》卷二，剛正篇也記此事，作「隱自不清，疑他總濁」。「隱自」二字誤倒。又《遊仙窟》：「五嫂自隱心偏，兒復何曾眼引？」又：「自隱多姿則，欺他獨自眠。」《大唐世説新語》卷七：「玄宗賜宰臣鍾乳。宋璟既拜賜，而命醫人鍊之，醫請將歸家鍊。子弟諫曰：……今付之歸，恐遭欺換。』璟誡之曰：自隱爾心然，疑他心耶？……』」宋璟的話，意思和《朝野僉載》相同。

儲光羲明妃曲四首之四：「彩騎雙雙引寶車，羌笛兩兩奏胡笳。若為別得橫橋路，莫隱宮中玉樹花。」《全唐詩》注：「〔莫隱〕一作不憶。」按：「不憶」是不知「隱」字之義的人所改。這首詩前兩句講的是胡地風光，後兩句則説明妃懷念漢都。末句謂不要把羌笛胡笳思擬作漢宮聲樂。（玉樹後庭花是陳後主的樂曲，這裡借用，不是甘泉玉樹。）這正是思而不得之辭，改作「不憶」，就大失原詩的作意了——明妃曲四首，第四首整首上承第三首的「強來前殿看歌舞」，而其第三句則承第三首起句「日暮驚沙亂雪飛」而來，謂這樣的情景，怎樣能辨認到橫橋的路呢。橫橋，長安橋名，見《三輔黃圖》。

《三國志》魏志張魯傳裴松之注引魏人魚豢《典略》敘張魯五斗米道：「又教使自隱，有小過者，當治道百步，則罪除。」「自隱」就是自己思量，「治道」大概是修治道路。這是「自隱」一語之早見的。呂叔湘《新版〈敦煌變文字義通釋〉讀後》謂這裡的「自隱」是反省罪過，是一種宗教行為，不是一般的自己思量。禮鴻按：反省罪過，也是屬於自己思量的範圍以內的。

董解元《西廂記》卷七，越調雪裡梅花曲：「下得，下（「下」字原誤作「得」，據《六幻》本改正）得，將人不偢不問，佯把眉黛顰，金釵彈，墜烏雲。恨他，恨他，索甚言破，是他須自隱！」這是張生及第回來，老夫人已聽信鄭讒言，仍把鶯鶯許給鄭恆，張生與鶯鶯相見，鶯鶯不講話時張生所唱的，其中有怨恨鶯鶯的意思。「索甚」這兩句，意思是她既不偢不問，我又為什麼要言破，她的忘恩負義，她自己應該思量著的呀。明人閔遇五刻的《六幻西廂記》把「言破是他須自隱」當作一句讀，現在另行斷句，而解釋如上，以備讀《董西廂》者參考。

古人還有「隱度」連用的。《三國志》吳志胡綜傳，「及臣所在，既自多馬；加諸羌胡，常以三四月中美草時驅馬來出；隱度今者可得三千餘匹。」《漢書》昭帝紀：『始元六年，令民得律占租。』顏師古註：「占，謂自隱度其實，定其辭也。」又宣帝紀：「地節二年，流民自占八萬餘口。」顏注：「占者，謂自隱度其戶口而著名籍也。」又《淮南子》俶真篇：「有無者，視之不見其形，聽之不聞其聲，捫之不可得也，望之不可極也，儲與扈冶，浩浩瀚瀚，不可隱儀揆度而通光耀者。」「隱儀揆度」義與「隱度」同。

委　知委　委知

知道。

秋胡變文：「蹔請娘子片時在於懷抱，未委娘子賜許以不？」（頁157）歡喜國王緣：「人間矩燭（短促），弟子常知。未委何方，命壽長遠？」（頁776）「未委」就是未知。維摩詰經講經文：「人定不知功行久，坐禪未委法何如？」（頁62）又：『不知所證淺深，未委有何功行？」（頁624）「未委」和「不知」相對，可知兩者的意義是一樣的。秋胡變文：「臣別家鄉，以（已）經九載，慈母死活莫知，臣今忠列（烈）事王，家內無由知委。」（頁156）舜子變：「上界帝釋知委，化一老人，便往下界來至。」（頁 131）「知委」就是「知」。「知委」有時倒成「委知」，意義也一樣。伍子胥變文：「遠使將書，云捨慈父之罪，臣不細委知，遣往相看。為（謂）言旬月即還，不知平王誅戮。」（頁 22）「不細委知」就是沒有詳細知道。維摩詰經講經文：『我也委知難去，不是階（偕）齊。」（頁 601）又，秋胡變文：「今蒙孃教，聽從遊學，未季娘子賜許已不？」（頁 155）這個「季」字是「委」字之誤。

《晉書》杜弢傳應詹上言：「其貞心堅白，詹所究委。」「委」即知委之委。《魏書》韓麒麟傳：「高祖曾謂顯宗及程靈虬曰：『著作之任，國書是司。卿等之文，朕自委悉。』」《隋書》文四子房陵王勇傳：「高祖既素聞讒譖，疑朝臣皆具委，故斯問，冀聞太子之愆。」

《法苑珠林》卷五十一，隋懷州妙樂寺塔感應緣：「古老相傳：塔從地涌出，下有大水。莫委真虛。」又卷八十八引唐臨《冥報記》，記武德中遂州總管府記室參軍孔恪入冥事，末記知聞此事原由說：「臨家兄為遂府屬，故委之也。」

《寶真齋法書贊》卷五，載唐張旭秋深帖：「近來得京中消息，承彼數年不熟，憂懸不復可論。不委諸小大如何為活計。」《左傳》隱公元年杜預注「祭仲，鄭大夫」孔穎達疏：「注諸言大夫者，以其名字顯見於傳，更無卑賤之驗者，皆以『大夫』言之。其實是大夫以否，亦不可委知也。」《舊唐書》尉遲敬德傳：「今二宮離阻骨肉，滅棄君親，危亡之機，共所知委。」《唐律疏議》卷十八，盜賊二：「里正之等親管百姓，既同里閈，多相諳委。」《舊五代史》馮道傳：「明宗曰：『此人朕素諳委，甚好宰相。』」「諳委」就是熟悉。劉知幾《史通》雜說下：「夫以宋祖無學，愚所知委，安能援引古事以酬答羣臣者乎？」一本「委」作「悉」，是校者妄改。《法苑珠林》卷一百引《唐高僧傳》曇詢傳：「嘗有趙人遠至，殷勤致禮，陳云：『弟子因病死穌，往見閻羅王詰問，罪當就獄，賴蒙詢師來為請命，王因放免。生來未面，遠訪方委。』」《太平廣記》卷三百七十七，蕭審條引《廣異記》：「俄聞內哭，方委審卒。」「方委」就是方知。南唐李中江行值暴風雨詩：「風狂雨暗舟人懼，自委神明志不邪。」

《法苑珠林》卷三十七引《唐高僧傳》，雍州義善寺釋法順傳：「朝野知委，聞徹皇帝。」《舊唐書》尉遲敬德傳：「危亡之機，共所知委。」《資治通鑑考異》卷三十八引谷況《燕南記》：「各牒管內郡縣，宜令知委，同為喜慶也。」

《資治通鑑》卷一百八十三，隋紀七，煬帝大業十二年：「帝問侍臣盜賊……蘇威引身隱柱。帝呼前問之，對曰：『臣非所司，不委多少，但患漸近。』」「不委」《北史》和《隋唐》的蘇威傳都作「不知」。不知道這是司馬光等別有所據，還是宋時口語還有「不委」的說法而司馬光等用當時語言來改舊史。《隋書》劉昉傳「上儀同薛摩兒是士彥舊交，上柱國府戶曹參軍裴石達是士彥府寮，反狀逆心，鉅細皆委。」《北史》齊昭帝紀論「孝昭早居臺閣，故事通明，人吏之間，無所不委。」又李訢傳：「〔李〕敷兄弟事釁可知。有馮闡者，先為敷殺，其家切恨之。但呼闡弟問之，足可知委。」《考證》「一本委下有曲字。」按知委即知道，一本委下有曲字，乃不知委字之義者所妄加。杜甫示從孫濟詩：「平明跨驢出，未知適誰門。」日本吉川幸次郎說：「下一句，宋代的幾個本子作『未委適誰門』。『委』字似乎不通，其實很通。『委』是唐代的俗語，意思就是知，是變文裡常用的，蔣先生也有詳考。本來這是給他侄孫的五古，前後有俗語的地方很多。那麼，這一句也許本來是『未委適誰門』，無聊的感情到了頂點，後人因苦其難讀，改為『未知適誰門』也未可知。」（上海市出版局資料室 1982 年 10 月 15 日《編輯參考》摘錄香港《文匯報》9 月 16、17 日刊載吉川氏遺作《我的杜甫研究》）按：黃庭堅謝應之詩：「去年席上蛟龍語，未委先生記得無？」任淵註：「老杜詩：『未委適誰門。』」杜詩原作未委，決無疑問。

《唐律疏議》賊盜篇卷十八：「外人來姦，主人舊已知委，夜入而殺。」歐陽修論兩制以上罷舉轉運使副省府推官等狀：「右臣近準御史臺牒，……奉聖旨：去年勑命，更不行用；令臣知委者。」《寶真齋法書贊》卷十六，載范祖禹傳宣進講義箚子：「臣等准入內押班梁惟簡傳宣：今後邇英閣講説過，所引證事口義，令次日別具進呈。臣等已知委訖。」可見宋人仍有「知委」一詞。蘇軾奏論八丈溝不可開狀：「〔羅〕適等建議起夫一十八萬人，用錢米三十七萬貫石，元不知地面高下，未委如何見得利害可否，如何計料得夫功錢糧數目？顯是全然疎謬。」又撰上清儲祥宮碑奏請狀：「臣竊見朝廷自來修建寺觀，多是立碑，仍有銘文，於體為宜。若只作記，即更無銘。未委今來為碑為記，乞降指揮。」又奏戶部拘收度牒狀：「而況春夏之交，稻秧未了，未委逐路提轉如何見得今年秋熟，便申豐稔。」又黃庭堅謝應之詩：「去年席上蛟龍語，未委先生記得無？」又戲答王定國題門兩絕句之一：「白鷗入羣頗相委，不謂驚起來賓鴻。」任淵註：「委，謂諳識也。……退之與柳中丞書亦曰：『與賊不相諳委。』」楊萬里寒食相將諸子遊翟園得十詩之六：「兒曹健走儘從渠，老腳微酸半要扶。未委前頭花好否，且令蜂蝶作前驅。」楊氏喜歡把俗語用進詩裡去，這個「委」字，恐怕直到南宋時口語裡還是存在的。無名氏《靖康要錄》卷二：「不委王蕃因何南渡漢江，去京城八百餘里，不知蕃意所在。」

江淹水上神女賦：「退以為妙聲無形，奇色無質，麗於嬪嬙，精於琴瑟，尋漢女而空佩，觀清角而無疋，嬪楊不足聞知，夔牙焉能委悉。」這是「委」作知解較早的用例。

患　患疾　疾患　病患

疾病。

董永變文：「忽然慈母身得患，不經數日早身亡。慈耶得患先身故，後乃便至阿孃亡。」（頁 110）祇園因由記：「其須達先犮（王慶菽以為是「友」字之誤，是對的）因食致患，身子目連與看病。」（頁406）維摩詰經講經文：「忽然染患疊成方丈。」又：「居士患從何事得？」（並見頁 555）搜神記扁鵲條：『聞虎（虢）君太子患死已經八日。」（頁 867）這些「患」字，都作疾病講，前面的許多個是名詞，最後一個是動詞。鷰子賦：「元百在家患。」（頁 265）元百即《後漢書》卷一百十一獨行范式傳裡字元伯的張劭，「在家患」就是在家生病。又有「患疾」兩個字連起來的，意思也一樣。如前漢劉家太子傳：「漢帝忽遇患疾，頗有不安，似當不免。」（頁 160）

敦煌石室寫《觀世音經》題記：「學生童子唐文英為妹久患寫畢功記。」又寫《維摩詰所説經》題記：「比丘尼蓮花心為染患得痊發願寫。」

《後漢書》李固傳：「〔梁〕冀忌帝聰慧，恐為後患，遂令左右進鴆。帝苦煩甚，使促召固。固入，前問：『陛下得患所由？』」

敦煌寫本斯 5614 卷《五藏論》：「患眼宜取蕤仁，安胎必借紫崴（葳），傷身要須地髓。」（引見任半塘《敦煌研究在國外》一文，載《文學評論叢刊》第九輯，182 頁）「患眼」又見下條引張籍詩。

王羲之初月帖：「吾諸患殊劣殊劣。」又二謝帖：「前患者善。」《異苑》卷四：「合（《太平廣記》卷四百七十四引作「闔」）門時患，死亡相繼。」「時患」即疫病。《宋書》謝莊傳：「利患數年，便成痼疾。……眼患五月來，便不復得夜坐，恆閉帷避風日，晝夜惛懵。……下官新歲便三十五，加以疾患如此，當復幾時？」《洛陽伽藍記》卷五，凝圓寺條：『有金像一軀，……人有患，以金箔貼像所患處，即得陰（除）愈。」《晉書》后妃左貴嬪傳：「體羸多患。」又《晉書》隱逸劉驎之傳：『有一孤姥，病將死。……驎之先聞其有患，故往候之。」又張軌傳：「加以寢患委篤，實思斂迹避賢。」又石季龍載記：「主上患已漸捐。」（捐字疑當作損）《南齊書》豫章文獻王傳：「臣自嬰今患，亟降天臨，醫徒術官，泉開藏府。」《梁書》江蒨傳：「蒨有眼患。」又蕭介傳：「介聞而上表諫曰：『臣抱患私門，竊聞侯景……』」又處士何胤弟點傳：「〔胤妻〕俄得患而卒。」《北齊書》李元忠傳附族弟密：「因母患積年，得名醫治療不癒，乃精習經方，洞曉針藥，母疾得除。」《周書》藝術姚僧垣傳：「武陵王所生葛修華宿患積時，方術莫効。」又：「更服一劑，諸患悉愈。」《魏書》獻文六王高陽王傳：「又任事之官，吉凶請假，定省掃拜，動歷十旬；或因患重請，動輒經歲。」《北史》列女胡長命妻張氏傳：「姑老抱患。」《法苑珠林》卷五十六引《長阿含經》：「身強無患，無能及者。」干寶《搜神記》卷七：「母常染患，晝日安靜，夜間却發。」又：「精怪乃除，母患自此平復如故。」歐陽修與梅聖俞書：「尊年久患，誠亦可憂。」

唐太宗溫泉銘（石本）：「朕以憂勞積慮，風疾屢嬰。每濯患於斯源，不移時而獲損。」《唐律疏議》卷二十六，雜律上：「『即賣藥不如本方』，謂非的指為人療患，尋常賣藥故不如本方。」周亮工《因樹屋書影》第三卷載晉庾亮追報孔坦書：「得八月十五日書，知疾患轉篤，遂不起濟，悲恨傷楚，不能自勝。足下方在中年，素少疾患，雖天令（命）有在，亦變出不圖。」《晉書》江統傳：「自頃聖體屢有疾患。」《宋書》武帝紀中：「征西將軍荊州刺史道規疾患求歸。」又明帝紀：「以疾患未痊故改元，賜孤老貧粟帛各有差。」又蔡興宗傳：「時尚書何偃疾患，上謂興宗曰：『卿詳練清濁，今以選事相付，便可開門當之，無所讓也。』」《魏書》高祖紀上：「賜京師貧窮高年疾患不能自存者衣服布帛各有差。」又景穆十二王任城王傳：「朕疾患淹年，氣力惙敝。」《唐律疏議》卷二十八，捕亡律疏議：「謂故作迴避逗留，及詐為疾患。」陸贄唐德宗神武皇帝奉天改年大赦文：「其功臣已後，雖衰老疾患，不任軍旅，當分糧賜，並宜全給。」《法苑珠林》卷八十引唐人唐臨《冥報記》：「唐汾州孝義縣懸泉村人劉摩兒，至顯慶四年八月二十七日遇患而終。」又引唐人郎餘令《冥報拾遺》：「唐隴西李知禮……貞觀十九年微患，三四日即死。」白居易讀鄧魴詩詩：「少年無疾患，溘死於路岐。」《舊唐書》儒學蘇袞傳：「敕：蘇袞貶官，本緣弟連坐。矜其年暮，加以疾患，宜令所在勒迴，任歸私第。」又傅奕傳：「奕生平遇患，未嘗請醫服藥。」段成式《酉陽雜俎》續集卷七，金剛經鳩異：「漢州孔目陳昭，因患見一人着黃衣至牀前云：『趙判官喚爾。』」張鷟《朝野僉載》卷四：「渤海高嶷巨富，忽患月餘日，帖然而卒。」《太平廣記》卷一百六十一，蕭叡明條引《談藪》：「齊松滋令蘭陵蕭叡明，母患積年，叡明晝夜祈禱。」卷二百八，購蘭亭序條引《法書要錄》：「老僧因驚悸患重，不能彊飯，唯歠粥，歲餘乃卒。」卷二百三十，王度條引《異聞集》：「汴主人張琦家有女子患，入夜，哀痛之聲，實不堪忍。」

歐陽修準詔上書言事：「其間老弱病患短小怯懦者不可勝數。」又乞出第一箚子：「緣臣疾患累日，氣血虛乏。」蘇軾奏為法外刺配罪人待罪狀：「顏先充書手，因受贓虛消稅賦刺配本州牢城，尋即用倖計構胥吏醫人託患放停。又為詐將產業重疊當出官鹽刺配滁州牢城，依前託患放停歸鄉。」「託患」就是託病。宋人宋慈《洗冤集錄》卷二，五，疑難雜說下：「凡有死屍肥壯無痕損，不黃瘦，不得作病患死。又有屍首無痕損，只是黃瘦，亦不得據所見只作病死檢了。切須子細驗定因何致死。」

《水滸傳》第二十回：「張教頭亦為憂疑，半月之前染患身故。」又六十五回：「險不誤了長兄之患！」《警世通言》趙太祖千里送京娘：「誰知染患，一臥三月。」

教 交 校 較 效 覺

差，減；病癒。

維摩詰經講經文：「我也深知你見解，酌度你根幾（基），與維摩不教些些，為甚如今謙退？」（頁606）這是如來說光嚴童子的見解和根基不比維摩差，或不減於維摩。

父母恩重經講經文：「女男得病阿娘憂，未教終須血淚流。」又：「纔見女男身病患，早憂性命掩泉臺。一頭出藥交醫療，一伴（畔）邀僧為滅災。病交了便合行孝順，却生五逆也唱將來。」（並見頁691）「未教」的「教」和「病交」的「交」都是病癒的意思——這篇裡的「教」和「交」是病減的意思，減到沒有，就是病癒了。維摩詰經講經文的「不教」就是不差，「病交」也可說是「病瘥」，意義是相應的。韓擒虎話本：「是某体（猝）患生腦疼，檢盡藥方，醫療不得。知道和尚現有妙術，若也得教，必不相負。」（頁196）又：「使君得教，頂謁再三。」（頁197）這裡兩個「教」字，就是「未教終須血淚流」的「教」，王慶菽都校作「效」，雖然不能說是錯誤（參看後引杜光庭《錄異記》），實際是沒有了解「教」的真實意義。

維摩詰經講經文：「且希居士好調和，不得因循摐（縱）病歹（多）。驀被命終難脫免，息然身教大婁羅。」（頁558）據下文「居士切須勤攝治，莫教死相便來侵」（頁559），疑「驀」應作「莫」，「息然」應作「忽然」，就是倘若的意思，見後釋虛字篇。「忽然身教大婁羅」就是說倘若身體好了，就能精神充沛地行道度人，「教」也是病癒的意思。

杜甫狂歌行贈四兄：「與兄行年校一歲。」「校」的意義是差。《北里志》，王團兒條：「持詩於牕左紅墻請予題之。及題畢，以未滿壁，請更作一兩篇……予因題三絕句……尚校數行未滿。翼日詣之，忽見自札後宜之題詩曰……」「尚校」句就是說還差幾行沒有滿。這可以和變文「教」、「交」的意義貫通起來。唐張籍患眼詩：「三年患眼今年校，免與風光便隔生。」是說害了三年眼病，今年好了，能欣賞風光了。姚合從軍樂詩二首之一：「眼疼長不校，肺病且還無。」李郢酬友人春暮寄枳花茶詩：「相如病渴今全校，不羨生臺白頸鴉。」釋貫休秋寄栖一詩：「眼中瘡校未，般若偈持無？」自註：「公時有眼瘡，因為之念《多心經》。」「校」也是病癒。《太平廣記》卷四百五十三引《騰聽異志錄》李令緒條：「其主人女病，云是妖魅。……令緒云：『治却何如？』主人珍重辭謝：『乞相救！但得校損，報效不輕。』」「校損」就是減損，就是病癒。韓偓晚岸詩：「春江一夜無波浪，校得行人分外愁。」「校得」就是減得，跟「添得」相反。「教」、「交」、「校」之所以為差所減，意義應該是從「比較」、「校量」引申而來的。「較」本來也有差的意義。《三國志》魏志鄧艾傳：「〔諸葛〕誕趣截〔姜〕維，較一日不及，維遂東引還，守劍閣。」就是差一天沒有趕到。《傳燈錄》卷十，湖南長沙景岑禪師：「僧問：南泉云：『貍奴白牯却知有，三世諸佛不知有。』為什麼三世諸佛不知有？師曰：未入鹿苑時猶較些子。」即差一些。這些字如果要拘於字形而不從語言的角度來講，就沒法講通了。

這一條可以參看《詩詞曲語辭彙釋》卷二。此外，宋呂希哲《侍講日記》引鄭州茶肆中題：「得官修廟虧夫子，病較齋僧語藥王。」（見《說郛》卷五十一）歐陽修與王君貺書：「小女子患目，殆今未較。」

又與梅聖俞書：「小兒子傷寒已較，因勞復發。」又與陳力書：「某所苦者，齒牙熱痛，兩日來漸較。」又與發書：「婆孫瘡痍較未？不瘦否？」秦觀品令詞：「好好地惡了十來日，恰而今較些不？」辛棄疾鷓鴣天和吳子似山行韻詞：「閒愁投老無多子，酒病而今較減些。」較減同義連文，都謂無病。《古本董解元西廂記》卷五，中呂調碧美丹曲：「小詩便是得効藥，讀罷頓時痊較。」宋人宋慈《洗冤集錄》卷四，自刑條：「若自用刀刹下手並指節者，其皮頭皆齊，必用藥封扎。雖是刃物自傷，必不能當下身死，必自將養不較致死。」又：「又有人因自用口齒咬下手指者，齒內有風，著於痕口，多致身死，少有生者。其咬破處瘡口一道，周迴骨折，必有膿水淹浸，皮肉損壞，因此將養不較，致命身死。」湯顯祖《牡丹亭》拾畫齣，生白：「日來病患較些，悶坐不過。」「較」都作病癒解。

五代杜光庭《錄異記》卷三，感應篇：「刀子判官右僕射尹　，永平三年寢疾。……忽見一老人，鬢髩雪白，著白衣，來謂曰：『病已效矣，何不速起？』即以手擡其頭，便能起坐。」「效」和「校」、「較」相同，也是病癒。

《敦煌資料》第一輯，遺書樣文三件之二：「今復苦疾纏身，晨昏不覺。」按：《廣韻》去聲三十效韻，「教」、「校」、「覺」、「較」都音古孝切，俗書例得通借，「不覺」也就是不癒。《法苑珠林》卷一百十四引《冥報拾遺》：「唐鋒州南孤山陷泉寺沙門徹禪師，曾行遇癩人在穴中，徹引出山中，為鑿穴給食，令誦《法華經》，……得五六卷，瘡漸覺愈；一部既了，鬚眉平復，膚色如常。」「覺愈」即「較愈」二字同義連文。《寶真齋法書贊》卷七，唐摹晉人帖，王導懷感帖：「濕烝自何如？頗小覺損不？」「覺損」亦即「較損」，猶言減損，「覺損」也是同義連文。

覺

較量。

孔子項託相問書：「二人登時却覓勝，誰知項託在先亡。」（頁235）「却覓勝」戊卷作「各覓強」。按：覓字應作覺，是形近之誤。

《廣韻》入聲四覺韻內「覺」、「斠」、「角」、「較」並音古岳切，又古孝切。「覺勝」、「覺強」的「覺」就是角力的角，而角力的角即比較的較，「較」字本義為車較，其作比較義的，是「斠」字的假借。《廣雅》釋詁三下：「斠，量也。」就是現今所說的較量。《廣韻》中這四個字，聲同義通，要其根柢則為斠；參見拙撰《義府續貂》覺趹條。又《中國語文》1980年第1期載郭在貽撰《〈太平廣記〉裡的俗語詞考釋》一文有「乖角、乖覺」一條，釋為違戾，牴牾，亦可證「角」、「覺」通用。「覺勝」、「覺強」，即較量勝敗強弱，前文所述孔子與項託互相問答，旨在難倒對方，就是所謂覺勝、覺強；作「覓」字無義。維摩詰經講經文：「只候覓皇傾法雨，專希大聖振春雷。」（頁542，『覓皇」為「覺皇」之誤，與「覺勝」為「覓勝」之誤同例。

笑効

取笑輕侮。

醜女緣起：「為緣不識阿羅漢，百般笑効苦芬葩（紛葩）。」（頁800）按：《廣雅》釋言：「姣，侮也。」《淮南子》覽冥篇：「鳳皇之翔至德也，雷霆不作，風雨不興，川谷不澹，草木不搖，而燕雀佼之，以為不能與之爭於宇宙之間。」王念孫《廣雅疏證》和《讀書雜誌》以為《淮南子》的「佼」就是《廣雅》的「姣」，「燕雀佼之」就是燕雀輕侮鳳皇。「笑効」的「効」和「姣、佼」同從交得聲，和「姣、佼」

聲近義同。曹憲《廣雅音》:「姣，古卯切。」讀作仄聲，和變文「効」字聲調也接近。「 」甲卷作「拿」,「芬拿」就是「紛挐」;「芬葩」就是「紛葩」，和「紛挐」意思相同。《文選》馬融長笛賦:「紛葩爛漫，誠可喜也。」李善注，「紛葩，盛多貌。」張華輕薄篇:「賓從煥絡繹，侍御何紛葩！」

韓擒虎話本:「叵耐遮賊心生為倍(違背)，効亂中圓(原)。」(頁203)「効」和「笑効」的「効」同意，就是侮犯。《變文集》校「効」作「攪」，誤。

憶逼

就是「抑逼」。

搜神記王道憑條:「其女先與王憑志重，不肯改嫁。父母憶逼，遂適與劉元祥為妻。」(頁876)「憶」是「抑」的同音假借字。王念孫《讀書雜誌》餘編，解釋《文選》傳毅舞賦的「噫可以進乎」說，「噫」字和「抑」字相通用，「抑」字或作「意」，或作「噫」，或作「億」。那麼也就可以作「憶」了。王說這裡不詳引。《法苑珠林》卷六:「豈得以人事尋常，抑必宇宙之外乎？」「抑必」即「意必」，也可助證。

《朱文公校昌黎先生集遺文》有辭唱歌詩一首，開頭說:「抑逼教唱歌，不解看豔詞。」末了說:「乍可阻君意，豔歌難可為。」可見「抑逼」確是當時用的詞兒。

《景德傳燈錄》卷十八，明州翠巖令參禪師:「問:『國師三喚侍者，意旨何如？』師曰:『抑逼人作麼？』」宋釋曉瑩《羅湖野錄》卷一，大覺禪師條:『英廟付以劄子曰:……凡經過小可庵院，隨性住持；或十方禪林，不得抑逼堅請。』」歐陽修言青苗錢第一劄子「朝廷雖指揮州縣不得抑逼百姓請錢，……」《靖康要錄》卷十六，康王劄子：「金賊先於三月初七日，抑逼宰臣張邦昌僭稱僞號。」

落節

吃虧，失便宜。

李陵變文：「其時兇（匈）奴落節，輸漢便宜，直至黃昏，收兵不了。」（頁 85）「落節」義據文自見。《太平廣記》卷二百十一，薛稷條引朱景元《唐畫斷》：「天后朝官至少保，文章學術，名冠當時。學書師褚河南，時稱『買褚得薛不落節』。」也是不吃虧。蔣防《霍小玉傳》：「貴人男女，失機落節，一至於此！」則謂困頓落魄，其義微別。

要勒　胥勒　邀勒　胥楔　勒要

阻障把持，箝制逼迫。

徐復說：《廣韻》下平聲四宵韻：「要，俗言要勒。于霄切。」可以決定「要勒」是俗語詞。下女夫詞中凡兩見「要勒」，一處是「侍娘不用相胥勒，中（終）歸不免屬他家」，一處是「何故相要勒？不是太山崔（崖）」（並見頁 276）。從兩處文義來看，「要」和「邀」字同音，有「遮攔」一義，「要」、「勒」合起來說，說是「遮攔制止」的意思。禮鴻按：下女夫詞的「何故相要勒」是遮攔阻障的意思，「侍娘不用相胥勒」則於攔阻以外更有把持不放的意思，同於後世所謂掯勒。又降魔變文：『若論肯賣，不諍（爭）價之高低；若死胥楔，方便直須下脫，千方萬計，不得不休。」（頁 367）「胥」和「要」通，楔子用來使物固著，「胥楔」也是把持掯勒的意思。又鷰子賦：『不相（須？）苦死相邀勒，送飯人來定有釵。」（頁 252，原集斷句錯誤，今改正）這是雀兒請求獄吏寬鬆的話以送飯人用釵作賄賂相誘。「邀勒」同「要勒」，有箝制逼迫的意思。

《賢愚經》卷二，慈力王血施品第十三：「沙門自省，內無顧恃空空逃避，不可要勒，須王尅定，令與我試。」

《苕溪漁隱叢話》後集卷十三：「余以《元和錄》考之：〔白〕居易年長於〔李〕德裕，視德裕，為晚進。方德裕任浙西觀察使，居易為蘇州刺史。德裕以使職自居，不少假借；居易不得已，以卑禮見。及其貶也，故為詩云：……樂天曾任蘇州日，要勒煩文用禮儀。從此結成千萬恨，今朝果中白家詩。』」按：白詩共三首，見《白香山集》卷二十一，字句略有不同，蘇轍以為是「樂天之徒淺陋不學者附益之」，胡仔也以蘇說為是；《詩話總龜》後集卷十五引葛立方《韻語陽秋》：「蓋嘗以唐史攷之：樂天卒於會昌之初，武宗時也，而德裕之貶乃在宣宗大中年；則德裕之貶，樂天死已久，非樂天之詩明矣。」但此詩仍是唐人的作品。這裡所講的「要勒」，也是箝制逼迫的意思。

日本《諸錄俗語解》山菴雜錄卷之下：『又有神勒要我錢乃放——勤，逼也。」前三個字勒字之誤，最後的勤字是衍文。「勒，逼勒也」是解釋的話；「又有」句是被釋的話，「勒要」義同「要勒」，要字讀平聲。

隔勒

阻障，制止。

嵫山遠公話：「道安開講，敢（通「感」，下同）得天花亂墜，樂味花香，敢（感）得五色雲現，人更轉多，無數聽眾，踏破講筵，開啟不得。道安遂寫遠（表）奏上晉文皇帝……當時有勑：『要聽道安講者，每人納錢一百貫文，方得聽講一日。』如此隔勒，逐日不破三五千人，來聽道安於東都開講。」（頁 174）

《敦煌遺書總目索引》，斯坦因劫經錄，6342 卷，張義潮進表：「咸通二年收涼州，今不知郤□□雜蕃渾，近傳嗢末隔勒往來，累詢北人，皆云不謬。」嗢末是吐蕃奴隸組成的部落。隔勒往來，就是阻障往來。

作祖　黿祖

欺陵。

鷰子賦：「乃是自招禍祟，不得怨他黿祖。」又：「如今會遭夜莽赤推，總是者（這）黑廝兒作祖。」（並見頁 251）降魔變文：「到處即被欺陵，終日被他作祖。」（頁 374）降魔變文「作祖」和「欺陵」相對，可知就是欺陵。鷰子賦的兩處：「不得怨他黿祖」是說禍祟由於自招，不能怨別人欺陵；「總是這黑廝兒作祖」，「黑廝兒」指鷰子，這是雀兒不知自咎，仍舊歸罪於燕子欺侮它。從「且」和從「耤」得聲的字古音都在魚部。《孟子》滕文公上篇說「助者，藉也」，正是拿同韻部的字來作解說；韻部相同，意義也相通。「作祖」的「祖」疑與「陵藉」的「藉」相通，所以有欺陵的意思。「黿」是「鼀」的俗字，「鼀」和「作」是一聲之轉。

陵遲　凌遲　陵持　淩持　禁持

磨難。

漢將王陵變：「霸王聞語，轉加大怒，招鍾離末附近帳前『……領將陵母，髡髮齊眉，脫却沿身衣服，與短褐衣，兼帶鐵鉗，轉火隊將士解悶，各決杖伍下，又與三軍將士縫補衣裳。』……苦見陵母不招兒，遂交轉隊苦陵遲。」（頁 43）目連緣起：『牛頭每日凌遲，獄卒終朝來拷。」（頁 704）又：『慈母既被凌遲，舊日形容改變。……目連見母被凌遲，如何受苦在阿鼻？」（頁 706）又：「阿鼻受苦已多時，不論日夜受凌遲。」（頁 710）王昭君變文：「良由畫匠，捉妾陵（陵）持，遂使望斷黃沙，悲連紫塞，長辞赤縣，永別神州。」（頁 102）妙法蓮華經講經文：「終日淩持，多般揰拷。」（頁 490）從這些引文看，「淩持」、「淩持」就是「陵遲」、「凌遲」，《變文集》校妙法蓮華經講經文的「持」字作「遲」是多此一舉的。

《敦煌雜錄》勸善文：「力弱不加遭狂橫，法外陵持不敢嗔。」《劉知遠諸宮調》第一，般涉調耍孩兒曲：「更怎憹（禁）傍（旁）边（邊）倆個妻，聒聒地向耳边唆送：『快與淩持。」』《夷堅丁志》卷六，葉德孚條：「建安人葉德孚，幼失二親，唯祖母鞠育拊視。……建炎三年，因避寇徙居州城，而城為寇所陷。時葉年二十一歲矣。祖母年七十，不能行，盡以所蓄金五十兩、銀三十鋌付之，使與二奴婢先出城。戒曰：『復回挾我出，勿得棄我。我雖死，必怨汝於地下。』葉果不復入，祖母遂死寇手。……紹興八年……葉得病，即嘔血……病中時時哀鳴曰：『告婆婆，當以錢奉還，願乞命歸鄉，勿陵遲我。』」《梨園按試樂府新聲》卷中，水仙子曲「是昨宵飲得十分醉，一時錯悔是遲，由妳妳法外凌遲。打時節留些遊氣，罵時節存些臉皮，可憐見俺是夫妻。」打和罵都是「凌遲」。

秦觀阮郎歸詞「早被酒禁持，那堪更別離！」「禁持」義同「陵持」。

㓹

刺。

張義潮變文：『千人中矢沙場殪，銛鍔㓹𠝹（㔭）墜賊頭。」（頁116）徐復說：《變文集》校記說：「㓹𠝹下原卷有『七彫反』三字，是給『㓹』字注的音。」按：字書、韻書都無「㓹」字，根據「七彫反」的線索，可以知道是「搯」的俗寫。《集韻》下平聲六豪韻：「搯，《說文》:『捾也。』引《周書》,『師乃搯』，搯者，拔兵刃以習擊刺。《詩》:『左旋右搯。』他刀切。」慧琳《一切經音義》卷七十：「搯，他勞反，中國言搯，江南言挑，音土彫反。」以上兩書證明，「搯」就是「擊刺」,「七彫反」當是「土彫反」的錯寫，是透母字。後世小說猶有「槍挑」的說法，其實就是「搯」字。又「㔭」通作「劙」,《廣韻》上聲十一薺韻：『劙，刀刺，盧啟切。」「剥、㔭」二字義近。禮鴻按：《說文》:「㔭，剝也。」又：「剝，裂也。」段玉裁注：「《方言》:『劙，解也。』劙與㔭雙聲義近。」《玉篇》:「劙，解也，分割也。」以「墜賊頭」而言，「㔭」以解作斬割為宜。

揤

打。

張淮深變文：『骨撾揤，寶劍揮。」（頁126）《廣韻》人聲二十四職韻：「揤，打也。阻力切。」

差

通「搓」、「搋」、「扠」，拳擊。

鷰子賦：『不問好惡，拔拳即差。」（頁249）《變文集》校「差」作「搓」，按「差」就是「搓」的同音通用字。《集韻》上平聲十四皆韻：「搓，初皆切，推（椎？）擊也。搋，忡皆切，以拳加物。」又十三佳韻：『扠，初佳切，打也。扠，搋，攄佳切，以拳加物。」《廣韻》上平聲十四皆韻：「搋，丑皆切，以拳如（加）物。」用《廣韻》、《集韻》的音切來互證，知道「搓」、「搋」、「扠」實是一字，而「差」是同音通用。敦煌寫本唐進士劉瑕溫泉賦（伯2976卷，《開天傳信記》作劉朝霞駕幸溫泉賦）：「弓彍矢卓，腳磋拳摕。』「摕」就是「搋」的簡寫。

《太平廣記》卷二百五十四，竇昉條引《啟顏錄》，唐竇昉嘲許子儒詩：『瓦惡頻蒙攦，牆虛屢被杈。」原注攦音國，杈音初皆反。按：「摕」是摑字的異體，「杈」是字的誤文。又三百九十五引《北夢瑣言》逸文：『或畫壯夫以拳地為井，號拳扙井。」

王梵志詩：「裡正被腳蹴，村頭被拳搓。」

巴毀

「䩻擊」的假借，擊傷。

鷰子賦：『奪我宅舍，捉我巴毀。」（頁251）徐復說：《說文》：「䩻，搉也。搉，反手擊也。擊，傷擊也。」「巴毀」就是䩻擊，就是擊傷，和鷰子被雀兒打傷的情狀正好相合。

推築

推觸人體，促使注意或有所反應。

八相變：「數次叫問，都沒麠挨（誒？），推築再三，方始回答。」（頁335）《變文集》校「推築」為「催促」，不確。「推築」已見《三國志》魏志倉慈傳「京兆太守濟北顏斐」裴松之注所引魚豢《魏略》詞至寫變文時還行用罷了。《魏略》云：「至青龍中，司馬宣王在長安立軍市，而軍中吏士多侵侮縣民。斐以白宣王。宣王乃發怒，召軍市候，便於斐前杖一百。時長安典農與斐共坐，以為斐宜謝，乃私推築斐。斐不肯謝。」這分明是用手推一推碰一碰的意思。

詞乖　詞向　向

背謬違戾的意思。

歡喜國王緣：「臣今歌舞有詞乖？王忽延（筵）中淚落來。」（頁773）「詞」字用法很特別，所以徐震諤校疑「詞」字當作「何」字，這其實是揣測之談，未必可信。地獄變文：「怨死屍在生日，於父母受不孝中親處無情；兄弟致詞，向姊妹處死義。」（頁762）這段文章，原集沒有校正錯字，句讀也有錯誤，應作「怨死屍在生日，於父母處不孝，宗親處無情，兄弟處詞向，姊妹處死（无，徐震堮校）義。」「受」、「致」都是「處」字簡寫「処」形近之誤。「兄弟」、「姊妹」兩句就是後文的「姊妹似參辰，兄弟如水火」的意思，可見「詞」有背謬違戾的意思，「詞乖」猶如說「違乖」。維摩詰經講經文：「我以（已）超於生死，不住愛何（河），向出塵勞，拋（抛）居障海。」（頁631）「向出」的「向」，在這裡也有違離的意思。由此可知，「詞乖」、「詞向」都是詞素意義相似的聯合式複合詞。

「詞」字有違戾的意思，大概是「辤」的假借；《說文》：「辤，不受也。」「向」可以作相對解，也可以作對立解，例如說「白刃相向」，有對立就有違離了。任昉《述異記》卷上：「秦漢間說：蚩尤耳鬢如劍戟，頭有角，與軒轅鬭，以角觝人，人不能向。」這裡的「向」是抵拒，與「白刃相向」的「向」義近。

鬭亂

挑撥是非，使生瑕隙。

齖䶗書：『鬪亂親情，欺隣（鄰）逐里。」（頁 858）下句王慶菽疑當作「欺淩妯娌」，以文義文勢求之，是對的。「鬪亂」就是「鬭亂」，「鬪」是「鬭」之訛。《法苑珠林》卷九十三引《四分律》：「古昔有兩惡獸為伴，一名善牙師子，一名善搏虎，晝夜伺捕眾鹿。時有一野干，逐彼二獸後，食其殘肉，以自全命。時彼野干竊自生念：『我今不能久與相逐，當以何方便鬭亂彼二獸，令不復相隨？』時野干即往善牙師子所，如是語善牙：『善搏虎有如是語言：我生處勝，種姓勝，形色勝汝，力勢勝汝。何以故？我日日得好美食，善牙師子逐我後，食我殘肉，以自全命。』……爾時野干竊語善牙已，便往語善搏虎言：『汝知不？善牙有如是語：而我今日種姓生處悉皆勝汝，力勢亦勝。何以故？我常食好肉，善搏虎食我殘肉而自活命。』……後二獸共集一處，瞋眼相視。善牙師子便作是念：『我不應不問，便先下手打彼。』爾時善牙師子向善搏虎而說偈曰：『形色及所生，大力而復勝，善牙不如我：善搏說是耶？』彼自念言：『必是野干鬭亂我等。』善搏虎說偈答善牙師子言：『善搏不說是：形色及所生，大力而復勝，善牙不能善。若受無利言，信他彼此語，親厚自破壞，便成於怨家。……」《四分律》兩稱「鬪亂」及所述野干的行為，可證「鬪亂」為挑撥是非。

返倒　返　反倒

違逆，抗拒。

父母恩重經講經文：「不孝人，難說喻，返倒二親非毋曾；家內喧諍拗父娘，門前相罵牽宗祖。」（頁 676）又：『及其長大，无孝順心，不報恩德，由（遊）閑逐日，更返倒父母。」（頁 691）又：「為人不解思恩德，返倒父娘生五逆；共語高聲應對人，擬真嗔（瞋）眼如相喫。」（頁 692）又：「為人争不審思量，豈合將心返父娘；應對高聲由（猶）河怒（恕），嗔（瞋）眉努眼更堪傷。」（頁 693）「返」是「反」的借字。本篇說：「今既成人，還須報賽；莫學愚人，返生逆害。」（頁 693）也是借「返」作「反」，可證。

變文意義明白，不須解釋。李商隱驕兒詩：「階前逢阿姊，六甲頗輸失。凝走弄香奩，拔脱金屈戌。抱持多反倒，威怒不可律。」馮浩註：「〔倒〕一作側，誤。《尚書》胤征傳曰：『顛覆，言反倒。』正義曰：『人當豎立，今乃反倒。』」案：作「反側」固然不對，用顛覆來解釋這幾句詩，也沒有切合原意。這是說小孩驕縱，亂動阿姊的東西，抱持禁止他，就發脾氣，亂撐亂蹦，正好和變文互相證明。這本是唐人的口語，馮氏沒有見到變文，用《尚書傳》來解釋，自然不能切合。又杜甫彭衙行：「癡女飢咬我，啼畏虎狼聞。懷中掩其口，反側聲愈嗔。」用李商隱詩來校杜詩，「反側」也應作反倒，這是傳鈔者衹知有反側，不知有反倒，因而臆改的。

咋呀　詐訝　厏厊

違拗。

鷰子賦：『今欲據法科繩，實即不敢咋呀。』（頁 252）徐復說：「咋呀」謂言語違戾。字亦作「詐」。《集韻》上聲三十五馬韻：「，側下切，又仕下切，言戾。」又：『詐，語下切。」

《集韻》上聲又有「厏屛」，音同，解作「不相合」，音義都相近。

修理

處置或料理的意思。

舜子變：「緣人命致重，如何但修理他？有計但知說來，一任與娘子鞭恥。」（頁 132）這裡的「修理」，實際是致之於死的意思，和《水滸傳》裡的「奈何」相似。《太平廣記》卷三百八十二引《廣異記》：「〔周頌〕哽咽悲涕向〔梁〕乘云：『母老子幼，漂寄異域，奈何而死！』求見修理。」這是求梁乘給他想辦法，有料理的意思。

修理也作整治飲食解，是從處置、料理的意思縮小而來的。下面是兩個例：《酉陽雜俎》前集卷七，酒食篇：「真（貞）元中，有一將軍家……善均五味，嘗取敗障泥胡祿修理食之，其味極佳。」《太平廣記》卷三百八十五引唐人牛僧孺《玄怪錄》，崔紹條：「又見階前有木盆，盆中以水養四鯉魚。紹問：『此是何魚？』家人曰：『本買充廚膳，以郎君疾殛，不及修理。』」又作「修治」。《太平廣記》卷四百八十三引《投荒錄》（《通志》藝文略：《投荒雜錄》一卷，房千里撰，不知是否一書）：「嶺南無問貧富之家，教女不以針縷績紡為功，但躬庖廚，勤刀機而已。……民爭婚聘者，相與語曰：『我女裁袍補襖，即灼然不會；若修治水蛇黃鱔，即一條必勝一條矣。』」又單稱「修」。唐人張讀《宣室志卷》卷七：「會尚食廚吏修御膳。」

療治　料理

義同「修理」，煎熬、折磨的意思。

漢將王陵變：「鍾離末奏曰：『王陵須（雖）是漢將，住在綏州茶城村。若見王陵，捉取王陵；若不見，捉取陵母，將來營內，苦楚蒸煮療治。……』」（頁41）

白居易對鏡贈張道士抱元詩：「眼昏久被書料理，肺渴多應酒損傷。」「療治」、「料理」義同，「療」、「料」同音，「療」字不作醫療本義用。

商宜　相宜

商量如何適當處理的意思。

頻婆娑羅王后宮綵女功德意供養塔生天因緣變：「今若休罷禮拜，仗（伏）恐先願有違；若乃頂謁參永（承），力劣不能來往。即朝大臣眷屬，隱（穩）便商宜。」（頁766）按：《佛本行集經》卷五十：「其五人者，所謂執尾、執棹、抒漏、能沈能浮、善行船者，共量所宜。」意思是量度執事之所宜。「商宜」為一個詞兒，構詞的意思與之相仿，即商量處事之所宜。

醜女緣起：「已前諸官，密計相宜，要看宮（公注。」（頁795）「相」是「商」的同音通用字。下女夫詞：「請君下馬來，模模便相量。」（頁275）下句應校作「緩緩更商量」，「相」、「商」通用，與此相同。今舟山土話商量即云「相量」。

《敦煌資料》第一輯辛未年梁保德買斜褐契：「兩共對唯商宜。」（唐五代間有所謂「唯書」，就是現在的議定書。）《敦煌遺書總目索引》，斯坦因劫經錄，3929 卷，節度押衙董保德建造蘭若功德頌：「乃與上下商宜，行旅評薄：君王之恩隆須報，信心之敬重要酬，共修功德，眾意如何？」

興易　興生　興販

做生意，求利。

大目乾連冥間救母變文：「昔佛在世時，弟子厥號目連……於一時間，欲往他國興易。」（頁 714）目連緣起稱目連「偶自一日，欲往經營，先至堂前，白於慈母：『兒擬外州經營求財，侍奉尊親。』」（頁 701）據此，「興易」就是經營求利。其他的例子：搜神記侯光、侯周兄弟二人條：「相隨多將財物，遠方興易。」（頁 871）又王景伯條：「乘船向遼水興易。」（頁 872）

「興易」又叫「興生」，應該是「興治生產」的意思。父母恩重經講經文：「劍嶺興生，半歲而魂隨錦水。」（頁 689）這就是下文所說的「或經營，去（求）利去。」

《敦煌掇瑣》，五言白話詩：「興生市郭兒，從頭市內坐。例有百餘千，火（伙）下三五箇。行行皆有鋪，鋪裡有雜貨。」

《宋書》吳喜傳：「又遣部下將吏，兼因土地富人，往襄陽或蜀漢，屬託郡縣，侵官害民，興生求利。」《南史》柳世隆傳：「在州立邸興生，為御史中丞庾杲之所奏。」《北史》隋文帝紀：「詔省府州縣皆給廨田，不得興生，與人爭利。」又封回傳：「滎陽鄭雲諂事長秋卿劉騰，貨紫纈四百匹，得為安州刺史。除書旦出，晚往詣回，坐未定，問回：『安州興生，何事為便？』回曰：『卿荷國寵靈，位至方伯，雖不能拔園葵，去織婦，宜思方略，以濟百姓；如何見造問興生乎？封回不為商賈，何以相示？』」又楊椿傳：「不聽興生求利。」《隋書》食貨志：「工部尚書安平郡公蘇孝慈等以為所在官司因循往昔，以公廨錢物出舉興生，唯利是求。」出舉，放債。

《資治通鑑》卷一百七十八，隋紀二，文帝開皇二年：「先是，臺省府寺及諸州皆置公廨錢，收息取給。工部尚書扶風蘇孝慈，以為官司出舉興生，煩擾百姓，敗損風俗，請皆禁止，給地以營農。」

《唐律疏議》卷四，名例四：「問曰：『假有盜得他人財物，即將興易及出舉，別有息利，得同蕃息以否？』……答曰：律注云生產蕃息，本據應產之類，而有蕃息。若是興生出舉而得利潤，皆用後人之功，本無財主之力。既非孳生之物，不同蕃息之限，所得利物，合入後人。』」按「生產」謂臧婢產子，「蕃息」謂馬生駒之類，據律應歸原主。

《佛本行集經》卷四十九，五百比丘因緣品第五十：「但我等輩，從閻浮提，興生至此，為求財故，入於大海。」又：「擬於道路，興販取利。」《北史》西域女國傳：「恆將鹽向天竺興販，其利數倍。」《法苑珠林》卷五十九引《大集經》：「又亦不得以眾生物貯積興生，種種販賣。」《大唐西域記》卷十一，蘇剌侘國：「國當西海之路，人皆資海之利，興販為業，貿遷有無。」《舊唐書》懿宗紀，咸通四年勑：「宜令諸道一任商人興販，不得禁止往來。」《舊五代史》少帝紀一：「乃重其關市之征，蓋欲絕其興販，歸利於官也。」蘇軾奏淮南閉糴狀二首之一：「右檢會編敕：諸興販斛㪷，雖遇災傷，官司不得禁止。」又乞禁商旅過外國狀：「元祐編勑：諸商賈許由海道往外蕃興販。」《異聞總錄》卷一：「建康楊二郎興販南海，往來十餘年，累貲千萬。」宋吳自牧《夢粱錄》卷十二，河舟條：「又有下塘等處及諸郡米客船隻，多是鐵頭舟，亦可載五六百石者，大小不同。其老小悉居船中，往來興販耳。」

交關　交

就是交易，和買賣是同義詞。

　　爐山遠公話：『鋤禾刈麥，薄會些些；買賣交關，盡知去處。』（頁176）就是說買賣交易。降魔變文：「太子國（園）必寬廣，林木繁稠。平地與布黃金，樹枝銀錢遍滿。假使頃（傾）倉竭庫，必無肯置之期。交關不合，本園還在。」（頁370）這是首陀天王化成老人勸祇陁太子把花園高價賣給大臣須達的話，「交關不合」就是買賣不成。

　　《敦煌曲校錄》十二時，普勸四眾依教修行：「交關多使七成錢，糴糶無非兩般斗。」是說交易買賣使用成色不足的銀錢，糴米用大斗，糶出用小斗，以圖謀不正當的利潤。

　　《唐律疏議》卷四，名例四：「知是贓婢，本來不合交關。違法故買，意在姦偽。」這裡的「交關」謂買取贓婢。

　　《隋書》裴矩傳：「矩因遣使告胡悉曰：『天子大出珍物，今在馬邑，欲共蕃內多作交關；若前來者，即得好物。』」

　　元稹估客樂詩：「火伴相勒縛，賣假莫賣誠。交關但交假，本生得失輕。……鍮石打臂釧，糯米吹項瓔。歸來村中賣，敲作金玉聲。」「鍮石」等四句就是「交關但交假」的註腳，可知「交關」就是做買賣。

　　《太平廣記》卷一百四十，汪鳳條引《集異記》：「蘇州吳縣甿汪鳳，宅在通津，往往怪異起焉。……鳳居不安，因貨之同邑盛忠。忠居未五六歲，其親戚凋隕，又復無幾。忠大憂懼，則損其價而標貨焉。……邑胥張勵者，……因詣忠，請以百緡而交關焉。」無名氏《大唐傳載》：「除陌，建中四年敕天下州縣市買交關，每貫五十文納官。」《舊唐書》食貨志：「有因交關用而欠陌錢者，宜但令本行頭及居停主人、牙人等檢察送官。如有容隱，兼許賣物、領錢人糾告。」

《夷堅丁志》卷四，王立爊鴨條，說中散大夫史忞，在市上碰見已死的庖卒王立賣爊鴨，說：「今臨安城中人，以十分言之，三分皆我輩也。或官員，或僧，或道士，或商販，或倡女，色色有之，與人交關還往不殊，略不為人害。」這裡所舉的各色人中，如官員則跟人還往，如商販則跟人買賣，也可以證明交關的意義。

《天雨花》第四十八回：「往來約有十餘日，老狐忽轉面皮門；相待小姐多和氣，不是前番尅惡形。孝貞暗道事急矣，想必交關已做成。」按書中情節，是左孝貞守寡以后，她的惡姑袁氏要設計把她賣掉，事為孝貞所知，所以這樣說。

元稹白氏長慶集序：「至于繕寫模勒，衒賣於市井，或持之以交酒茗者，處處皆是。」「交酒茗」謂用元、白的詩來償付酒茗的價錢，也是交易的意思。

唐人又有「交受」一詞義與交關相同。《續幽怪錄》卷三，蘇州客條：「〔韋〕貫詞持椀而行，……忽有胡客，周視之，大喜，問其價。貫詞曰：『二百緡。』客曰：『物宜所直，何止二百緡！但非中國之寶有之何益。百緡，可乎？』貫詞以初約只爾，不復廣求，遂許之交受。」胡客受椀，貫詞受錢，這就是「交受」。

漢王褒僮約：「不得辰出夜入，交關伴偶。」意即結交朋友。（漢魏之間又有作勾結解的，如《三國志》魏志曹爽傳，司馬懿奏：「今大將軍爽……又以黃門張當為都監，專共交關，看察至尊，候伺神器。」）這是「交關」兩字之早見者。《資治通鑑》卷七十五，魏紀七，邵陵厲公嘉平三年：「賜楚王彪死，盡錄諸王公置鄴，使有司察之，不得與人交關。」《三國志》魏志不載「盡錄諸王公」以下語，未知《通鑑》所本。到變文和元稹的詩，意義範圍已經縮小，變成買賣了。《南齊書》良政沈憲傳：「少府管掌市易，與民交關。」義在交結和交易之間。

商量　商

買賣時還價。

捉季布傳文：「問：『此賤人誰是主？僕擬商量幾貫文？』周氏馬前來唱喏，一依前計具咨聞：『氏買（賣）典倉緣欠闕，百金即賣救家貧。大夫若要商量取，一依處分不諍（争）論。』」（頁61）董永變文：「家裡貧窮無錢物，所買（賣）當身殯耶孃。便有牙人來勾引，所發善願便商量。長者還錢八十貫，董永只要百千強。」（頁109）據董永變文，可以知道「商量」就是還價。

《太平廣記》卷一百二十一，崔尉子條引《原化記》（《通志》藝文略諸子類小說：《原化紀》一卷，皇甫氏撰）：「今有吉州人姓孫，云空舟欲返，傭價極廉。儻與商量，亦恐穩便。」義與變文同。《五燈會元》卷十五，廬山護國和尚：「買賣不當價，徒勞更商量。」

《孤本元明雜劇》，元人鄭廷玉《宋上皇御斷金鳳釵》第三折，隔尾曲：「妻也你休逢着的商量見了的買。」「商量」也指買物論價。

《酉陽雜俎》續集卷三，支諾皐下，記盧冉「知顧頭堰（「知」字原文作「之」，據《太平廣記》卷二百八十二校正），……自幼嗜鱠，在堰嘗（常）憑吏求魚。」他的表兄夢見自己在潭裡化成魚，被漁人捕得，「復覩所憑吏就潭商價。」「商價」就是「商量」。

田常

即「填償」，抵償，償還。

董永變文：「直至三日復墓了，拜辭父母幾（去）田常。」（頁110）王重民校記：「此變文中『田常』凡三見，下文『便遣汝等共田常』，及『感得天女共田常』，王慶菽、週一良疑當作『填償』，謂填償董永的賣身價。向達云：『都不應作填償，田常亦是仙人名，見搜神記。』」王、周説是而向説非。即以「感得天女共田常」句而言，若解釋作「感得天女共〔董永〕填償」，即文從字順，合情合理。若謂田常是仙人名，則此句祇成半橛，其語未了，感得這一女一男兩仙人怎樣呢？且作為仙人的田常在此變文中更無作為，豈非同於虛設，為行文之理所必無嗎？句道興《搜神記》述董永賣身事，曰：「後無錢還主人時，求與歿身主人為奴一世常力。」（頁887）《變文集》校「常」為「償」，甚是。唐馮翊子子休《桂苑叢談》李將軍為左道所誤條：『護軍李將軍全皐罷淮海日，……一旦有一小校紹介一道人，……一夕話及黃白事，道人曰：唯某頗能得之。可求一鼎容五六升已來者，得金二十餘兩為母，日給水銀藥物，火候足而換之，莫窮歲月，終而復始。』李喜其説，顧囊中有金帶可及其數，以付道人。……一日道人不來，藥爐一切如舊，……啟爐而視之，不見其金矣。事及導引小校，代填其金，道人杳無蹤跡。」「代填」就是代道人償還。「填償」蓋亦唐宋間常語。蘇軾應詔論四事狀：「小民既無他業，不免與官中首尾膠固，以至供通物產，召保立限，增價出息，賒貸轉變，以苟趨目前之急；及至限滿不能填償，又理一重息罰；歲月益久，逋欠愈多。」又：「尚有餘欠一萬三千四百餘貫，計四百四戶，歲月既久，終不能填償。」都是償還義。

綽綻

破裂。

秋吟：「炎天逐樂攀金轡，□□追歡捧玉盃。綽綻酒霑坣點染，願開惠施賞迦提。」（頁811）這裡「綽綻」是承「攀金轡」說的，「酒霑」是承「捧玉盃」說的。又：「凋按（雕鞍）駿騎，打毬綽綻之衣；玉管金盃，令舞酒沾□□（下文：『令舞酒沾半臂」）。」（頁812）和前文意思相同，可以看出，「綽綻」是因馳馬打毬而致衣服破裂的意思。白居易行簡初授拾遺同早朝入閤因示十二韻詩：「鬭班花接萼，綽立雁分行。」「鬭」有拼合的意思，見前「鬭闕」條，與「接」相應；與此相對，「綽」有分開的意思，與「分」相應。《劉知遠諸宮調》第十二，般涉調墻頭花曲：「言絕旗旛綽開，一人出馬。」就是分開。《梨園按試樂府新聲》卷中，滿庭芳曲：「契丹家擗綽了窮雙漸。」就是丟開。「綽綻」之為破裂，「綽」也是有義可尋的。

別

識別，鑑別，賞鑑。

伍子胥變文：「適來鑑貌辨色，觀君與凡俗不同。君子懷抱可知，更亦不須分雪。我聞別人不賤，別玉不貧。秦穆公賜酒蒙恩，能言獨正三軍，空籠而獲重貴。」（頁13）「別人」的「別」，就是上文所說的「鑒貌辨色」。「秦穆公」以下的文字，語意不很明白，大要就是講的《呂氏春秋》愛士篇中的事情：秦繆公（即穆公）失走了一匹馬，自己找到岐山下，見到「野人」正宰了吃着，繆公以為吃駿馬的肉而不飲酒會傷人，就給他們飲酒。後來在韓原之戰中，這些飲過酒的人拚命為繆公戰鬭，打敗了晉國。變文的意思，則是穆公能識別吃馬肉的人的材勇，因而能「獲重貴」，這就是所謂「別人不賤」。

「別」當作「識別、鑑別」講，唐、五代的文字裡都可見到。《雲謠集雜曲子》內家嬌詞：「解烹水銀，鍊玉燒金，別盡調篇。」又：「善別宮商，能調絲竹，歌令尖新。」白居易見紫薇花憶微之詩：「除却微之見應愛，人間少有別花人。」謝李郎中寄新蜀茶詩：「不寄他人先寄我，應緣我是別茶人。」都是這個意思。又白氏寄庾侍郎詩：「是時歲云暮，淡薄煙景夕，庭霜封石稜，池雪印鶴跡。幽致竟誰別，閑靜聊自適。」這個「別」字又是鑑賞、賞玩的意思了。《唐闕史》卷下，賤買古畫馬條：「時延壽裡有水墨李處士，以精別畫品遊公卿門。」《太平廣記》卷三百四十一，韋浦條引《河東記》：「卞判官名和，即昔刖足者也，善別寶。」又《北夢瑣言》卷六，樂工關小紅條：「一日，會軍校數員飲酒作歡，石潨以胡琴擅場。在坐非別音者，誼譁語笑，殊不傾聽。」中華書局排印繆氏《雲自在龕叢書》本時據吳鈔本改「別音」為「知音」，這是錯誤的。曹唐病馬五首呈鄭校書章三吳十五先輩詩之三：「不剪焦毛鬣半翻，何人別是古龍孫？」梅堯臣同蔡君謨江鄰幾觀宋中道書畫詩：「君謨善書能別書，宣獻家藏天下無。」歐陽修洛陽牡丹記，花釋名第二：「洛人善別花，見其樹知為某花。」蔡襄《茶錄》上篇論茶，色：「善別茶者，正如相工之眎人氣色也，隱然察之於內。」

《三國志》吳志顧雍傳：「雍為相十九年，年七十六，赤烏六年卒。初疾微時，權令醫趙泉視之，拜其少子濟為騎都尉。雍聞，悲曰：『泉善別死生。吾必不起，故上欲及吾目見濟拜也。』」劉宋時人袁淑詩：「種蘭忌當門，懷璧莫向楚。楚少別玉人，門非植蘭所。」《宋書》吳喜傳：「議者以喜刀筆主者，不嘗為將，不可遣。中書舍人巢尚之曰：『喜昔隨沈慶之，屢經軍旅，性既勇決，又習戰陳。若能任之，必有成績。諸人紛紛，皆是不別才耳。』」可見六朝時「別」已有識別、鑑別的意義。

劉禹錫燕爾館破屏風所畫至精，人多歎賞詩：「畫時應遇空亡日，賣處難逢識別人。」《全唐詩》於「別」字下注道：「去聲。」這個注未知所出，但據此可知上面所舉的「別」字舊音有讀去聲的。附記備考。

項楚說：《通釋》引「秦穆公賜酒蒙恩，能言獨正三軍，空籠而獲重貴」，並加闡釋云云，似以三句為寫一事，實則三句各寫一事（第二句待考），第三句「貴」是「賞」形近之誤。「空籠獲賞」事見褚先生補《史記》滑稽列傳（淳于髡事），又見《說苑》奉使篇（作毋擇事）、《韓詩外傳》卷十。

占相　瞻相　占　占色　聲色　氣色

相面。

八相變：「文殊菩薩遂向大王道：『大王若不信，南山有一阿斯陁仙仁（人），修行歲久，道行精專。屈請將來，令交瞻相，大王便悉此事。』……大王感取見（建）言，來日屈請仙人，侵晨便至門守（首），邀請上殿，對說因由：大王有夫人產生，乃出奇祥太子，生下便語，口稱唯尊，天下人間，獨我無勝；固（故）請仙哲，占相斯人。……仙人既召之後，却向大王道：『太子是出世之尊，不是凡人之數。』」（頁332、333）「瞻相」同「占相」，「既召之後」的「召」明係「占」字之誤。太子成道經：「忽有一仙人向前揭勑，口云：『我擅能上上相。』大王聞說，即詔相師。阿斯陁仙人蒙詔，即至殿前。大王告其仙人：『朕生一子，以（與）世間〔人〕有殊，不委是凡是聖。伏願仙人者，〔與〕朕相之。』（頁289、290）甲、乙、丁、戊、庚卷「上上相」作「解相」。又丙卷作「上相」。按：「上上相」與「上相」應作「占相」，八相變可證。

按：「占相」的「占」原義為卜，因之凡知人吉凶之事皆謂之「占」，相術乃其一事。《法苑珠林》卷十三引《菩薩本行經》：「時諸弟子，心念王仙在世之時不生兒子，今此兩童，是王仙種，養護看視，報諸臣知。時諸大臣，召喚解相大婆羅門，教令占相，並遣作名。」又卷十四引《佛本行經》：「八婆羅門等聞王語已，善知諸相，善占夢祥。……時淨飯王，聞此相師占觀妃夢，云是吉祥瑞；占相之後，即於其國迦毗羅城四門之外，並衢道頭，街巷阡陌，有人行處安大無遮義會之施，所須飲食財寶，宅舍畜生，皆悉與之。」又卷九十八引《雜寶藏經》：「使與相師至彼樹下，見此女人。相師占之：此女福德，堪為夫人。」「占相」即兼相面與圓夢二義。但所引變文則為相面。《法苑珠林》卷一百八引《正法唸經》：「或占相男女、舍屋、田園種種吉凶。」則為占卜吉凶義。又卷四十九引《羅旬踰經》：「佛在世時，有婆羅門子薄福，相師占之：無相。」「無相」與「有相」相反，參看釋容體篇「有相」條。唐人又稱相面為「占色」，「色」即顏色、氣色之「色」。無名氏《大唐傳載》：「常相袞之在福建也，有僧某者善占色，言事若神。相國惜其僧老，命弟子就學其術。……遍召，得小吏黃徹焉。相命就學。……李忠公吉甫曰：『黃徹之占，袁、許之亞次也。』」袁謂袁天綱，許謂許負，都是善於相面之人。又稱「聲色」、「氣色」。王定保《唐摭言》十五，雜記：「令狐趙公在相位，馬舉為澤潞小將，因奏事到宅。曾公有一門僧善聲色，偶窺之，謂公曰：『適有一軍將參見相公，是何人？』以舉名語之。僧曰：『竊視此人，他日當與相公為方面交代。』」又卷七，起自寒苦：「鄭朗相公初舉，遇一僧，善氣色，謂公曰：『鄭君貴極人臣，然無進士及第之分。若及第，即一生厄塞。』」

排打　判斷　判

賞玩，欣賞。

父母恩重經講經文：「霄漢會當承雨露，高科登第出風塵。多應不允（久）逢新喜，何異成龍脱故鱗！酒熟花開三月裡，但知排打曲江春。」（頁 685）「排打曲江春」是登第以後賞玩曲江的景物，唐時的風俗如此。《詩詞曲語辭彙釋》卷五，以「判斷」為欣賞。案，唐人南卓《羯鼓錄》記唐玄宗的事道：「嘗遇二月初，詰旦巾櫛方畢；時當宿雨初晴，景色明麗，小殿內庭，柳杏將吐。覩而嘆曰：『對此景物，豈得不為他判斷之乎！』左右相目，將命備酒。」拿備酒來看，「判斷」是欣賞的意思很明白，可以給張氏的説法添一助證。而變文的「排打」恰和「判斷」是雙聲，那麼這兩者本來也衹是一個詞，不過聲音略有轉變而已。也有以「判」一字為欣賞義的，如楊萬里見澹庵胡先生舍人詩：「黃帽朱耶飽煙雨，白頭紫禁判鶯花。」

打論

踢氣毬。

父母恩重經講經文：「貪歡逐樂無時歇，打論樗蒲更不休。」（頁 674）按：打論是踢氣毬，在唐五代的記載中還沒有看到，但後來的資料却可以證明。陳元靚《事林廣記》戊集卷二，齊雲社規：「纔下場，他人打論，來復接住氣毬，為同踢人，曰『廝帶挾』。」又下腳文：「論來得高，使花肩、和肩、偷北肩；論來得低，使虛蹬、躡蹬；論來得淺，使魆搭、麼搭、招頭搭；論來得深，使正騎、背騎、斜飛騎；論踢時四廂不背，論打後遠著人。」又《説唐》第十二回和羅貫中《隋唐演義》第十七回都有柴紹圓情（即踢毬）的描寫。陪人踢毬的職業夥伴叫「把持」，又叫「監論」。踢毬的動作把式則有所謂「這個丟頭、過論有高低，那個張泛送來真又楷」（《西遊記》第七十二回，寫盤絲洞蜘蛛精踢氣毬，也有「拿頭過論有高低，張泛送來真又楷」的話）；「請老爺過論，小弟丟頭，夥家張泛伏侍你老人家」。又柴紹在踢毬以前問秦叔寶等人說：「還是諸兄內那一位上去，〔還是〕小弟過論？」雖然詳細情形不得而知，而「過論」就是踢毬，「打論」、「論打」又見於專記踢毬的社規和踢法的文字裡，說變文的「打論」也就是踢毬，是較為得實的。

《鑒戒錄》卷四，輕薄鑑條：「前蜀馮大夫涓，恃其學富，所為輕薄。……太祖問：擊榆之戲，剏自誰人？』大夫對曰：丘八所置。』上為大笑。」俞樾將此條鈔入《茶香室三鈔》卷二十二，說：「擊榆未知何戲。丘八似隱兵字，今俗猶有此言。」按：擊榆疑即打論，打論於古為蹴鞠之戲，蹴鞠之始，本為習兵，所以馮涓戲為「丘八所置」。

李紳拜三川守詩序：「又里巷比多惡少，……或差肩追繞擊大毬，里言謂之打棍諳論。」「打棍諳論」似與打論相類，但是打毬而非踢毬。又龍明子《葆光錄》（龍明子舊不題何時人，據書中有寶正、貞明等年號，又記方干、羅給事等詩人，知為五代人。又「龍」字應作「襲」，《直齋書錄解題》：《葆光錄》三卷，陳纂撰，自號襲明子。）卷一：「求嬰處士說：昔在長安，春日與數舉子遊於北里中，將姬妓三五人狎飲次，有二僕夫奪門而進，各操論（去聲）棒，高揖據上位而坐，赳赳焉，叱吒焉，或歌或笑，傍若無人。一夫持杯改令云：『巡至弩臂。不能者，腦上一論棒！』」「弩臂」就是下文所說「揎上臂，迭起數條青筋」，論棒疑是打毬的棒。附記備考。

擊拂

打毬。

捉季布傳文：「試教騎馬捻毬杖，忽然擊拂便過人。」（頁63）「擊拂」之為打毬，五代人的書裡頗有其例，今錄於此。劉崇遠《金華子雜編》卷上：「周侍中寶與高中令駢，起家神策打毬軍將，而擊拂之妙，天下知名。」王定保《唐摭言》卷三，慈恩寺題名遊賞賦詠雜記篇：「乾符四年，諸先輩月燈閣打毬之會，時同年悉集。無何，為兩軍打毬軍將數輩私較於此。新人排比既盛，勉強遲留，用抑其銳。劉覃謂同年曰：『僕能為羣公小挫彼驕，必令解去，如何？』狀元已下應聲請之。覃因跨馬執仗，躍而揖之曰：『新進士劉覃擬陪奉，可乎？』覃馳驟擊拂，風驅雷逹。……」又：「咸通十三年三月，新進士集於月燈閣為蹙鞠之會。擊拂既罷，痛飲於佛閣之上。」孫光憲《北夢瑣言》卷十，崔雍食子肉條：「唐咸通中，龐勛反於徐州。時崔雍典和州，為勛所陷，執到彭門。雍善談笑，遜辭以順之，冀紓其禍，勛亦見待甚厚。其子少俊，飲博擊拂，自得親近，更無阻猜。」據變文及《金華子雜編》、《唐摭言》所敘周寶、劉覃事，「擊拂」是跨馬用杖打毬，因文字過於繁多，故於周寶事不備錄原文。

索　索　色

就是娶妻。

不知名變文：「自家早是貧困，日受飢恓；更不料量，須索新婦一處作活。」（頁814）齖䶗書：「新婦聞之，從床忽起。『當物（初）緣甚不嫌，便即不（下）財下禮？色我將來，道我是庲（底）？』」又：「已後與兒色婦，大須穩審。」（並見頁858）『是底」就是「甚底」。王慶菽校「色婦」道：「乙卷『色』作『索』，按敦煌寫本，『色』『索』二字常通用。」

韓朋賦：「憶母獨注（住），故娶賢妻。成功索女，始年十七，名曰貞夫。」（頁 137）父母恩重經講經文：「若是為人智惠（慧）微，從初至大異常癡。逢人未省知良善，共語何曾識禮儀。刺綉裁縫无意學，調脂（脂）弄麵不曾為。自家縫綻由（猶）嫌拙，阿那個門蘭（闌）肯素伊？」（頁 687）「素伊」是「索伊」之誤，「索」就是「索」的別體字，都是娶女的意思。《變文集》校「索」作「素」，是不對的。

《北史》隋宗室諸王文帝男房陵王勇傳：「我為伊索得元家女，望隆基業，竟不聞作夫妻。」

王梵志詩：「索婦得好婦，自到更須求。」

《太平廣記》卷二百六十二引《笑林》：「有民妻不識鏡，夫市之而歸，妻取照之，警告其母曰：『某郎又索一婦歸也。』其母亦照曰：『又領親家母來也。』」卷四百四十八引《廣異記》：「楊伯成，唐開元初為京兆少尹。一日，有人詣門，通云吳南鶴。伯成見，……乃云：『聞君小娘子令淑，願事門下。』伯成甚愕，謂南鶴曰：『女因媒而嫁，且邂逅相識，君何得便爾！』南鶴大怒，呼伯成為老奴，『我索汝女，何敢有逆！』」

《老學庵筆記》卷十：「今人謂娶婦為索婦，古語也。孫權欲為子索關羽女，袁術欲為子索呂布女，皆見《三國志》。」

契　契要　要契　要

定約。

搜神記梁元皓、段子京條：「出入同遊，甚相敬重，契為朋友，誓不相遺。」（頁873）又王道憑條：『本存終始，生死契不相違。」（頁876）又：「本情契要至重，以緣父母憶逼，為（謂）君永世不來，遂適與劉氏為妻，已經三年，日夕相憶情深，恚怨而死。」（頁877）又王子珍條：「同行至定州主人家，飲酒契為朋友，生死貴賤，誓不可（甲卷無「可」字，義長相湘違。」（頁880）「要」字平聲。

《根本説一切有部毗奈耶雜事》卷一：「迦攝波曰：『賢女！必如此者，我是其人。我今與尒共立盟誓。父母之教，誠不可違。除初婚時暫爾執手，過斯以後，所有身分誓不相觸。』時迦攝波，共立契已，歸會宗親，以成大禮。」「立契」跟「立盟誓」同義。

《法苑珠林》卷五十九引梁釋惠皎《梁高僧傳錄》：「晉羅浮山有單道開……絕穀餌柏實；柏實難得，復服松脂；後服細石子。……開同學十人，共契服食；十年之外，或死或退；唯開全志。」《太平廣記》卷四百三十七引薛用弱《集異記》：「〔楊〕褒妻乃異志於褒，褒莫知之。經歲時後，褒妻與外密契欲殺褒。」外是姘夫，契是約定。

《南齊書》王晏傳：「弟詡凶愚，遠相脣齒，信驛往來，密通要契。」

《法苑珠林》卷七十引《賢愚經》：「有五比丘，共立要契，在一林中，精勤修道。」「要契」與「契要」同義。「立契」、「立要契」亦稱「立要」，「要」、「契」都是約。《法苑珠林》卷九十九引《大莊嚴論》：「今當共立要，於此至沒命：假使此日光，暴我身命乾，我要持佛戒，終不中毀犯。」

《論語》憲問：「見利思義，見危授命，久要不忘平生之言。」注：「久要，舊約也。」《百喻經》卷下夫婦食餅共為要喻：「昔有夫婦，有三番餅。夫婦共分，各食一餅，餘一番在，共作要言：若有語者，要不與餅。既作要已，為一餅故，各不敢語。」《賢愚經》卷十二：「時有大長者，值欲嫁女，先與一珠，雇令穿之。……（穿珠師因聽法，無暇為穿）長者恨言，既重相雇，不唐倩託，今乃前却，不稱我要，更重遣人，因齎錢往。」又「要約」連用，俱盟約之意。《史記》蘇秦傳，「要約曰：『秦攻楚，齊魏各出鋭師以佐之。』」

助

賀喜；問候。

舜子變：『……門前有個老人，昨從寮楊（遼陽）城來，今得阿耶書信。兩拜助阿孃寒溫，兩拜助阿孃同喜。」（頁 130）「助阿孃寒溫」的「助」是問候的意思，「助阿孃同喜」的「助」是賀喜的意思。伍子胥變文：「今聞將軍伐楚，臣等憙賀不勝，遙助快哉，深加踴躍。」（頁 23）也是賀喜。這兩處「助」字《變文集》都校作「祝」。按：捉季布傳文：「侯瓔（嬰）拜舞辭金殿，來看季布助歡忻：皇帝捨僁（愆）收敕了，君作無憂散憚（誕）身。」』（頁 68）秋胡變文：『行至堂前設禮，助婆歡憘。」（頁 158）廬山遠公話：「商（適）來狂寇奔衝，至其驚怕。且喜賊軍抽退，助和尚喜。」（頁 173）太子成道經：「助大王喜，合生貴子。」（頁 288）目連緣起：「久居地獄，受苦多時；今乃得離阿鼻，深助娘娘。」（頁 709）都是賀喜的意思。又《搜神記》卷三：「〔管〕輅語〔趙〕顏曰：『大助子喜，且得增壽。』」姚秦鳩摩羅什譯《維摩詰所說經》卷下，法供養品第十三：「佛言：『善哉，善哉，天帝！如汝所說。吾助爾喜。』」囑累品第十四：「佛言：『善哉，善哉，彌勒！如汝所說。佛助爾喜。』」《法苑珠林》卷七十引唐人唐臨《冥報記》：「君今自得五品，文書已過天曹。相助欣慶，故以相報。」唐人徐商賀襄陽副使節判同加章綬詩：「芳菲解助今朝喜，嫩蘂青條滿眼新。」《景德傳燈錄》卷二十四，興元府普通院從善禪師：「僧問：『法輪再轉時如何？』師曰：『助上坐喜。』」《般舟三昧經》四輩品：「佛言：善哉，颰陀和，我助其歡喜，過去當來今現在佛皆助歡喜。」朱熹《五朝名臣言行錄》卷七，范仲淹，引《卮史》：「公自政府出，歸姑蘇焚黃。搜外庫，惟有絹三千匹；錄親戚及閭里知舊，散之皆盡。曰：『宗族鄉黨，見我生長，幼學壯仕，為我助喜，我何以報之哉！』」宋人龔明之《中吳紀聞》卷三，范文正公還鄉條也有「幼學壯仕，為我助喜」的話。王安石送董伯懿歸吉州詩：「去年服初除，聽赦相助喜。」蘇軾元祐三年春帖子詞，皇太后閣：「共助至尊歡喜事，今年春日得春衣。」又與王敏仲書四首之三：「甘雨應期，遠邇滋洽，助喜慰也。」《寶真齋法書贊》卷十四，黃魯直書簡帖上：「昨在郡中，既承使節在遠，不敢遣人承問太夫人；然聞耆年耳目聰明，飲食如壯者，奉助歡喜也。」黃庭堅書秦覯詩後：「少章別來踰年，文字亹亹日新。不惟助秦氏父兄歡喜，余與晁張諸友亦喜交遊間當復得一國士。」陸游雨中作詩：「悠然更助鄰丁喜，漸近收蕎下麥時。」《青瑣高議》別集卷一，西池春遊條：「知子今日花燭，我乃助喜耳。」從上面的引文看，可見賀喜叫做「助」，六朝唐宋間都有這個說法；改作「祝」字，是不對的。問候和賀喜都是因對方平安和有喜慶的事而自己也同樣有喜慰之情，所以叫做「助」。《太平廣記》卷二百七十七引唐臨《冥報記》：「君今自得五品，文書已過天曹，相助欣慶。」分明是這個意思。《史記》外戚世家記文帝竇皇后早年與弟廣國失散，後得相聚，「於是竇後持之而泣，泣涕交橫下。侍御左右皆伏地泣，助皇后悲哀。」意思和變文相同，不過是一喜一悲而已。這又可見這個字的用法，其來甚古了。

韓愈大行皇太后輓歌詞三首之二：「雲隨仙馭遠，風助聖情哀。」《舊唐書》李景略傳：「乃使謂梅錄曰：『知可汗初沒，欲申弔禮。』乃登高壟，位以待之。梅錄俯僂前哭，景略因撫之曰：『可汗棄代，助爾號慕。』」《資治通鑑》卷二百三十三作「助爾哀慕」。《景德傳燈錄》卷二十七，天台拾得：「寒山搥胷云：『蒼天！蒼天』拾得却問：『汝作什麼？』曰：『豈不見道東家人死，西家助哀？』」《法苑珠林》卷五十七引《諫王經》：「人欲死時，諸家內外聚會無邊，椎胷呼天，皆云：『奈何！』……聞之者莫不傷心，覩之者莫不助哀。」例同《史記》。韓詩「助」字，《舉正》作「動」，《考異》已指言其非了。

王安石上宋相公書：「當閤下以三公歸第，四方奔走賀慶之時，而某尚以衰痳之故，不能有一言自獻，以贊左右之喜。」《苕溪漁隱叢話》前集卷四十引《高齋詩話》：「〔鄭〕待問得官而歸，盛集為慶。親姻畢集，眾皆贊喜。」「贊喜」跟「助喜」同義，可相參證。

蘇軾《東坡內製集》卷四，生獲鬼章文武百寮稱賀宣答詞：「靖寇息民，與卿等同喜。」「同喜」與「助喜」也可互相參證。《內製集》中又有「助燕喜」、「助宴喜」、「助燕衎」的話，如賜樞密安燾以下罷散興龍節道場香酒果口宣：「宜膺寵頒，式助燕喜。」賜皇叔徐王罷散興龍節道場香酒果口宣：「助茲宴喜，錫以柔嘉。」意思和助喜相近。「燕衎」就是「燕喜」。例多不備錄。

屈

邀請。

捉季布傳文：「屈得夏侯蕭相至，登筵赴會讓卑尊。」（頁 65）爐山遠公話：「遂令左右交（教）屈夫人，夫人蒙屈，來至西門前。」（頁 177）祇園因由記：「須達愴至，莫知所由，『為屈王耶，臣耶？』護彌答曰：『請仏供養。』」（頁 406）无常經講經文：「煞（殺）豬羊，羞玉饌，屈命親情恣歡晏（晏）。」（頁 661）父母恩重經講經文：「幾度親情屈喚，無心擬去相隨；縱然家內延賓，實是嬾陪歡笑。」（頁 697）又葉淨能詩：『門人亦（一）見，走報岳神云：『太一使至。』岳神便屈使人直人殿前。」（頁 217）「屈使人」就是請使者，《變文集》在「屈」字後用逗號點斷，這是忘了「屈」的意義為請了。《集韻》人聲九迄韻：「屈，請也。」

《法苑珠林》卷六十五引南齊王琰《冥祥記》:「主人謂〔袁〕廓曰：『身主簿不幸，閤任有闕，以君才穎，故欲相屈，當能顧懷不？」』《晉書》劉聰載記：「陳元達……元海之為左賢王，聞而招之，元達不答。及元海僭號，人謂元達曰：『往劉公相屈，君蔑而不顧；今稱號龍飛，君其懼乎？』」

《晉書》儒林虞喜傳：「諸葛恢臨郡，屈為功曹。」《梁書》傅映傳：「繪之為南康相，映時為府丞，文教多令草具。褚彥回聞而悅之，乃屈與子賁等遊處。」

《資治通鑑》卷二百四十五，唐紀六十一，文宗太和九年：「士良遣宦者召之（薛元賞），曰：『中尉屈大尹。』」《太平廣記》卷一百八十一，裴德融條引唐人盧言《盧氏雜說》:「盧簡求為右丞，裴與除郎官一人同參。到宅，右丞先屈前一人人，從容多時。」又卷一百三十，王錡條引《河東記》:「見紫衣乘車從數騎，敕左右曰：『屈王丞來。』引錡至，則帳幄陳設已具，與錡坐語良久。」《續幽怪錄》卷三，蘇州客條：「問者執書以入，頃而復出，曰：太夫人奉屈。』遂人廳中，見太夫人者……」舊題牛僧孺《周秦行記》:「呼左右屈二娘子出見秀才。」張鷟《朝野僉載》卷二：「承親每日重設邀屈，甚殷勤。」邀屈同義連文。

《洛陽搢紳舊聞記》卷一，梁太祖優待文士條：「梁祖取骰子在手，大呼曰：『杜荀鶴！』擲之，六隻俱赤。乃連聲命：『屈秀才。』」王安石雨霖鈴詞：「一旦芒然，終被閻羅老子相屈。」這是詼諧之談，謂被閻羅王請去。黃庭堅次韻高子勉詩十首之五：「誰言小隱處，頻屈故人臨。」《夢溪筆談》卷一，故事一：「百官於中書見宰相，九卿而下，即省吏高唱一聲『屈』，則趨而入。」「屈」也是請。燕谷老人張鴻《續孽海花》第三十九回，曾涉及這一條筆談的校勘，可以參看。《三希堂法帖》第二十一冊，元趙孟頫書，與子方協律：「專遣馬去奉屈，望枉顧。」又陶宗儀《南村輟耕錄》卷四，相術條：「國初有李國用者，自北來杭，……謝后諸孫字退樂者，設早饌延致。……時趙文敏，謂之七司戶，與謝媚戚，屈來同飯。」

軟腳

接風，洗塵的酒宴。

捉季布傳文：「歸宅親故來軟腳，開筵列饌廣鋪陳。」（頁62）《新唐書》外戚楊國忠傳：「出有賜，曰餞路；返有勞，曰輭腳。」「軟」就是「輭」的異體。

餉食叫做「軟」，宋人詩詞中還存在，如蘇軾答呂梁仲屯田詩：「還須更置軟腳酒，為君擊鼓行金樽。」又鹽官部役戲呈同事兼寄述古詩道：「我州賢將知人勞，已釀白酒買豚羔。耐寒努力歸不遠，兩腳凍硬須公軟。」這就是「軟腳」的話，也許衹是用以前書上的現成字面，但他的浣溪沙，徐門石潭謝雨道上作道：「垂白杖藜擡醉眼，捋青擣麨輭飢腸。」這個「輭」字，決不是哪本書上抄得來的，而是存在於當時的口語中的。這個「輭」字，是從「餪」字變來的。《集韻》上聲二十四緩韻：「餪，乃管切，《博雅》『餪，餌，饋也。』一曰，女嫁三日後餉食曰餪女。」近代民間新婚時還有「暖房」的說法,「暖」就是「餪」(《邵氏聞見後錄》卷二十九,記宋祁改正兒媳家裡送食物書的「煖女」為「餪」,不詳引)。「輭」和「餪」同從「耎」得聲,其實就是「餪」字的假借。據此,可知「軟腳」的「軟」有「暖」音,東坡的詩,「軟」字對「凍」而說,則有暖義;對「硬」而說,則有「軟」義,是以雙關見巧處。又元陶宗儀《南村輟耕錄》卷十一,暖屋條:「今之入宅與遷居者,鄰里醵金過主人飲,謂曰『暖屋』,或曰『暖房』。王建宮詞:『太儀前日暖房來。』則暖屋之禮其來尚矣。」

王貞珉說:《山谷外集》卷八,乙未移舟出詩:「一試金僕姑,歸飲軟臂酒。」史容注:「《大唐稽疑》云:『郭子儀自同州歸,代宗詔大臣就宅作軟腳局。』今挽弓,故曰軟臂。」可見唐人使用「軟腳」一語實為廣泛。慰勞腳,即叫做軟腳;慰勞手,即叫做軟臂,其義一也。禮鴻按:陸游雪意復作詩:「灞橋策驢愁露手,新豐買酒聊輭腳。」這衹是自己慰勞自己,不必其有宴會。

《朝野僉載》卷三:『五原縣令閻玄一為人多忘。……曾有人傳其兄書者,止於階下。俄而里胥白錄人到,玄一索仗,遂鞭送書人數下。其人不知所以,訊之。玄一曰:『吾大錯。』顧宅典:『向宅取杯酒煖瘉。』」「煖瘉」《太平廣記》卷二百四十二作「偄瘡」。「瘉」應從《廣記》作「瘡」,《廣記》的「偄」則應作「愞」。「煖」和「愞」都借作「餪」,「餪瘡」謂因其創傷而慰問之。《舊五代史》晉書高祖紀天福四年:「詔停寒食、七夕、重陽及十月暖帳內外羣臣貢獻。」「暖帳」蓋亦「暖房」一類的事,謂酒食宴飲。元張國寶《羅李郎》劇第二折:「湯哥著他老爹打了一頓,眾人安排酒軟痛,又是一醉。」無名氏《舉案齊眉》劇第四折:「他家忒煞賣弄,打的屁股能重!燒酒備下三缾,到家自己煖痛。」「軟痛」、「煖痛」同,也就是「煖瘡」的意思。

蘇軾與梁左藏會飲傳國博家詩：『將軍破賊自草檄，論詩説劍俱第一。……風流別駕貴公子，欲把笙歌暖鋒鏑。」「暖」謂宴飲，「鋒鏑」即指破賊草檄、論詩説劍的梁左藏。黃庭堅謝榮緒惠貺鮮鯽詩：「偶思煗老庖玄鯽，公遣霜鱗貫柳來。」就是饋餉老年者。周邦彥漁家傲詞：「賴有蛾眉能煖客，長杯屢勸金盃側。」就是以酒餉客。鄭文焯校本《清真集》依《西泠詞萃》改作緩，大誤。《夢粱錄》卷二十，嫁娶條：「女家或於九朝內移廚往壻家致酒，謂之『煗女會』。」就是餉食出嫁的女兒。《西遊記》第四十三回：「昨日捉得一個東土僧人，我聞他是十世修行的元體，人吃了他，可以延壽，欲請舅爺看過，上鐵籠蒸熟，與舅爺暖壽哩。」「暖壽」的「暖」，也是餉食。

《夢溪筆談》卷九，記石曼卿在一鄰居的豪家飲宴，「有二鬟妾，各持一小槃至曼卿前。槃中紅牙牌十餘，其一槃是酒，凡十餘品，令曼卿擇一牌；其一槃肴饌名，令擇五品。……京師人謂之『軟槃』。」軟槃的「軟」也是「餪」的假借字。

短午

即「斷午」，謂過午不食。

大目乾連冥間救母變文：「貧道生年有父母，日夜持齋常矩午。」（頁721）「矩」是「短」字形近之誤。佛說阿彌陀經講經文：「矩髮天然宜剃度。」（頁486）「矩髮」就是「短髮」之誤，可證。

「短」又是「斷」的聲誤或同音通用字，見後《敦煌詞校議》長相思「遙望家鄉長短」條。《太平廣記》卷二百四十九引《啟顏錄》（《直齋書錄解題》謂不知作者，《唐志》有侯白《啟顏錄》十卷，未必是此書）：「〔長孫〕玄同乃指段恪：『若不日暗，何得短人行？』」短人謂段恪容儀短小，此處也諧斷字。斷午謂過午不食，是佛家的一種規矩。《蓮社高賢傳》道生法師傳：「宋文帝大會沙門，龍御地筵。食至良久，眾疑過中。帝曰：『始可中耳。』生乃曰：『白日麗天，天言始中，何得非中！遂舉箸而食，一眾從之。」《法苑珠林》卷一百九引《菩薩受戒經》：「菩薩齋日，過中已後不得復食。」「中」就是日中。《老學庵筆記》卷三：「佛經戒比丘非時食，蓋其法過午則不食也。而蜀僧招客暮食，謂之非時。」妙法蓮華經講經文：「欲過齋時，將臨日午。」（頁 493）也可證日午以後不再進食齋飯。《釋氏要覽》正食條：「僧祇律云：時食，謂時得食，非時不得食，今言中食，以天中日午時得食，當日中，故言中食。」又不正食條：「佛教以過中不食名齋。」又齋正時條：「毘羅三昧經云，佛為法慧菩薩說四食時：一旦時，為天食。二午時，為法食。時佛斷六趣因，令同三世佛故，制日午為法食，正時也。僧祇律云，午時日影過一髮一瞬，即是非時。」

掛　寡　垂

穿衣。

佛說阿彌陀經講經文：「一件袈裟掛在身，威議（儀）去就與（異）常人。」（頁 451）按：「掛」作穿衣講，變文和敦煌詞常見，不再舉例。通用「寡」字，舜子變：「舜子三年池（持）孝，淡眼十（服千）日寡體。」（頁 129）就是「掛體」。

捉季布傳文：「順風高綽低牟熾（幟），逆羚箭長垂纅甲裙。」（頁 52）週一良以為「逆」當是「逆」，是對的。佛說阿彌陀經講經文：「與弟子懺悔十惡五逆之罪。」（頁 462）就是「五逆」。「逆箭」就是禦箭，長垂鏁甲裙，是所以禦箭的手段。「垂」和「掛」同義。朱慶餘自蕭關望臨洮詩：「惟憐戰士垂金甲，不尚遊人著白袍。」高適（一作馬逢）部落曲：「老將垂金甲，閼支著錦裘。」「垂」、「著」對文同義，可證變文「垂」字的意義。

《劉知遠諸宮調》第十：「體掛布衣番做錦繡，攏頭草索變作金冠。」「體掛」應作掛體。

《歲時廣記》卷十七引唐人谷神子《博異志》：「見五女子垂華服，依五方坐而紉針。」

《易》繫辭下：「黃帝垂衣裳而天下治。」謝惠連雪賦：「裸壤垂繒。」按，繫辭此段講創制之事，當是說黃帝創始服用上衣下裳，人類進入於文明，而非如《易》家所說的垂拱無為。雪賦的「垂」作穿衣解，義尤明顯。

《水滸全傳》第一百十回：「戎裝革帶，頂盔挂甲。」挂與掛同，也是穿的意思。

繼絆　繼纏　繼念　繼

就是繫絆、繫纏、繫念。

金剛般若波羅蜜經講經文：「繼絆網羅不用入。」（頁427）維摩詰經講經文：「似白鹿重遭於繼絆。」（頁631）「繼絆」就是繫絆；父母恩重經講經文：「只為這嬰孩相繫絆。」（頁682）《敦煌曲校錄》，十二時，普勸四眾，依教修行：「十齋八戒有功勞，六道三塗無繫絆。」又：「廣置妻房多繫絆。」《太平廣記》卷一百六十三，竹貑條引《王氏見聞》蜀人謠：「黑牛無繫絆，椶繩一時斷。」可證。維摩詰經講經文：「既無貪繼半，浄（爭）肯愛珍財。」（頁572）「半」當作「絆」。

維摩詰經講經文：「認取理，莫疑猜，休縱迷心繼在懷。」（頁

567）就是繫在懷。又：「迷意終難改，癡心尚繼　。」（頁 569）就是繫纏。又：「清旦何妨專繼念？」（頁 583）「繼念」就是繫念，現在蘇州還有這個說法。又一篇：「勞法德以柄持，繼心神如（而）守志。」（頁 624）「繼心神」和「繼念」意義相近，「繼」和「守」意義也相近。

周祖謨四聲別義釋例：「繫，屬也，古詣切（去聲見母）；屬而有所著曰繫，胡計切（去聲匣母）。案幽繫、縛繫字讀見母，聯繫字讀匣母。」（《漢語音韻論文集》）「繫絆」的「繫」正應該讀見母和「繼」同音。《國史補》卷上：「馬司徒孫始生，德宗命之曰『繼祖』，退而笑曰：『此有二義。』——意謂以索繫祖也。」足以證明「繼」字可以作「繫」用。

《敦煌雜錄》十恩德：「流泪數千行，受別離苦繼心腸，憶念似尋常。」「繼心腸」就是繫心腸。

玄應《一切經音義》卷三，摩訶般若波羅蜜經第一卷音義：「繫念，古文『繫』、『繼』二形。」又卷二十二，瑜伽師地論第三十八卷音義：「係念，古文『繼』、『繫』二形，同，古帝反。」莊炘的校語道：「《後漢書》李固傳：『羣下繼望』，即同繫望。」晉范甯《春秋穀梁傳序》：「廢興由於好惡，盛衰繼之辯訥。」也就是繫之辯訥。「羣下繼望」是李固奏記中的話，可見「繼」字能通作「繫」用，從後漢以來就已經這樣，也不僅是通俗的文字裡如此。《穀梁傳》宣公二年「出亡，至於郊」范甯集解：「《易》曰：『繼用徽纆，……』」楊士勛疏：「《易》坎卦上六爻辭。但《易》本『繼』作『係』。」「係」和「繫」同義。《爾雅》釋詁：「係，繼也。」邢昺疏：「係者，繫屬之繼。」

《敦煌曲子詞集》破陣子詞：「應是瀟湘紅粉繼，不念當初羅帳恩，抛兒虛度春。」「繼」就是「繼絆」的「繼」，校者或改「戀」，或改「絆」，都是錯的。

韓擒虎話本：『處分兒郎，丏採（意為「改換」）旗號，夜至黃昏，登途便起。去簫磨呵寨廿餘裡，偷路而過，迅速不停。來到金璘（陵）江岸（岸），虜劫舟舡，領軍便過。到得南岸（岸），應是舟舡，溺在水中，遂却繼自家旗號，顯其衾虎之名。」（頁 200）《變文集》校：『却繼』疑當作『翹起』。」按：「却繼」就是「却繫」，「却」就是再；來時改換旗號，過江後再繫自家旗號，文義明白。附帶訂正於此。

於　於濟　於施

厚待別人。

妙法蓮華經講經文：「向佛於僧意自純。」（頁 508）「於僧」和「向佛」相對，是厚待僧人的意思。「向佛」的「向」，有敬愛的意思，見《詩詞曲語辭彙釋》卷三；《舊唐書》武三思傳：「三思既猜嫉正士，嘗言不知何等名為好人，唯有向我者是好人耳。」《劉知遠諸宮調》第二，般涉調麻婆子曲：「俺爺爺護向自（即「着」）。」目連變文：「其人遙見尊者，禮拜於謁再三。」（頁 759）「於謁」應是厚禮拜謁，這正是「於僧」的事。

漢魏以來，有「相於」的說法，意思是相厚、相好。焦延壽《易林》蒙之巽：「憂解患除，皇母相於。與喜俱來，使我安居。」孔融與韋端書：「不得復與足下岸幘廣坐，舉杯相於。」曹植樂府，當來日大難：「廣情故，心相於。」繁欽定情詩：「何以結恩情？珮玉綴羅纓。何以結中心？素縷連雙針。何以結相於？金薄畫搔頭。」《晉書》后妃左貴嬪傳，離思賦：「況骨肉之相於兮，永緬邈而兩絕。」亂辭是：「骨肉至親，化為他人。」案，《呂氏春秋》不侵篇說：「豫讓，國士也，而猶以人之於己也為念。」高誘注：「於，厚也。」近人吳承仕說：

「『於』猶相於也。人之於己如眾人，則眾人報之；如國士，則國士報之。高訓『於』為厚，僅據一邊，亦展轉相訓之例，非其確詁。」范耕研說：「『於』訓為厚，未知所本。『於』本有對待之意，謂以人之所以待己者為念也。」吳、范二氏的說法是很正確的（日本《橫濱市立大學論叢》第十五卷，人文科學系列第三號，王貞珉《元曲選釋補箋》，曾引「於」、「相於」多例，其中大抵可作對待和相互關係解，如王符《潛夫論》交際篇的「俗人之相於也」，下面說到「無利生疎，積疎生憎……」，顯然祇能解作「相待」、「相與」，這裡不再轉引）。但高誘這樣注，恐怕本來也有以「於」為厚的說法，如《左傳》成公二年：「余雖欲於鞏伯，其敢廢舊典以忝叔父？」朱彬《經傳考證》就引高註解「於」為厚，語意恰好相合。到孔融、繁欽等人文字中所表現的，「相於」就是相厚，已完全成立。而以後還有這個說法，我們以前却是不很知道的。至於「於」之所以為厚，大概仍是由對待之義轉移而來，即吳氏所謂「展轉相訓之例」，王貞珉以為「於」相當於「淤」，由淤積義轉為厚，恐不很確切。

《資治通鑑》卷二百三十一，唐紀四十七，德宗興元元年，李泌對德宗：「臣豈肯於私親舊，以負陛下？」「於私」的「於」自然是相厚的意思。

元無名氏《盆兒鬼》劇第四折，包待制白：「有十分為國之心，無半點於家之念。」「於家」的「於」有偏私的意思。又無名氏《殺狗勸夫》劇第二折，二煞曲：「捱一日十二個時辰常忍飢，哥哥行並不敢半句兒求於濟。」「於濟」猶如說「惠施」。《孤本元明雜劇》元人史九敬先《莊周夢蝴蝶》第二折，旦白：「殷勤釀蜜苦於農，深有於人濟世功。」「於人濟世」正從「於濟」展延而來。這些「於」字的意義都和變文相通。

《法苑珠林》卷一百八引《菩薩藏經》：「以何等故，彼慳比丘，於後來者偏生嫉妬？舍利子！由諸施家許其衣鉢、飲食、臥具、病緣、醫藥及供身等資生什物，彼作是念：恐彼施主將先許於施後來者。」意思是慳比丘怕施主拿先前許給他的衣鉢等類的資生什物施給後來的比丘。「於施」連文，「於」或當訓厚，或即是施。

浮逃　逋逃

浮寓，逃亡。即沒有固定戶籍，
流竄各地，逃避賦稅徭役。

鷰子賦：『宅家今括客，特勑捉浮逃。』（頁263）按宋人王溥《唐會要》卷八十五，逃戶篇，證聖元年，鳳閣舍人李嶠上表曰：『……今天下之人，流散非一。或違背軍鎮，或因緣逐糧。此等浮衣寓食，積歲淹年，王役不供，簿籍不掛；或出入關防，或往來山澤。……或逃亡之戶，或有檢察，即轉入他境，還行自容。所司雖具設科條，頒其法禁，而相看為例，莫肯遵承。……浮逃不悛，亦由於此。……臣以為宜令御史督察檢校，設禁令以防之，垂恩德以撫之，施權衡以御之，為制限以一之，然後逃亡可還，浮寓可絕。』這是「浮逃」最詳明的解釋。同書卷六十五，衛尉寺篇：「天寶十一年十二月奏：『幕士、供膳、掌閑，取浮逃無籍人充。』勅旨：『幕士、供膳、掌閑，並雜匠等，比來此色，緣免征行，高戶以下，例皆情願。自今已後有闕，各令所由先取浮逃及無籍實堪驅使人充使，……』」這就是李嶠所謂「垂恩德以撫之」的一例了。

「浮逃」又作「逋逃」。前一篇鷰子賦說：「阿你浦逃落藉（籍），不曾見你膺王役。」（頁249）《變文集》校記說：「丙卷『浦』作『浮』，然當作『逋』。」按：校記說是。陸贄奏議，論長吏以增戶加稅闢田為課績：「頃因兵興，典制弛廢，戶版之紀綱罔緝，土斷之條約不明，恣人浮流，莫克禁止。……長人者又罕能推忠恕易地之情，體至公徇國之意，迭行小惠，競誘姦甿；以傾奪鄰境為智能，以招萃逋逃為理化。捨彼適此者，既謂新收而獲宥；倏忽往來者，又以復業而見優。」說「浮流」，說「逋逃」，義同。

角束

包裹綑紮。

孟姜女變文：「角束夫骨，自將背負。」（頁34）。按：「角束」一詞甚罕見，只有《詩》豳風七月「猗彼女桑」毛傳說：「角而束之曰猗。」也不能解釋變文。今據唐人皇甫枚《三水小牘》卷上，埋蠶受禍條：「乃與村眾及公直同發蠶坑，中唯（此字今本缺，據《太平廣記》卷一百三十三校補）有箔角一死人。」意謂有蠶箔裹一死人，可知以氈席之類包裹叫角，變文意義乃明。

《酉陽雜俎》前集卷十五，諾皐記下：「〔孟不疑〕行數日，方聽捕殺人賊。孟詢諸道路，皆曰：『淄青張評事至某驛，早發。遲明，空函失所在。驛吏返至驛，尋索驛西閣中，有席角。發之，白骨而已，無泊一蠅肉也。』」

高彥休《唐闕史》卷上，滄洲釣飛詔條：「太和末，司空隴西公之鎮橫海也，九年十一月，朝廷行大戮，宣刑于四方，急詔北渡。于時寒氣方隆，河冰層合。以詔北渡，公急擊冰，令截舟中流。水騰舟覆，舟人盡溺，詔書隨沒。……河冰中斷二十餘丈，間闊三四步，沈絲一釣，隨鉤而出。第印微溼，封角不敗。」

《太平廣記》卷二百五十二引郭廷誨《廣陵妖亂志》：「〔吳堯卿〕至楚州，遇變，為仇人所殺，棄屍衢中。其妻以紙絮葦棺斂之，未及就壙。好事者題其上曰：『信物一角，附至阿鼻地獄，請去斜封，送上閻羅王。』」尉遲偓《中朝故事》：「贊皇公李德裕……有親知授舒州牧。李謂之曰：『天柱峰茶，可惠三數角。』」

宋無名氏《翰苑遺事》引《國朝會要》：「天禧元年二月，學士院言：……諸處奏告青詞，比來祇是用紙裹角。今請委三司造黑漆木筒五十枚，凡有奏告，封詞齎往。』」《夷堅乙志》卷十四，趙清憲條：「忽有京師遞角至，發之，無文書，但得侯家利藥一帖。」張端義《貴耳集》卷上：「司馬公薨，東坡欲主喪，遂為伊川所先，東坡不滿意。伊川以古禮斂，用錦囊囊其屍。東坡見而指之曰：『欠一件物事，當寫作信物一角送上閻羅大王。』」（東坡就是用《妖亂志》的話）葉夢得《石林燕語》卷九：「熙寧中，賈青為福建轉運使，又取小團之精者為密雲龍。以二十餅為斤，而雙袋，謂之雙角團茶。」朱彧《萍洲可談》卷一：「先公與蔡元度嘗以寒月至待漏院，卒前白：『有羊肉、酒。』探腰間布囊，取一紙角。視之，鸚也。」宋慈《洗冤集錄》卷二，十、四時變動：「或安在濕地，用薦席裹角埋瘞其屍，卒難變動。」綜觀上引諸書，角或用於屍體，或用於文書方藥，或用於茶葉、肉食；其義或為裹，或為袋，或為封，要之都有封裹的意思，而《洗冤集錄》尤為明證。此義古字書不載，近代的辭書或以「一角文書」附在古代量器義後，故詳述之。

攢形　攢刑

把身體縮起來，意在隱藏。

伍子胥變文：「慮恐此處人相掩，捻腳攢形而暝（瞑）樹。」（頁4）又：「落草獐狂似怯人，屈節攢刑而乞食。」（頁9）「刑」是「形」的假借字，猶「形迹」亦作「刑迹」，見本篇「形則、刑迹」條。字書攢字作聚講，縮和聚義得引申。

《續玄怪錄》卷四，張逢條，説張逢化虎後要吃鄭錄事，「逢既知之，攢身以俟之。」攢身和攢形義同。

在思　思在

思念懷想的意思。

韓朋賦：「久不相見，心中在思。」（頁137）賦裡説，韓朋娶貞夫為妻，出仕宋國，六年不歸，這是貞夫寄韓朋的信裡的話。敦煌寫本魚歌子，上王次郎詞：「恨惶交，不歸早，交妾思在懊惱。」《敦煌曲校錄》改成「恨狂夫，不歸早，教妾實在煩惱」，以為「實」、「思」是音近相訛。按：校「惶交」作「狂夫」，文義允愜，應從。「思在」應是「在思」的倒文；心意貫注不移叫做在，也叫做存，「在」和「思」意義相近，合成複詞，就是「在思」或「思在」。葉淨能詩：「當時傾心在道，更無退心。」又：「若在道精熟，符錄（籙）最絕，宇宙之內，無過葉淨能者矣。」（並見頁216）這兩個「在」字都是動詞，也是心神貫注的意思。古代有「思存」一詞，義同「思在」。《爾雅》釋詁：「在，存也。」《詩》鄭風，出其東門：「出其東門，有女如雲。雖則如雲，匪我思存。」毛傳解末句為「思不存乎相救」，孔穎達申説其義為「非我思慮所能存救」，以「存」為「存救」；鄭箋則解為「皆非我思所存也」，以「存」為存在、存留。其實「思存」和「思在」一樣，「存」也有想念的意思。《漢書》韋賢傳，韋孟在鄒詩：「我既䙴逝，心存我舊。」就是心念我舊。陸雲為顧彥先贈婦詩：「目想清惠姿，耳存淑媚音。」盧諶贈劉琨詩：「感今惟昔，口存心想。」「存」、「想」相對，可見這兩個字意義相近。「口存心想」和變文中的「心口思惟」（伍子胥變文、舜子變、捉季布傳文和別篇中屢見）意思也一樣。謝靈運道路憶山中詩：「斷絕雖殊念，俱為歸慮欵。存鄉爾思積，憶山我憤懣。」「存」也是思念的意思。又《論衡》訂鬼篇：「伯樂學相馬，顧玩所見無非馬者。宋之庖丁學解牛，三年不見生牛，所見皆死牛也。二者用精至矣。思念存想，自見異物也。」「思念存想」分明是「思存」的擴展。束皙補亡詩序：「於是遙想既往，存思在昔。」上下兩句意義全同，「存」就是「思」。《抱朴子》雜應篇：「或用明鏡九寸以上自照，有所思存七日七夕，則見神仙。」「思存」也就是思念存想，不能用毛、鄭說來解釋。毛傳衹為要比傅詩序「兵革不息，男女相棄，民人思保其室家」的「微言大義」，反而把詩義解得迂曲了。敦煌詞的「思在」，正好用變文和鄭風來參校詮釋，似不應認為有誤字。《水經》洧水注：「〔洧淵〕水南有鄭莊公望母臺。莊姜惡公寤生，與段京居。段不弟，姜氏無訓，莊公居夫人於城潁，誓曰：『不及黃泉，無相見也。』故成臺以望母，用伸在心之思。」「在心之思」正可以拿來解釋「在思」、「思在」云云。

會　憎

就是愛。

父母恩重經講經文：『如斯恩會最多。」（頁674）徐震諤校，「會」

同「惠」。又：「憐會眾生不可論。」（頁 688）案：「會」應解作愛。《瑜伽師地論》卷一，本地分中意地第二之一：「起顛倒者，謂見父母為邪行時（「邪行」指男女同牀），不謂父母行此邪行，乃起顛覺，見已自行。見已自行，便起貪愛。若當欲為女，彼即於父便起會貪；若當欲為男，彼即於母起貪亦爾。」前說「貪愛」，後說「會貪」，可證「會」就是愛。「惠」的意義雖然和愛相近，但拿來解《瑜伽師地論》却覺不合，所以不能認為「會」是「惠」的同音通借字。

《敦煌雜錄》十恩德，第十是「究音（竟）憎慜恩」，「憎」就是這裡的「會」。

戀着　貪着　著

就是貪戀。

難陀出家緣起：「緣有孫陁羅是妻，容顏殊勝，時為戀着是妻。」（頁 395）金剛般若波羅蜜經講經文：「卉（菩薩）所作福德，不應貪着，是故說不受福德也。」（頁 437）「戀著」、「貪着」都是兩個意義近似的詞素所構成的聯合式複詞，「着」字自身就有貪戀的意思，而不是表示結果態或持續態的時態助詞。白居易遊仙遊山詩：「自嫌戀著未全盡，猶愛雲泉多在山。」《太平廣記》卷二十三，崔生條引《逸史》：「某血屬要與一訣，非有戀著也。請略暫回。」這兩個「戀著」作名詞用，更可證明「著」不是助詞。「著」是「着」的本字。

《魏書》釋老志：「昔如來闡教，多依山林；今此僧徒，戀著城邑。」《敦煌雜錄》悉曇頌：「俗流世間住，戀著妻兒及男女。」陸游和張功父見寄詩二首之二：「超騰已得丹換骨，戀著肯求香返魂？」自註：「功父如夫人逝去，聞頗損眠食。」

《太平廣記》卷四十五，賈躭條引《逸史》：「傳語相公早歸何故如此貪著富貴？」

《太平廣記》卷三百七十九引南齊王琰《冥祥記》，李清條「迷著世樂，忘失本業。」《法苑珠林》卷八，六道篇第四之二，人道部：「端正容貌，甚可愛著。」「迷著」、「愛著」與「戀著」義同。

杜甫寄岳州賈司馬六丈巴州嚴八使君兩閣老五十韻詩「晚著華堂醉，寒重繡被眠。」韋應物任洛陽丞答前長安田少府問詩：「數歲猶卑吏，家人笑著書。」韓愈送靈師詩：「佛法入中國，爾來六百年。齊民逃賦役，高士著幽禪。」李花贈張十一署詩：「念昔少年著遊燕，對花豈省曾辭盃。」贈張籍詩：「吾老著讀書，餘事不掛眼。」李公佐南柯太守傳：「而竊位著生，冀將為戒。」《法苑珠林》卷四引《長阿含經》云：「有自然地味，味猶如醍醐，亦如生酥，味甜蜜。其後眾生，以手試嘗，遂生味著。」又卷九十四，十惡篇第八十四之五，慳貪部：「夫羣生惑病，著我為端；凡品邪迷，慳貪為本。」卷一百四引《涅槃經》：「寧以利刀割去其鼻，不以染心貪著諸香；寧以利刀割去其舌，不以染心貪著美味；寧以利斧斬斫其身，不以染心貪著諸觸。」《百喻經》卷上，奴守門喻：「心意流逝，貪著五欲。」這些著字，都是貪戀或迷戀的意思。「著我」謂貪戀自我。韓詩「著讀書」有的本子作「嗜」，顯然是不懂著字意義的人所改。又《後漢書》桓譚傳：「性著倡樂，簡易不修威儀。」宋紹興本如此，汲古閣本、殿本「著」作「嗜」，「嗜」也是誤改。據此，六朝時「著」已有貪戀義。再，蘇軾送安惇秀才失解西歸詩：「我昔家居斷還往，箸書不復窺園葵。」「不窺園」用董仲舒事，「葵」字是湊上去的，講的是勤學。「箸書」不是寫書，而是韓詩「著讀書」的意思。蘇軾又有南禪長老和詩不已故作六蟲篇答之詩：「蠹魚著文字，槁死猶遭卷。」

《漢語史稿》第三十七節，引《朱子語類輯略》卷二：「見世間萬事顛倒迷妄，耽嗜戀著，無一不是戲劇」，以為這是「真正表示行為在進行中的形尾」。實則就文章來看，也可以知道「顛、倒、迷、妄、耽、嗜、戀、著」八個字都是可以獨立成義的詞素，不是什麼「尾」。《昌黎先生外集》卷二，與大顛師書第三書：「苟非所戀著，則山林閒寂與城郭無異。」歐陽修在《集古錄跋尾》卷八、卷十中述韓愈之意說：「著山林與著城郭無異。」可見「著」就是戀無疑。《景德傳燈錄》卷五，六祖告廣州志道禪師道：「又推涅槃常樂，言有身受者，斯乃執吝生死，耽著世樂。」「耽著」和「執吝」相對，「著」也獨立成義。《苕溪漁隱叢話》前集卷二十七引《林間錄》：「如所謂《首楞嚴》者何等語，乃爾躭著？」「躭著」即「耽著」。《夷堅乙志》卷十七，女鬼惑仇鐸條也有「躭著」；又丁志卷四，孫五哥條有「戀著」；卷十四，郭提刑條有「迷著」，意義都相同，文繁不錄。陸游秋思二首之二：「溪雲一片閑舒卷，戀著漁磯不肯回。」又聽雪為客置茶果詩：「平生外形骸，常恐墮貪著。」《北史》李公緒傳：「否，則屏除愛著，擯落枝體。」「愛」、「著」同義。陳人江總內殿賦新詩：「三五二八佳年少，百萬千金買歌笑。偏著故人織素詩，願奏秦聲採蓮調。」「偏著」就是偏偏愛好，這是「著」作戀義較早的例。黃庭堅戲詠高節亭邊山礬花詩二首之一：「平生習氣難料理，愛着雲山未擬回。」着字就是著字，「愛著」例與《北史》李公緒傳同。墨憨齋主人新編《十二笑》第六笑：「至于利之一字，無論君子小人，都是恬淡者少，著貪者多。」著也就是貪。

躭　擔

貪戀，愛好。

維摩詰經講經文：「況此之天女，儘是嬌奢恣意染欲之身，躭迷者定人生死，趨向者必沉地獄。」（頁627）季布詩詠：『丈夫既得高官職，如何忘却阿耶孃？』（頁844）《變文集》校記：原卷「既」作「躭」，據甲卷改。齖䶗書：「翁婆罵我，作奴作婢之相，只是擔眠夜睡。」（頁858）《變文集》校「擔」作「貪」。按《龍龕手鑑》：「，俗；躭，正。丁含反，好也，翫也。」「既得高官職」，「既」是「躭」字的形近之誤，原卷沒有錯。這裡本要煽動楚軍離去，所以說為了貪得高官而忘却爺娘是不應該的。改「躭」作「既」，大誤。「擔」是「躭」字的假借，改作「貪」，意思不錯，字體却不對了。《說文》有「媅」，《爾雅》釋詁有「妉」，是一個字，解釋都是「樂也」，而古書如《詩經》用「湛」、「耽」來作「媅」、「妉」。後來又變成「躭」、「躭」，都是丁含切。《說文》又有「貪」字，「欲物也」，和「媅」等字出於同一語源，但字形既有差別，字音也變為他含切，有端母和透母之異了。

《孔子家語》：「荒於淫樂，躭湎於酒。」《賢愚經》卷六：「躭荒色慾。」《百喻經》捲上：「耽荒酗酒。」

《法苑珠林》卷五十一引《百緣經》：「有長者子，甚好婬色。見一婬女，心生躭著。」「躭著」與「貪著」字異義同。《舊五代史》外國傳，契丹傳：「終日放鷹走狗，躭酒嗜色。」

瞪

同「營」，眩眼，眩惑的意思。

維摩詰經講經文：「病眼未開怯瞪染，患身難喻解纏綿。」（頁

541）「一羣羣矙目曼（漫）空，一隊隊遮雲滿霧。」（頁544）「矙」字不見於字書，顏若愚說：以形聲求之，就是「瞀」的異體字。《說文》：「瞀，惑也。」「瞀染」就是被眩惑污染的意思，「瞀目」就是光彩陸離眩耀眼目的意思。「瞀」字古書很少用，通常借用「熒」字，《莊子》人間世篇：「而目將熒之。」郭象注：「使人眼眩也。」

殘

留，餘。

鷰子賦：「若實奪鷰子宅舍，即願……經營不進，居處不安，日埋一口，渾家不殘。」（頁250、251）降魔變文：「化出金翅鳥王，奇毛異骨，……遙見毒龍，數回博接（嚩嗏）。……其鳥乃先啅眼睛，後嚵四竪，兩迴動嘴，兼骨不殘。」（頁386）又：「六師頻□輸五度，更向王前化出樹。高下可有數由旬，枝條蓊蔚而滋茂。舍利弗道力不思議，神通變現甚希奇，辭佛故來降外道，次第總遣大風吹。神王叫聲如電吼，長蛇擿樹不殘枝。」（頁388）「不殘」就是不留，不餘。太子成道經：「餘殘諸女，盡皆分散，各自還家，只殘耶輸陁羅一身。」（頁291）八相變：「為久専懇行，身力全無，唯殘骨筋，體尤困頓。」（頁341）「只殘」、「唯殘」就是衹留，衹餘。

杜甫洗兵馬詩：「衹殘鄴城不日得，獨任朔方無限功。」「衹殘」和「唯殘」同義。杜詩裡以「殘」為留或餘義的很多，不備舉。

王維敕賜百官櫻桃詩：「纔是御園春薦後，非關御苑鳥銜殘。」這個「殘」字也是餘留的意思，不是殘破。白居易味道詩：「此日盡知前境妄，多生曾被外塵侵。自嫌習性猶殘處，愛詠閑詩聽好琴。」白詩「殘」作留解的極多，衹舉一例。令狐楚三月晦日會李員外座中頻以老大不醉見譏因有此贈詩：「三月惟殘一日春，玉山傾倒白鷗馴。」陸龜蒙奉酬襲美先輩吳中苦雨一百韻詩：「猶殘賜書在，編簡苦斷絕。」曹松晨起詩：「林殘數枝月，髮冷一梳風。」杜荀鶴贈李鐔詩：「祗殘三口兵戈後，纔到孤村雨雪時。」梅堯臣弔礦坑惠燈上人詩：「破案殘經卷，新墳出樹根。」

《太平廣記》卷三百六十八引牛僧孺《玄怪錄》，居延部落主條：「於是長人吞短人，肥人吞瘦人，相吞殘兩人。」

王安石次韻沖卿除日立春詩：「猶殘一日臘，併見兩年春。」又遊土山示蔡天啟祕校詩：「好事所傳玩，空殘法書帖。」楊萬里德壽宮慶壽口號十首之二：「清曉鞭聲出禁中，驚開剩雨及殘風。」又月中炬火發仙山驛小睡射亭詩五首之三：「月輪已落尚殘光，一似西山沒夕陽。」

宋人吳曾《能改齋漫錄》卷六，別酒莫留殘條：「周庾信舞媚〔娘〕歌六言云：『少年唯有歡樂，飲酒那得留殘！』豫章長短句云『一盃別酒莫留殘』出此。」可見以「殘」為留，前已有之。又《三國志》蜀志，後主傳，裴松之注引《諸葛亮集》載後主建興五年三月詔：「殘類餘醜，又支天禍。恣睢河洛，阻兵未弭。」意謂曹丕已死，曹叡尚在。「殘類」就是餘類。清人錢繹《方言箋疏》卷三：「《齊語》：『戎車待遊車之裂，戎士待臣（陳）妾之餘。』『餘』、『裂』對文，是裂亦餘也。韋曜注：『裂，殘也。』」按：諸本《齊語》「裂」作「䙢」，宋庠《補音》云「舊音作裂。』「裂」即「裂」。「裂」依篆體作「䙢」，所以誤成「䙢」。「裂」是餘，「殘」也是餘，所以韋曜以「殘」解「裂」。據此兩例，可見三國時已經以「殘」為餘，又在庾信以前。陶潛歸園居詩五首之四：「井竈有餘處，桑竹殘朽株。」「殘」也是餘。

灘

完，盡。

破魔變文：「鬼神類，萬千般，變化如來氣力灘。任你前頭多變化，如來不動一毛端。」（頁349）「氣力灘」就是氣力盡。這是說鬼神向如來施展變化，不能動如來一毛，而自己氣力已盡。案：玄應《一切經音義》卷十七，俱舍論第一卷音義引《爾雅》釋天「涒灘」的李巡注：「灘，單，盡也。」「單」通作「殫」，「殫」也是盡。《說文》「灘」是「灘」的俗體，「灘，水濡而乾也。」又引《詩》「灘其乾矣」。水乾就是水盡，水盡叫做灘，力盡也叫做灘。

徐復說：以上只推究語源，未說本字。「氣力盡」另有專字作「癉」，《說文》疒部：「癉，勞病也。」又作「瘫」，《廣韻》上平聲二十五寒：「瘫，力極，他干切。」與「灘」同音。「力極」就是「倦極」，都是說的「氣力盡」。《呂氏春秋》重己篇：「使烏獲疾弓牛尾，尾絕力勯，而牛不可行，逆也。」高誘注：「勯，讀曰單，單，盡也。」音義亦同。禮鴻按：《集韻》上平聲二十五寒韻，多寒切下有「癉，勞病也」、「勯，力竭也」。用音切和義訓來推求，「勯」也就是「瘫」字。

郭在貽說：皮日休上真觀詩：『飆風聲疾，跁跒地力瘫。」

「瘫」即「灘」字本字。白居易琵琶行：「幽咽泉流水（當作「冰」）下灘。」「灘」字承幽咽，當亦氣力盡之意，段玉裁改為「難」字，失考。禮鴻案：唐玄度《新加九經字樣》：「瘫，音灘，馬病也。今《詩》作嘽。」綜徐、郭兩君之說，「氣力灘」的灘字本字當作「癉」、「疼」、「勯」，是為力盡；「幽咽泉流冰下灘」的灘字即《說文》的灘字，是為水盡。兩者義類相同而字源非一。琵琶行的「水下灘」，日本那波道圓本作「冰下灘」。歐陽修李留後家聞箏詩：「緜蠻巧囀花間舌，嗚咽交流冰下泉。」可證冰字為是。

了手　了首

就是罷手，完畢。

李陵變文：『誅陵老母妻子了手，所司奏表於王。」（頁 94）秋胡變文：『秋胡辭母了手，行至妻房中。」（頁 155）又：「拜王了手，便即登呈（程）。」（頁 157）「了手」就是完畢。李陵變文：「戰已了首，須臾黃昏，各自至營。」（頁 89）秋胡變文：「辭妻了道，服得十袟文書……便即登逞（程）。」（頁 155）「首」是「手」的同音假借字，「道」是「首」的誤字。

歐陽修乞真定府分驍武兵士別作指揮：「惟有真定府一處……修蓋到營一所，即今將欲了手。」

現代北京話以「了手」為結果、結局，例如：這個人這麼不聽人說，將來怎麼是個了手！「了」念陽平聲，見金受申《北京話語彙》（修訂本，商務印書館）。意義與變文略異。蒲松齡《東郭簫鼓兒詞》：「待說跟著走，跟到何處是個了手？」也是結果、結局義。

隈

敗壞。

維摩詰經講經文：「能談妙法邪山碎，解講真經障海隈。」（頁 638）王重民輯《補全唐詩》（《中華文史論叢》第三輯，中華書局），王無競詠漢武帝詩：『好仙復寵戰，莫救茂陵㚷。』王校：『㚷字不可識，疑當作隈。」這是對的。以這兩條互證，「隈」應是敗壞的意思。隈、壞二字古韻同屬脂部。

戶

酒量。

葉淨能詩：「帝又問：『尊師飲戶大小？』淨能奏曰：『此尊〔師〕大戶，直是飲流』」（頁221）「飲戶」就是酒量，「大戶」就是大酒量。

《因話錄》卷六：「問崔公飲酒多少，崔公曰：『戶雖至小，亦可引滿。』」這個「戶」字也指酒量。白居易久不見韓侍郎戲題四韻以寄之詩：「戶大嫌甜酒，才高笑小詩。」又醉後詩：「猶嫌小戶長先醒，不得多時住醉鄉。」又戲贈夢得兼呈思黯詩：「陳郎中處為高戶，裴使君前作少年。」黃庭堅《山谷外集》史容注：「唐人以酒量為酒戶。樂天詩：『戶大嫌甜酒。』」元稹集外詩，春遊：「酒戶年年減，山行漸漸難。」（洪邁《容齋五筆》卷二引）李羣玉辱綿州于中丞書信詩：「他日縱陪池上酌，已應難到暝猿吟。」自註：「渴疾漸加，酒戶日減。」李商隱唐刑部尚書致仕贈尚書右僕射白公墓碑銘：「以戶小飲薄酒。」

唐人皇甫松《醉鄉日月》：「夫律錄事者，須有飲材：飲材有三，謂善令、知音、大戶也。」又：「進戶法：葛花小荳花各陰乾，各七兩為末；精羊肉一斤，如法作生；以二花末一兩勻入于生中。如先只飲得五盞，以十盞好酒熟暖沃生服之。至日進一服，花盡，作戶倍矣。」（見《說郛》卷五十八）「進戶」就是擴大酒量。

韓琦使回戲成詩：「禮煩正苦元正拜，戶大猶輕永壽杯。」

自註：「虜廷元日拜禮最煩。永壽，虜主元辰節名；其日以大白酌南使。」陸游月中歸驛舍詩：「病起酒徒嘲小戶，才衰詩律媿長城。」又幽居詩：「冬來酒戶微增舊，萬事應須付一尊。」又插花詩：「時過花枝空，人老酒戶衰。」又或以予辭酒為過復作長句：「陸生酒戶如蠡涎，痛酒豈能堪大白？」又寄趙昌甫并簡徐斯遠詩：「我詩非大手，我酒亦小戶。」

因依

原由，辦法；情形。

維摩詰經講經文：『有數件因依不敢去。」（頁 605）這是説不敢去的原由。又一篇：「未委作何計較，令水體而再伏（復）本源；不知有甚因依，遣池內之水却令清浄？」（頁 518）這個「因依」當辦法講。辦法的意義是由原由引申來的。

《東坡續集》卷九，奏狀：「準尚書省劄子：『蘇軾元豐八年五月一日於揚州僧寺留題詩一首。八月八日，三省同奉聖旨：令蘇軾具留題因依，實封聞奏。』」又辨謗箚子：「臣今月七日見臣弟轍與臣言：趙君錫、賈易言臣於元豐八年五月一日題詩揚州僧寺，欣幸先帝上僊之意。臣今省憶，此詩自有因依。」又蘇軾撰上清儲祥宮碑奏請狀：「今欲見神宗皇帝賜名修宮因依。」《洗冤集錄》卷四，二十九，病死：「凡驗病死之人，……若是奴婢，則須先討契書看，問有無親戚？患是何病？曾請是何醫人？喫甚藥？曾與不曾申官取口詞？如無，則問不責口詞因依。」《劉知遠諸宮調》第三，白：「知遠具説因依，今夜與妻故來相別。」《水滸傳》第二十二回：『小人不知前後因依。……却不知他殺死他女兒的緣由。」辛棄疾新荷葉和趙德莊韻詞：「南雲雁少，錦書無箇因依。」錦書因雁而達，這個「因依」，義在原由和辦法之間。

「因依」又有作情形解的。司馬光《涑水紀聞》卷十二，康定二年詔：「昨以西賊圍閉麟州府，專差王元及並代州鈐轄供備庫使楊懷志往彼策應。自部領軍馬到府州，並不出兵廣作聲援救應，致陷沒豐州及寧遠寨。其康德輿係專管勾麟府路軍馬公事，亦祇在府州端坐，不出救應。已降敕命王元降右衛將軍陵州團練使，楊懷志降供備庫副使，康德輿落遙郡軍。……仍令王元、康德輿分析上件因依聞奏。」歐陽修乞一面罷差兵士拽磨：「右臣準中書劄子：訪聞昨來石待舉擘畫，酒務內令兵士拽磨，所貴省得草料；轉運司尋依此遍下諸州軍施行訖。今仰立便指揮，祇依舊用驢子拽磨，仍具因依聞奏。」《洗冤集錄》卷五，四十三，酒食醉飽死：「仍取本家親的骨肉供狀，述死人生前常喫酒多少致醉，及取會首等狀，今來喫酒多少數目，以驗致死因依。」這個「因依」，意義也在原因和情形之間。

能德　能得　得解　行解　解行　能解　行能

德行和才能。

捉季布傳文：「朱解問其周氏曰：『有何能德直千金？』」（頁 61）原卷作「能得」，《變文集》據辛卷校改。醜女緣起：「慚恥這身無得解，大王寵念赴（副）乾坤。」（頁 790）維摩詰經講經文：「無瑕玭（疵）似童子一般，有行解與維摩無量（兩）。」（頁 601）按：「德」和「行」是德行，「得」是「德」的假借字。「能」和「解」是才能，變文這兩個字或者連用，或者相對，如維摩詰經講經文的「解能如此問吾，大是聰明童子」（頁 610），故圓鑒大師二十四孝押座文的「犬解報恩能驟（驟）草，馬能知主解垂韁」（頁 836），可知「能」、「解」意義相同。又舜子變：「井中水滿錢盡，遣我出着，與飯盤食者，不是阿孃能德？」（頁 132）這個「能德」，意思是恩德，是語法修辭學家所講的偏義複詞。

《天雨花》第十六回：「鄭國泰有何能德？仗姊宮中作貴人。」

柳宗元寄許京兆孟容書：「力薄才劣，無異能解。」是說沒有特異的才能。《因話錄》卷五：『韓晉公……嘗有故舊投之，與語，更無能解。」《詩詞曲語辭彙釋》卷一，「解（一）」附述「能解」，可參看。

陸贄論裴延齡姦蠹書：「以掊克斂怨為匪躬，以靖譖服讒為盡節；總典籍之所惡，以為智術；冒聖哲之所戒，以為行能。」又平朱泚後車駕還京大赦制：「其黜免人等，有素著行能，傍連譴累，特加錄用，勿以為累。」「行能」和「行解」同義。

又按：《法苑珠林》卷九十七引《智度論》：「是以如來設教，意存解行。若唯解無行，解則便虛；若唯行無解，行則便孤。要具解行，方到彼岸。」則解與行有別，解是知識一邊的事，行是操行一邊的事。梁釋慧皎《高僧傳》卷十五慧忍傳：「無餘行解，止是愛好音聲。」

恩私　私

猶如說恩惠、恩德、恩恤。

葉淨能詩：「令身與妻子，即合永為奴婢，以謝恩私。」（頁 218）「恩私」在唐人是習用的語詞，見於孔穎達《禮記》郊特牲疏，杜甫北征詩「顧慚恩私被，詔許歸蓬蓽」，韓愈瀧吏詩「不即金木誅，敢不識恩私」，袁郊紅線傳所載田承嗣給薛嵩的信「某之首領，繫在恩私。便宜知過自新，不復更貽伊戚」等處，都應該照上面那樣解釋。古代「私」字有恩、愛、恤等義（當然是「公私」的私的引申義）。作恩解的是《禮記》郊特牲：「厥明，婦盥饋，舅姑卒食，婦餕餘，私之也。」鄭玄註：「私之，猶言恩也。」孔疏：「私猶恩也。所以食竟以餘食賜婦者，此示舅姑相恩私之義也。」承鄭注用「恩」解「私」，又用複詞「恩私」申說之。作恤解的見《釋名》釋言語：「私，恤也，所恤念也。」解作愛的更不少見，如《戰國策》秦策四：「橫成則秦帝，從成即楚王。秦帝，即以天下恭養；楚王，即王（指秦王政）雖有萬金，弗得私也。」高誘註：「私，愛也。」又齊策一：「吾妻之美我者，私我也。」高注：「私，愛。」又秦策二：「秦宣太后愛魏醜夫。太后病，將死，出令曰：『為我葬，必以魏子為殉。』魏子患之，庸芮為魏子說太后曰：……若死者有知，先王積怒之日久矣。太后救過不贍，何暇乃私魏醜夫乎？』」高氏無注，而證之以首句，也和齊策同義。《呂氏春秋》去私：「子，人之所私也。」高誘註：「私，愛也。」又漢人辛延年羽林郎詩：「多謝金吾子，私愛徒區區。」「私愛」的「私」就是愛，更無別義。「恩」、「愛」、「私」意義相同或相近，構成聯合式複合詞，則為「私愛」、「恩私」。而解詩的人，於羽林郎的「私愛」則不加注意，黃節《漢魏樂府風箋》、聞一多《樂府詩箋》、余冠英《樂府詩選》都沒有註釋；於北征的「恩私」則或釋為「恩私被，蒙皇上私恩照顧」，或釋為「恩私被，單獨受到皇帝的恩惠」，以「私」為偏私、私人解，這是有失當時的語義實際的。宋人蔡夢弼《杜工部草堂詩箋》注北征道：「恩私者，謂天子之恩及於甫之私門也。曹子建聖皇篇；『迫有官典憲，不得顧私恩。』」釋義既誤，又把曹植原詩「恩私」倒成「私恩」，也是錯的。

《後漢書》馮異傳：「臣本諸生，遭遇受命之會，充備行伍，過蒙恩私，位大將，爵通侯。」《晉書》王敦傳，敦上疏：「遂藉恩私，居輔政之重。」《宋書》孝義龔穎傳：「臣過叨恩私，宣風萬里。」《南齊書》王融傳：「臣自奉望宮闕，沐浴恩私。」《北史》周太祖紀：「靦冒恩私，遂階榮寵。」《北齊書》王晞傳：「且性實疏緩，不堪時務，人主恩私，何由可保！」又樊遜傳：「然草萊百姓，過荷恩私；三折寒膠，再遊金馬。」《魏書》高陽王雍傳：「雍表曰：……忝官尸祿，孤負恩私。』」唐人陸贄請許臺省長官舉薦屬吏狀：「過蒙恩私，曲降慈誨。」呂溫代鄭相公請刪定施行六典開元禮狀：「無能匡福，已負於恩私。」《舊唐書》姜皎傳：「仍為宗楚客、紀處訥密奏，請投皎炎荒。

中宗特降恩私，左遷潤州長史。」《舊五代史》梁書賀　傳：「　感太祖全宥之恩私，誓以身報國。」宋人畢士安禁林讌會詩：「天地恩私無以報，只將兢慎對芝泥。」（見《翰苑羣書》上，禁林讌會集）歐陽修新春有感寄常夷甫詩：「恩私未知報，心志已凋喪。」又跋學士院題名：「叨被恩私，俾參政論。」又乞洪州第二劄子：「臣以愚懦，別無材能，過蒙恩私，列在侍從。」又至洪州第七狀：「再念臣遭遇明聖，過被恩私。」王安石謝知江寧府第二表：「仰荷恩私，皆逾分願。」《東坡內製集》卷十，太皇太后賜門下手詔：「吾今自以眇身，率先天下，永惟臨御之始，嘗敕有司：蔭補私親，舊無定限。自惟薄德，敢配前人？已詔家庭之恩，止從母后之比。今當又損，以示必行。夫以先帝顧託之深，天下責望之重，苟有利於社稷，吾無愛於髮膚。矧此恩私，實同毫末。」這裡的「恩私」即蔭補私親的恩澤，但其中的私字不是私親。又就驛賜大遼賀坤成節人使銀鈔鑼等口宣：「精金良幣，宜往至於恩私。」秦觀代蘄州守謝上表：「誓捐軀幹，上報恩私。」《寶真齋法書贊》卷十九，宋米元章（芾）書簡帖上，第二十八帖：「芾今任不礙舉辟，管勾文字或帳司，得備驅策，敢不自竭。芾六月正滿三十箇月，百指畏暑西上，而貧無桂玉之費。儻蒙恩私，仰戴山嶽！」這是希求辟用的話。

《宋書》范泰傳：「臣蒙先朝過遇，陛下殊私。」《魏書》賈彝子秀傳：「少而受恩，老無成效。恐先草露，無報殊私。」虞世南在隋時所作奉和幸江都應詔詩：「殊私浹幽遠，厚澤潤凋枯。」《舊唐書》賈躭傳，上海內華夷圖及郡國縣道四夷述表：「叨榮非據，鴻私莫答。」又郭子儀傳，上表懇辭尚書令：「殊私曲臨，遂見矜許。」唐人崔樞賜耆老布帛詩：「殊私及耆老，聖德賑黎元。」又王義方彈李義府疏：「請除君側，少答鴻私。」歐陽修亳州乞致仕第三表：「幸克成於素志，惟仰賴於鴻私。」「鴻私」就是鴻恩，「殊私」就是殊恩。這也是「恩」、「私」意義相近的證據。陸游憶昔詩：「憶昔紹興中，束帶陪眾彥，沐浴雨露私，草木盡蒽蒨。」「雨露私」就是雨露恩。明人淩蒙初《二刻拍案驚奇》卷三十七：「某暫時歸省，必當速來，以圖後會。豈敢有負恩私？」又按：清人黃景仁聞鄭誠齋先生主講崇文書院寄呈二首之二：「常共衰親向南望，手拈香瓣話恩私。」仍然懂得「恩私」是一個詞，跟有些近時杜詩注本不同。

《後漢書》孝桓帝紀：「於是故舊恩私，多受封爵。」此「恩私」指所愛之人。

歐陽修乞出第三表：「伏望皇帝陛下推天地之私，回日月之照。」又第五乞守舊任劄子：「猶以衰殘疾病之懇，煩君父含容養育之私。」此處的私字祇能作恩解。又辭刑部尚書劄子：「而天私曲被，恩命過優。」天私就是天恩。

史炤《資治通鑑釋文》卷二十一：「鴻私：胡公切，大也。私，謂恩私。」

十七

杖責十七下。

茶酒論：「阿你酒能昏亂，喫了多饒啾唧，街上羅織平人，脊上少須十七。」（頁 268）這是說至少須杖脊十七下，十七是杖責中的最少數。近人陳垣《校勘學釋例》第二十，妄改三例：「元制，杖以七為斷，凡稱杖十七至一百七者，皆曰一十七下，一百七下。」變文十七與元制合，而其卷子則為宋開寶三年寫本，恐元制亦是沿襲前代而來，其制或出於五代時的《刑統》，待考。

地域文化研究叢書．敦煌文化研究叢刊　A0204027

敦煌變文字義通釋　上冊

作　　者　蔣禮鴻
版權策畫　李煥芹
責任編輯　曾湘綾

發 行 人　林慶彰
總 經 理　梁錦興
總 編 輯　張晏瑞
編 輯 所　萬卷樓圖書股份有限公司
排　　版　菩薩蠻數位文化有限公司
印　　刷　博創印藝文化事業有限公司
封面設計　菩薩蠻數位文化有限公司

出　　版　昌明文化有限公司
桃園市龜山區中原街 32 號
電話 (02)23216565
發　　行　萬卷樓圖書股份有限公司
臺北市羅斯福路二段 41 號 6 樓之 3
電話 (02)23216565
傳真 (02)23218698
電郵 SERVICE@WANJUAN.COM.TW
大陸經銷
廈門外圖臺灣書店有限公司
電郵 JKB188@188.COM

ISBN 978-986-496-493-2
2021 年 3 月初版二刷
2019 年 3 月初版
定價：新臺幣 440 元

如何購買本書：
1. 轉帳購書，請透過以下帳戶
合作金庫銀行　古亭分行
戶名：萬卷樓圖書股份有限公司
帳號：0877717092596
2. 網路購書，請透過萬卷樓網站
網址　WWW.WANJUAN.COM.TW
大量購書，請直接聯繫我們，將有專人為您服務。客服：(02)23216565　分機 610

國家圖書館出版品預行編目資料

敦煌變文字義通釋　上冊 / 蔣禮鴻著. -- 初版. -- 桃園市 : 昌明文化出版 ; 臺北市 : 萬卷樓發行, 2019.03
冊 ;　公分
ISBN 978-986-496-493-2(上冊 : 平裝). --

1.變文　2.敦煌學

858.6　　108003222